Benedikte Naubert

Graf Adolf der Vierte, aus schauenburgischem Stamme

Bestätiger der Freiheit Hamburgs

Benedikte Naubert

Graf Adolf der Vierte, aus schauenburgischem Stamme
Bestätiger der Freiheit Hamburgs

ISBN/EAN: 9783743374775

Hergestellt in Europa, USA, Kanada, Australien, Japan

Cover: Foto ©Raphael Reischuk / pixelio.de

Manufactured and distributed by brebook publishing software (www.brebook.com)

Benedikte Naubert

Graf Adolf der Vierte, aus schauenburgischem Stamme

Gott, was ist das? —
Wir sind verlohren! —

Wienerische

Landbibliothek

Eilfter Band

Wien)

Bei Joh. Bapt. Wallishausser

1791.

Graf

Adolf der Vierte,

aus

Schauenburgischem Stamme,

Bestätiger der Freyheit Hamburgs.

Hohenzollern,

bey Johann Baptist Wallishausser,

1791.

I.

Adolf weint, und wünscht älter zu seyn.

„Warum weint mein Adolf?" — fragte die Gräfinn Adelheid von Hollstein ihren vierjährigen Sohn, der auf einem Saale in der Feste Artlenburg vor einem Gemählde stand, und es aufmerksam betrachtete. Es stellte den Sieg vor, den sein Großvater vor drey und vierzig Jahren, an der Spitze von nicht mehr als vier hundert Hollsteinern, über das dänische Heer erfocht, mit dem der König Sueno und Etheler, ein mit dem Grafen unzufriedner Dithmarse, ihn gänzlich zu verderben hofften. — „Ich weine," antwortete Adolf, „weil ich nicht groß bin, und weil diese gemahlten Reiter da nicht leben. O Mutter, wie sehnlich wünschte ich, größer und älter zu seyn!" — „Und was würdest du thun, wenn du groß wärst, und diese Reiter lebten?" fragte Adelheid weiter. "Ich nähme sie," erwiederte Adolf, " und jagte den bösen Heinrich den Löwen aus dem Lande. Wie würde sich mein Vater freuen, wenn er aus dem heiligen Lande zurück käme, und hörte, daß der kleine Adolf den

Herzog Heinrich geschlagen hätte, wie mein
Großvater einst den König Sueno schlug,
da mein Vater noch ein kleiner Adolf war!"
Adelheid drückte den Knaben an ihre Brust
und vermischte ihre Thränen, hervor gepreßt
durch Freude über ihn, und durch Kummer
über die traurige Lage, in der sie sich befand,
mit den seinigen. — „Gott segne dich, mein
Sohn!" sprach sie zu ihm; „du wirst einst
die Stütze meines Alters werden!" „O das
wollen wir auch werden! Gewiß Mutter!"
riefen Bruno und Conrad, Adolfs ältere
Brüder von sieben und fünf Jahren, und
Adelheid umarmte auch diese. — „Seyd
ruhig, Kinder!" fing der Graf von Dassel
an; „ehe euer Vater wieder kehrt, wird Herzog Heinrichs Heer Hollstein wieder verlassen
haben; denn er hat kaiserlicher Majestät versprochen, eurem Vater die geraubten Länder
wieder zu geben, und Lübeck mit ihm zur
Hälfte zu theilen. Bald werden uns unsere
Feinde verlassen." — „O, Herzog Heinrich
ist ein böser Mann, der meinem Vater gram
ist," wendete Adolf ein, und seine Thränen
flossen noch immer. „Er wird sein Versprechen nicht halten." — „Das muß er halten,"
antwortete der Graf von Dassel, „oder
Kaiser Heinrich der Sechste fällt wieder in sein
Land, und zerstört seine Festen, wie Braunschweig und Lauenburg schon auf sein Geheiß

zerstört wurden.—„Mit Gunst, Herr Graf!"
fiel ein Ritter ein, der bey den letzten Wor=
ten des Grafen von Dassel in den Saal trat.
„Braunschweig und Lauenburg sind nicht
zerstört. Zwar versprach Herzog Heinrich
kaiserlicher Majestät, diese Festen schleifen zu
lassen, allein der Herzog schleifte sie nicht,
weil der Kaiser abzog, ehe es geschah. Er
trauete dem Versprechen des Herzogs; aber
er hat sich getäuscht, so wie Hollstein in der
Hoffnung, sich nun bald von Heinrichs Un=
terdrückungen befreyet zu sehen, sich getäuscht
haben wird."—„Der Wortbrüchige!" rief
der Graf von Dassel zornig aus. Nun, da
der Kaiser gen Rom gezogen ist, glaubt er
uns bezwingen zu können: aber es soll ihm
nicht gelingen; denn Herzog Bernhard und
Markgraf Otto und mein Vetter, der Erz=
bischof von Cöln, werden uns gewiß beystehen.
Doch, Ritter, wißt ihr gewiß, daß es so ist,
wie ihr sprecht?" — „Ganz gewiß, erwie=
derte jener; „ein Ritter, der Braunschweig
und Lauenburg vorüber zog, hat mich bey sei=
ner Ehre versichert, daß diese Festen statt
zerstört, noch mehr befestiget werden; und
daß Heinrichs Heer Hollstein nicht zu verlas=
sen geneigt ist, das sehen wir ja selbst." —
„Seht ihr, Großvater," fing Adolf wieder
an, „daß ich Recht habe, und Heinrich nicht
Wort hält. O, wenn doch nur die gemahl=

ten Reiter lebten!"— Der Graf von Daſ=
ſel tröſtete ſeinen Enkel, ſo gut er vermochte:
und wir ſchließen dieß Kapitel, ſo kurz es auch
iſt, weil wir glauben, ehe wir fortfahren,
zuerſt erſt ein wenig in der Geſchichte Holl=
ſteins zurück gehen zu müſſen, damit wir
den Zeitpunct herbey führen können, wo die
Geſchichte unſers Helden beginnt.

II.
Geſchichte des ältern Adolfs.

Nach der Achtserklärung, die Kaiſer Fried=
rich der Erſte aus Rache wider den mächtigen
Herzog Heinrich den Löwen ausſprach, ſah
ſich dieſer von vielen Fürſten angegriffen, die
ſich auf Befehl des Kaiſers in ſeine Länder
theilten. — Da wir nicht geſonnen ſind, Hein=
richs des Löwen Geſchichte zu ſchreiben, ſo
nennen wir von dieſen bloß den Grafen Bern=
hard von Anhalt, den Friedrich mit dem
Heinrich entriſſenen Herzogthume Sachſen
belehnt hatte, und den Erzbiſchof Philipp
von Cöln, weil dieſe zugleich Einfluß auf die
Geſchichte unſeres Adolfs haben.

Adolf der Dritte, Graf von Hollſtein, der
Vater unſeres Helden, war unter Heinrichs
Lehnsleuten der mächtigſte und treueſte. Er
zog Heinrichen mit vier tauſend Streitern zu
Hülfe, und dieſer ernannte ihn zu einem der

erſten Anführer des Heeres, mit dem er wi=
der den Herzog Bernhard, und den Erzbi=
ſchof von Cöln nach Weſtphalen zog. Adolf,
obgleich kaum zwanzig Jahr alt, bewies
ſeinem Lehnsherrn, daß er ſeines Zutrauens
würdig wäre; denn ihm hatte Heinrich größ=
ten Theils den Sieg zu danken, den er über
ſeine Feinde erhielt. Der junge Held ſtürzte
ſich mit ſeinen Hollſteinern ſo wüthend auf
den Feind, daß ſie alles vor ſich niederſchmet=
terten. — Dieſer Sieg, ſo wichtig er auch für
den Herzog Heinrich war, gab Veranlaſſung
zu Mißhälligkeiten zwiſchen ihm und dem
Grafen Adolf. Dieſer und die übrigen Edlen,
die ſich bey dem Heere befanden, hatten viele
vornehme Gefangene gemacht. Heinrich ver=
langte, daß ſie dieſe ihm überliefern ſollten,
wogegen aber Adolf und die Übrigen ein=
wendeten: da ſie dem Herzoge ganz auf ihre
eigne Koſten dienten; ſo wäre es billig, daß
er ihnen die Gefangenen überließe, um durch
das Löſegeld, das ſie von ihnen erhalten wür=
den, jene Koſten wieder erſetzen zu können. —
Heinrich war nicht dieſer Meinung, und ſtell=
te ſeinen Lehnsleuten den Grafen Günzel von
Schwerin, der ihm ſogleich ſeine Gefangenen
übergab, zum nachahmungswürdigen Bey=
ſpiele vor. Dieß bewirkte jedoch nicht, was

Heinrich wünschte, indem Adolf und mehrere, die mit ihm eines Sinnes waren, ihn unzufrieden verließen, und mit ihren Gefangenen wieder heim in ihr Land zogen. — Heinrich ging hierauf nach Thüringen, wo er gegen den Landgrafen Herrmann nicht weniger glücklich war, als vorher gegen den Herzog Bernhard. Siegreich kehrte er nach Braunschweig zurück, wohin nun seine Lehnsleute und mit ihnen Graf Adolf kamen, um ihm Glück zu wünschen. Zwar herrschte schon gegenseitige Kälte unter Heinrichen und Adolfen; doch bath jener den letztern, bey ihm in Braunschweig zu bleiben, Adolf äußerte aber dagegen den Wunsch, nach Hollstein zurück kehren zu dürfen, um für seines Landes Wohlfahrt sorgen zu können. „So bald ihr einen neuen Kriegszug unternehmt," setzte er hinzu „werde ich eilen, mich mit meinen Getreuen eurem Heere anzuschließen. —

„O laßt ihn ziehen, gnädiger Herr, den Mann, der gegen seine Waffengenossen so stolz und übermüthig, als gegen euch treulos handelt," wendete Graf Günzel von Schwerin sich zu dem Herzoge, und fuhr dann gegen Adolf fort: „Ich zweifle nicht, Herr Graf, daß ihr wiederkehren werdet, so bald euch die Hoffnung winkt, durch das Lösegeld von

reichen Gefangenen euren Seckel zu füllen.” —
„Ihr beschuldigt mich hart, Herr Graf! ” ant=
wortete Adolf mit finsterm Blicke; „aber be=
weist nun auch die Beschuldigungen, die ich,
so lange ihr dieß nicht könnt, für Verleum=
dung halten muß. Ist einer unter den Lehns=
männern des Herrn Herzogs, der ihm treuer
diente, denn ich, der trete auf, und zeuge wi=
der mich!” — „Wahrheiten, die nicht lieblich
klingen, werden freylich oft mit dem Nahmen
Verleumdung verunglimpft; dennoch aber
bleiben sie nicht weniger Wahrheit, ” entgeg=
nete Graf Günzel. „Ich, Herr Graf, ohne
Scham, ohne ruhmredig zu sprechen, kann ich es
sagen, diente dem Herrn Herzoge mit meh=
rerer Treue, denn ihr. Willig both ich ihm
meine Gefangenen dar; ihr aber verweigertet
sie ihm.” — „Daß ich dieß that, wird der
Herr Herzog mir nicht zur Untreue anrech=
nen, ” erwiederte Adolf; „im Gegentheile
schmeichle ich mich des Zeugnisses von ihm,
daß ich ihm immer treu und redlich, und
nach allen meinen Kräften diente.” — „Ja,
Herr Graf, dieß Zeugniß geb’ ich euch, so
wie ich euch den Sieg über Bernhard danke,”
mischte sich jetzt Heinrich in den Streit der
beyden Grafen: „eben so wenig aber kann ich
euch verhehlen, daß es nicht löblich von euch

ist, mir die Gefangenen vorzuenthalten. Dieß
könnt ihr auf keinen Fall rechtfertigen."—
„O ja, gnädiger Herr!" antwortete Adolf;
„ich hoffe mich rechtfertigen zu können. Ich
habe in dem westphälischen Kriegszuge so
viele Reitpferde verloren, und, um euch kräf=
tig beyzustehen, so viele Kosten aufgewendet,
daß ich, wenn ich euch meine Gefangenen
gäbe, zu Fuße, wie ein Pilger, wieder heim
ziehen müßte.

Mißvergnügt verließ Adolf den Herzog,
und beklagte sich gegen seine Freunde, daß
Graf Günzel ein Feuer der Zwietracht unter
ihnen anzublasen strebte.—Er verweilte noch
einige Tage in Braunschweig; dann verließ
er es aber, weil er sah, daß Heinrich in ho=
hem Grade wider ihn aufgebracht war. Der
Herzog schien nicht mehr daran zu denken,
daß seine Waffen ohne Adolfs Beyhülfe wahr=
scheinlich nicht siegreich gewesen seyn würden.
Er behandelte einen Mann mit Kälte, dem
er heißen Dank schuldig war. Dieß machte den
Grafen ihm abgeneigt: denn für so heilige
Pflicht er es auch hielt, seinem bedrängten
Lehnsherrn mit Gut und Blute beyzustehen,
so wenig war er hingegen geneigt, sich und
sein Land ihm ganz aufzuopfern.—Mit Zent=
nerschwere fiel ihm jetzt der Gedanke aufs

Herz, daß ihm vielleicht ein gleiches Schicksal, als seinem Vater, begegnen, und er, wie
dieser, von Land und Leuten verjagt werden
könnte, wenn er es länger mit dem von
allen Seiten angegriffenen Herzoge Hein=
rich hielte. Sein Land war ihm lieb, und er
wollte sich um eines Mannes willen, der so
undankbar als ungerecht gegen ihn handelte,
nicht der Gefahr aussetzen, desselben beraubt
zu werden. Er erklärte sich daher wider Hein=
rich den Löwen, und nahm Kaiser Friedrichs
Partey. Hätte er dieß früher oder später ge=
than, so würde er sich wahrscheinlich wohl
dabey befunden haben; jetzt verleitete ihn un=
glücklicher Weise Unzufriedenheit mit Hein=
richen, seinen Entschluß zu einer unschicklichen
Zeit auszuführen. — Entkräftung nöthigte
Heinrichs Feinde, diesem unglücklichen Fürsten
auf einige Zeit Ruhe zu lassen; er konnte
also seine ganze Macht wider den Grafen
Adolf wenden, der sie auch mit aller Schwere fühlte. Heinrich fiel in Hollstein ein, be=
mächtigte sich in kurzem des ganzen Landes,
so daß Adolf fliehen und bey dem Herzoge
Bernhard Schutz und Aufenthalt suchen muß=
te. Heinrich setzte den Ritter und Banner-
herrn Markard von Westensee, einen Mann,
der nach dem Grafen die größte Macht im

Lande besaß, zum Befehlshaber über die dem
Grafen Adolf geraubten Länder, übergab
ihm das Schloß Plön, und vertheilte die übri=
gen Schlösser des Grafen unter Edle, auf
deren Treue er sich verlassen konnte. — Adolf
erhielt zwar vom Herzoge Bernhard, und von
dem Kaiser selbst die besten Versprechungen;
Hülfe aber konnte er nicht sogleich bekommen.
Ein Jahr mußte er, seiner Besitzungen be=
raubt, in fremden Ländern verweilen, bis der
Kaiser einen neuen Kriegszug wider Hein=
richen unternahm. Jetzt kehrte er zurück, ge=
langte aber nicht eher wieder zum völligen
Besitze seiner Länder, als bis nach zwey
Jahren zwischen dem Kaiser und Heinrich
dem Löwen ein Friede zu Stande kam. —
Während seiner Verjagung hatte Adolf bey
dem Erzbischofe Philipp zu Cöln die Gräfinn
Bertha von Dassel, Adolfs des Kühnen Toch=
ter und Philipps Verwandte, gesehen; und
sie sehen und lieben war das Werk eines Au=
genblicks gewesen. Zwar wollte Anfangs Adolf
der Kühne seine Tochter keinem Grafen ohne
Land vermählen; aber des Erzbischofs Ver=
sicherungen, daß der Graf von Hollstein und
Stormarn nicht lange ein Mann ohne Land
bleiben sollte, bewogen ihn, die Bitten des
liebenden Grafen zu erfüllen, und ihm seiner

Tochter Hand zu versprechen, so bald er im
Stande seyn würde, sie als Gräfinn nach
Hollstein zu führen. — Jetzt, da Adolf seine
Länder wieder erlangt hatte, ließ er es seine
erste Beschäftigung seyn, alle, die sich in sei=
ner Abwesenheit wider ihn erklärt hatten, für
ihre Untreue zu bestrafen. Außer dem Banner=
herrn Markard von Westensee und dem Rit=
ter Hemeko, dem seine Tapferkeit so allge=
meine Achtung erworben hatte, als jenem sein
Reichthum, verjagte er alle, die es gewagt
hatten, sich wider ihn aufzulehnen. So bald
er auf diese Art das Beste seines Landes be=
sorgt hatte, sorgte er auch für die Angelegen=
heiten seines Herzens. Er zog gen Cöln, und
führte seine Bertha heim, indeß die Verjag=
ten theils in Dänemark Schutz und Hülfe
suchten, theils bey dem Grafen von Ratze=
burg einer bessern Zukunft harrten. — So
schwanden ihm drey Jahre im Genusse der
Liebe glücklich dahin, als ein früher Tod ihm
seine Gattinn aus den Armen riß. Zwey
Jahre vorher hatte sie ihn mit einem Sohne
beschenkt, der den Nahmen Bruno erhielt;
jetzt kostete ihr Konrads, des zweyten Soh=
nes, Geburt das Leben. Adolf hatte seine
Gattinn zärtlich geliebt; aber nicht minder
zärtlich liebte er auch seine Söhne. Diese Lie=

be vermochte ihn zu dem Entschlusse, sich wie=
der zu vermählen, um den Pfändern der Liebe
seiner Bertha eine Pflegerinn und Erzieherinn
zu geben, so ganz auch das Andenken an diese
ihm zu früh entrissene Gattinn sein Herz füllte.
Adelheid, Burchards des Herrn zu Querfurt
Tochter, wählte er zu seiner zweyten Gemah=
linn. Sie schien ihm würdig, die Nachfolge=
rinn der schönen und tugendhaften Bertha
zu seyn.

Bertha war ihrem Gemahle durch den Tod
entrissen worden; ihrer Nachfolgerinn riß Re=
ligionseifer ihren zärtlichen Gatten von der
Seite. Zwey Jahre hatte sie in seinen Armen
verlebt, und vor wenigen Wochen das Ge=
burtsfest ihres Sohnes Adolfs zum ersten
Mahle gefeyert, als ihr Gemahl von ihr schied,
um mit Kaiser Friedrichs Heere nach Palästina
zu ziehen. Alle ihre Bitten, sie nicht zu verlassen,
waren so vergebens, als die Vorstellungen des
Grafen von Dassel, daß Adolf Gefahr liefe, von
Heinrich dem Löwen und den verjagten Mißver=
gnügten, während seiner Abwesenheit des Lan=
des beraubt zu werden. Der Erzbischof von Cöln
vereinigte sich mit dem Grafen von Dassel und
der Gräfinn Adelheid; auch er bath Adolfen,
nicht nach Palästina zu gehen. —

„Sonder Beschwerung eures Gewissens=
könnt ihr daheim bleiben,” schrieb ihm Erz=
bischof Philipp; „denn die Vertheidigung eu=

res eigenen Landes und die Pflicht, euer Weib und eure Kinder zu schützen, müssen euch heiliger seyn, als die Wiedereroberung des heiligen Landes. Ihr seyd noch jung, Herr Graf und theurer Vetter, und könnt daher noch oft genug gen Palästina ziehen. Folgt also meinem Rathe: stellt euch jetzt krank, und wartet eine gelegenere Zeit dazu ab.''

Adolf ließ sich durch nichts zurück halten. Er hatte sich auf dem Reichstage zu Goslar, wo Kaiser Friedrich der Erste die versammelten Fürsten zu einem Kreuzzuge ermunterte, mit dem Kreuze bezeichnen lassen, und war zu gewissenhaft, des Erzbischofs von Cöln Vorschlag anzunehmen, und unter dem Vorwande einer Krankheit ein Versprechen, das er gegeben hatte, unerfüllt zu lassen. Auch glaubte er keinen Anfall von Heinrich dem Löwen befürchten zu dürfen, da dieser auf dem Reichstage dem Kaiser die Versicherung gegeben hatte, sich auf drey Jahre aus Deutschland zu entfernen. Zwar stellte der Graf von Dassel Adolfen vor, daß Heinrich dieß Versprechen wahrscheinlich nicht halten, sondern so bald er des Kaisers und seine Abreise nach Palästina vernähme, nach Deutschland zurück kehren würde, um Hollstein wieder zu erobern; allein seine Vorstellungen machten keinen Eindruck auf dem Grafen Adolf. — Allerdings hätte dieser in Heinrichs Versprechen Mis-

Adolf.   B

trauen setzen sollen; aber frommer Eifer be=
seelte ihn so ganz, daß er den Aufforderungen
kalter Überlegung kein Gehör gab. Er über=
gab sein Land, seine Gattinn und seine Kin=
der dem Schutze des Vaters seiner ersten Gat=
tinn, einem würdigen Manne, den Adelheid
so kindlich verehrte, als wenn er ihr eigener
Vater gewesen wäre. Der Graf von Dassel
war dieser Verehrung auch vollkommen wür=
dig, da er die Gräfinn Adelheid und ihren
kleinen Sohn so zärtlich liebte, als nur ein
Vater seine Kinder lieben kann. Adolf ver=
ließ nun sein Land, für dessen Sicherheit alle
Zurückgelassenen zitterten.

Die Befürchtungen des Grafen von Dassel
waren nicht ohne Grund gewesen; denn kaum
hatte Heinrich der Löwe in England des Kai=
sers und Adolfs Abreise nach Palästina erfah=
ren, als er nach Deutschland zurück eilte. Er
hielt sich einige Zeit bey dem Erzbischofe Hart=
wig von Bremen auf, wo ihn Markard von
Westensee und die übrigen von Adolf ver=
jagten Hollsteiner, die bisher bey dem Gra=
fen von Ratzeburg gelebt hatten, aufsuchten.
Sie bathen ihn, die Schmach zu rächen, die
sie, seine Getreuen, von dem Grafen hätten
erdulden müssen.

„Jetzt, gnädiger Herr," sprach Markard,
„jetzt ist es Zeit, unser Eigenthum, und was
wir einst eurer Güte dankten, wieder zu er=

halten, so wie ihr den Besitz von Hollstein
und Stormarn wieder erkämpfen könnt, wenn
ihr uns und unsern Freunden in Hollstein nur
einen Theil eures Heeres zur Hülfe gebt. Viele
hollsteinische Edle sind bereit, euch den Ein=
gang in das Land zu öffnen; und damit ihr,
was ich sage, nicht für leeres Vorgeben hal=
tet, so sprecht hier selbst mit einigen dersel=
ben, die die Übrigen abgesandt haben, um
euch um Befreyung von dem Joche zu bitten,
das Graf Adolf ihnen aufgebürdet hat.

Heinrich der Löwe erfüllte ihre Bitten um
so lieber, da die Erfüllung derselben für ihn
mit so vielem Vortheile verbunden war. Er
brach sogleich mit den Verjagten, an der Spitze
eines ansehnlichen Heeres, nach Hollstein auf,
wo seine Macht durch Markards und seiner
Anhänger Freunde beträchtlich vermehrt wur=
de. Ehe noch der Graf von Dassel ein Heer
zusammen bringen konnte, mit dem er sich
dem Herzoge nachdrücklich hätte widersetzen
können; hatte sich dieser schon des ganzen
Landes bemächtiget. Segeberg war die ein=
zige Festung, die der Partey des Grafen übrig
geblieben war.

Adelheid glaubte sich auch hier nicht sicher,
daher sie nebst Adolfs Mutter den Grafen
von Dassel bath; sie nach Lübeck zu geleiten,
um wenigstens sich und ihre Kinder in Sicher=
heit zu bringen. Der Graf von Dassel ge=

währte ihnen zwar ihre Bitten sogleich; sie
sahen sich aber in ihrer Hoffnung getäuscht:
denn nicht lange blieben sie in ihrem erko-
renen Zufluchtsorte sicher.

So bald Heinrich der Löwe sich Hollsteins
bemächtigt hatte, zog er vor Bardewick, um
diese Stadt dafür zu bestrafen, daß sie vor
einigen Jahren die Thore vor ihm verschlossen
hatte. Seine Rache war fürchterlich. Er zerstörte die ganze blühende Stadt; den Männern blieb keine Wahl übrig, als Tod oder
Gefangenschaft, und selbst Weiber und Kinder entrannen der letztern nur mit Mühe.

Dieser glückliche Erfolg der ersten Unternehmungen seines Kriegszuges reizte Heinrichen, sein Heer vor Lübeck zu führen. Er-
schreckt durch die Nachricht von dem traurigen Schicksale der Bardewicker, sandten die
zagenden Bürger dem siegenden Herzoge einige aus ihrem Rathe entgegen, die mit ihm
einen Frieden unterhandeln sollten. Sie waren
glücklich in ihren Unterhandlungen, und eine
Bedingung des Friedens bestand darin, daß
die beyden Gräfinnen von Hollstein, nebst
ihren Kindern, dem Grafen von Dassel, ihrem Gefolge und ihren Gütern völlige Freyheit haben sollten, das Land zu verlassen.
Klagend und voll des herbsten Schmerzes
zogen sie aus Lübeck, und flüchteten in die dem
Herzoge Bernhard gehörige Feste Artlenburg.

Indeß sie daselbst ihr Unglück beweinten, gab Heinrich der Löwe seinem Kriegsbefehls= haber in Hollstein, dem Ritter Walther von Baldensile, Befehl, die Festung Segeberg zu belagern, worin ihm die dem Herzoge ergebenen Hollsteiner und Stormarner bey= stehen sollten. Wahrscheinlich würde auch Walther diese Festung erobert haben, wenn nicht ein Freund des Vaterlandes sie befreyet hätte. — Eggo von Sture, so hieß dieser Mann, hatte des Herzogs Partey genom= men, weil dieß das einzige Mittel war, sein Eigenthum zu erhalten, war dennoch im Her= zen dem Grafen von Hollstein immer mit fester Treue zugethan gewesen, und hatte bis= her nur auf Gelegenheit gewartet, ihm nütz= lich zu werden, und öffentliche Beweise sei= ner unveränderten Treue zu geben. Jetzt schien es ihm, eine solche Gelegenheit gefunden zu haben. — Das Gerücht von den Grausam= keiten, welcher sich Heinrich gegen Bardewick schuldig gemacht hatte, war auch nach Holl= stein gedrungen, und viele der Heinrichen ergebenen Edeln dieses Landes tadelten ihn wegen seinen Unmenschlichkeiten. Einige der= selben befürchteten sogar, er möchte, wenn er erst zum ungestörten Besitze Hollsteins ge= langt wäre, auf ähnliche Weise mit ihnen und den Ihrigen verfahren, weil sie einst, ge= meinschaftlich mit dem Grafen Adolf, die=

jenigen verjagt hatten, die Heinrich über Hollstein zu Befehlshabern gesetzt hatte.

Eggo von Sture beschloß, diese dem Grafen Adolf günstige Stimmung zu benutzen,
und lud deßhalb alle mit dem Herzoge unzufriedenen Hollsteiner zu einem Mahle in sein
Zelt ein. — Die Geladenen waren fröhlich,
und die herum gehenden Becher verscheuchten
bald alle Zurückhaltung. Laut und bitter tadelten alle des Herzogs Grausamkeiten gegen
Bardewick. „War es nicht bloß aufwallender
Zorn, der den Herzog zu diesen Unthaten
verleitete?" — sprach endlich einer unter ihnen. — „Sollten wir uns wahrlich nicht drängen, statt des Grafen Adolfs den Herzog
Heinrich den Löwen zu unserm Herrn zu machen?"—„Aufwallender Zorn konnte es wohl
nicht seyn," wendete Eggo ein, „auf dessen
Antrieb Heinrich Bardewick zerstörte; denn
Zorn darf nicht so lange brennen, als Heinrichs Grausamkeit dauerte." — „Ihr habt
Recht, Herr Ritter," antwortete einer der
Gäste; „Zorn, wenn man ihn aufwallend
nennen will, muß bald wieder verfliegen.
Nein es war nicht Zorn, sondern Grimm
und Tyranney, die in Heinrichs Busen brann-
ten, und ihn zu Bardewicks Zerstörung entflammten. Er hat den Nahmen, den er füh-
ret, beschimpft, und sollte hinfort nicht mehr
Heinrich der Löwe, nein, Heinrich der Tie-

ger follte er heißen, denn fo, wie er jetzt wüthete, wüthet nur diefes Unthier." — „Mich
fchaudert, edle Ritter und Waffengenoffen,"
fing Eggo wieder an, „wenn ich daran denke,
daß wir uns jetzt felbft aufreiben, um uns einem Tieger zur Beute zu geben, der vielleicht
jetzt fchon die Zähne fletfcht, um uns zu zerrei-
ßen. Ich fürchte das Joch, das er uns aufle-
gen wird, noch drückender, als das, welches
wir jetzt abzuwerfen ftreben." — „O nein,
Herr Ritter," erwiederte ein anderer, „drückender kann es nicht werden; denn ihr felbft
müßt geftehen, daß Graf Adolf uns hart
befchwerte." — „Wenigftens," entgegnete
Eggo, „that er es nicht eher, als bis Heinrich ihn dazu nöthigte. Da Graf Adolf alle
Kräfte aufboth, um Heinrichen ein ganzes
Heer zu Hülfe zu führen, begann feine Regierung drückend zu werden, und daß fie es
in der Folge noch mehr wurde, war lediglich
auch Heinrichs Schuld.. Adolf hätte nicht
nöthig gehabt, feine Getreuen zu befchweren,
wenn Heinrich nicht viele feiner Edlen ihm
untreu gemacht hätte. Er ftreuete den Samen
der Uneinigkeit unter fie; er war es, der
Freunde wider Freunde aufhetzte, und Bürger-
blut fließen machte, und er ifts, auf deffen
Anregen es jetzt wieder in Strömen rinnt.
Wahrlich, Freunde, es ift viel gewagt, einem Manne fich in die Arme werfen zu wol-

len, der so vieles Elend über uns brachte." ―
„Und wenn er auch sanft und mild über uns
herrscht," wendete einer ein, „so biethet sich
doch unsern Blicken eine schreckliche Zukunft
dar. So bald Graf Adolf und Kaiser Fried=
rich aus dem heiligen Lande zurück kehren,
werden sie Heinrichen wieder aus Hollstein
verjagen, und das Land verheeren, wie es
jetzt Heinrich verheeret." ― „Ja, Ritter,"
rief Eggo, „wir werden des Elendes kein
Ende sehen, wenn wir uns Heinrichen erge=
ben. Mein Entschluß ist daher gefaßt. Ich
verlasse seine Partey; und wer ein biederer
Hollsteiner ist, der folge mir nach, und schwöre
auf sein Schwert, dem Grafen Adolf treu zu
seyn, und sich dem Heere Heinrichs, des
Tiegers, nach allen Kräften zu widersetzen!
Glühet in euch noch Liebe für euer bedräng=
tes Vaterland; so thut, was ich euch rathe:
ist sie aber aus eurem Herzen gewichen, o so
bitte ich euch, stoßt mir das Schwert in die
Brust, damit ich den Gräuel der Verwüstung
nicht sehe, der mein mir so theures Vater=
land entvölkern wird!" ― „Ihr verkennet
uns!" riefen alle einstimmig: „nein, noch
flammt Vaterlandsliebe in unsern Herzen.
Wir waren nur irre geleitet, und schwören
jetzt dem Grafen Adolf auf das Neue un=
verbrüchliche Treue."― „Dank euch wackere
Brüder!" rief Eggo; „aber laßt uns nun

auch eilen, sie zu beweisen. Die Belagerung
Segebergs biethet uns Gelegenheit dazu dar.
Auf, ihr Vertheidiger Hollsteins! auf, sie zu
benutzen! Laßt uns, wenn Walther von Baldensile Befehl zum Sturme gibt, das, so viel
ich weiß, morgen geschehen wird, ihm und
den Seinigen in den Rücken fallen.''

Alle Versammelten versprachen dieß zu thun,
und des andern Tages kamen sie auch ihrem
Versprechen treulich nach. Sie siegten über
Heinrichs Heer; Walther selbst wurde gefangen und in die Festung gebracht, die er vorher belagert hatte. — Kaum war die Nachricht von der glücklichen Wendung, die Hollsteins Schicksal genommen hatte, nach Artlenburg gekommen, als die Gräfinnen von
Hollstein, auf Zureden des Grafen von Dassel, sich entschlossen, in ihr Land zurück zu
kehren. Sie nahmen ihren Aufenthalt zu Segeberg, und der Graf stellte sich an die Spitze
der getreuen Hollsteiner, und führte sie in
die Nähe Lübecks, wo ein Heer Heinrichs
des Löwen stand. Es gelang dem Grafen von
Dassel, dieß Heer zu schlagen, und einige
Anführer desselben zu Gefangenen zu machen,
durch welchen Sieg die Hoffnung in ihm rege
wurde, Hollstein bald von seinen Feinden befreyen zu können; aber einige Zeit nachher
wurde sie noch vermehrt.

Kaiser Friedrich der Erste hatte zwar in

Paläſtina Lorbern erkämpft, aber auch ſeinen Tod daſelbſt gefunden. Er ertrank in dem
Fluſſe Calycadmus, und ſein Sohn, Heinrich der Sechſte, folgte ihm auf dem kaiſer-
lichen Throne. Erzürnt, daß Heinrich der
Löwe dem ſeinem Vater gegebenen Verſprechen nicht gemäß gehandelt hatte, ſondern
vor der feſt geſetzten Zeit nach Deutſchland
zurück kehrte, und den Grafen von Hollſtein
ſeines Landes beraubte, drang er in Heinrichs Land, und fiel Braunſchweig an, mit
dem feſten Entſchluſſe, es zu zerſtören. Der
Winter machte ihm die Erfüllung deſſelben
unmöglich, und Heinrich der Löwe war indeſſen ſo glücklich, ſich beynahe ganz Hollſtein
wieder zu unterwerfen. Die Gräfinnen und
der Graf von Daſſel ſahen ſich genöthigt,
das Land von neuem zu verlaſſen, und ſich
zum zweyten Mahle nach Artlenburg zu
flüchten.

Kaiſer Heinrich machte mit Heinrich dem
Löwen Friede — und hier iſt es, wo die Geſchichte unſeres Adolfs beginnt. Daß Heinrich
der Löwe den Bedingungen des Friedens nicht
nachkam, haben unſere Leſer im erſten Kapitel aus dem Munde des Ritters Eggo gehört; denn dieſer war es, der den Grafen
von Daſſel benachrichtigte, daß Heinrich der
Löwe weder Braunſchweig noch Lauenburg
geſchleift hätte. Wir enden nun dieſes Einlei-

tungskapitel, und fahren in der Geschichte
Adolfs des Vierten fort.

III.
Adolf verlangt gefesselt zu werden.

Der kleine Adolf hatte also, wie aus den
vorigen Blättern hervor geht, hohe Ursache
zu wünschen, daß die gemahlten Reiter, die
er weinend betrachtete, sich in lebendige ver=
wandeln möchten. Dieser Wunsch konnte frey=
lich nicht erfüllt werden; aber bald wurde es
ein anderer, der allen, die sich in Artleben
befanden, so wie jedem getreuen Hollsteiner,
an den Herzen lag. Dieser Wunsch war: die
Befreyung Hollsteins von der Bedrückung
Heinrichs des Löwen.

Bekrönt mit Ruhme, den er in den Ge=
fechten mit den Saracenen erwarb, erfuhr
Adolf der Dritte zu Tyrus, was in seinem
Lande vorging. Getrieben durch Liebe zu den
Seinigen und zu seinem Lande, und selbst
von vielen Geistlichen aufgemuntert, verließ
er eilends das heilige Land, um sein väterli=
ches Erbe zu schützen. Er zog durch Schwa=
ben, wo ihm Kaiser Heinrich die beste Hoff=
nung zur Wiedereroberung desselben machte,
ihm kräftigen Beystand versprach, und ihn
endlich mit Geschenken überhäuft entließ.
Hierauf begab er sich nach Schauenburg, ei=
ner Grafschaft, die seine Väter schon vorher

beseſſen hatten, ehe ſie zu dem Beſitze Holl=
ſteins gelangten. Hier bemerkte er zu ſeinem
großen Verdruſſe, daß ihm der Weg nach
Hollſtein verſperrt war, und daß die an der
Elbe gelegenen Örter ſich in den Händen
Heinrichs des Löwen befanden. Er ſah ſich
alſo genöthiget, im Auslande Hülfe zu ſuchen,
und er fand ſich bey dem Markgrafen Otto
dem Zweyten von Brandenburg und bey
dem Herzoge von Sachſen. Mit einem mäch=
tigen Heere begleiteten ihn beyde nach Art=
lenburg.

Drey Tage nachher, als der kleine Adolf
ſeinen frommen Wunſch geäußert hatte, blies
der Burgwächter zu Artlenburg Ritter an;
und kaum hatte er geblaſen, da ſtürzte ein
Knappe in das Gemach der Gräfinn Adelheid,
und rief freudig aus:

„Glück auf, gnädige Frau, euer Herr und
Gemahl kommt mit einem gewaltigen Heere
angezogen. Bald werden ſich nun die getreuen
Hollſteiner der Gegenwart ihrer geliebten
Herrſchaft wieder erfreuen können.”

Kaum hatte er geendet, als der kleine Adolf
in das Zimmer geſprungen kam, und ſich ſei=
ner Mutter in die Arme ſtürzte.

„Freue dich, liebe Mutter!” ſchrie er; „der
Vater iſt da! Komm, daß wir ihm entgegen
eilen! Aber gib mir erſt das kleine Schwert
her, das du mir geſtern geſchenkt haſt. Der

Vater wird sich gewiß freuen, wenn er mich
damit umgürtet sieht."

Adelheid hohlte das Schwert, nahm dann
den Knaben auf den Arm, und flog mit ihm
die Treppe hinab, ihrem Gatten entgegen.

Wir wollen keinen Versuch machen, die Freu=
den des Wiedersehens zu schildern, die Adel=
heid und ihren Gatten belebten: als er sei=
nen Arm um ihren Nacken schlang, und sei=
ne Lippen fest auf den ihrigen ruhten, schwie=
gen sie so in heißer Umarmung, und: mein
Sohn — meine Adelheid — dieß wa=
ren alle Worte, deren sie fähig waren.

Adolf hatte indessen die Wange seines Va=
ters gestreichelt; jetzt fragte er: „Aber Vater,
siehst du mich denn nicht?"

„O mein Bruno!" rief Graf Adolf aus —
nahm den Knaben seiner Gattinn ab, und
drückte ihn an seine Brust.

„Du kennst mich nicht?" sagte der Kleine
„ Ja ich hätte dich auch nicht gekannt, wenn
man mir nicht gesagt hätte, daß du mein Va=
ter wärest; und dir wird es wohl niemand
gesagt haben, daß ich dein Adolf bin."

„Du Adolf?" fragte der Graf verwundert,
und küßte seinen Sohn noch feuriger, als vor=
her — „doch jetzt besinne ich mich erst meiner
langen Abwesenheit. Ich dachte dich mir noch
als den Säugling, wie ich dich verließ, und
nun bist du so groß worden, als mein Bru=

no war, da ich nach Palästina zog. Aber wo
sind meine ältern Söhne?"

"Hier, lieber Vater!" riefen Bruno und
Conrad; die indessen auch herbey gekom=
men waren.

Der Graf umarmte auch diese, und sprach
dann: "Gott sey Dank, daß ich alle meine
Lieben gesund wieder finde! Dieß vermindert
den Schmerz, den ich über das Unglück em=
pfinde, das sie und mein Land in meiner Ab=
wesenheit betraf. Doch, seyd fröhlich, ihr
Lieben! bald wird es sich ändern; denn mit
Gottes und Bernhards und Otto's Hülfe
hoffe ich mein Land dem räuberischen Heinrich
bald wieder entreißen zu können."

Adolf hatte indessen mit dem Schwerte sei=
nes Vaters gespielt. "O das schöne Schwert!"
— rief er jetzt aus — "wenn ich doch auch
ein solches schwingen könnte!"

Der Graf blickte auf den Knaben hinab.
"Sieh doch," sprach er lächelnd zu ihm —
"du hast ja auch schon ein Schwert."

"Ja, Vater," antwortete Adolf — "aber
nur ein ganz kleines, das kaum einer Tau=
be den Kopf abhauen kann."

"Gedulde dich, lieber Sohn!" erwiederte
der Graf — "wenn du größer wirst, geb' ich
dir das meinige."

"Das ist eben nicht gut," entgegnete Adolf;
"daß ich noch nicht größer bin. Wär' ich

schon groß, so hättest du, lieber Vater, jetzt
gewiß nicht nach Artlenburg kommen sollen.
Entweder hättest du dein Land wieder frey
von Heinrichs Heere, oder deinen Adolf todt
gefunden."

Der Graf hob seinen Sohn noch ein Mahl
zu sich empor, und bedeckte ihn mit Küssen.
„Gott erhöhe diesen Gedanken einst zu einem
Grundsaße; so werden die Hollsteiner an dir
einen würdigen Vertheidiger finden" — sprach
er zu ihm.

Der Graf ging nun mit den Seinigen in
die Burg, wo sie sich von neuem umarmten.
Zwey Tage verweilte er bey ihnen, und freuete sich der Wiedervereinigung, und besonders
des guten Herzens und der Außerurgen des
Muthes seines kleinen Sohnes. „Wächst der
Knabe so fort im Guten, wie er begonnen
hat" — sprach er einst zu seiner Gattinn —
„so wird er so gut werden, als du, liebes Weib,
bist, und so tapfer als sein Großvater."

„Das hoffe ich," erwiederte Adelheid —
„jederzeit werde ich es mein emsigstes Bestreben seyn lassen, ihn zum Guten zu bilden."

Graf Adolf umarmte kurz nachher die Seinigen noch ein Mahl, und schied dann von ihnen, um sich zu dem Heere zu begeben, mit
dem er sein Land wieder zu erobern hoffte.
Der Graf von Dassel begleitete ihn, Adel-
heids fromme Wünsche folgten ihm nach, und

der kleine Adolf weinte, daß er nicht auch mit seines Vaters Heere ziehen konnte.

Der Graf von Hollstein war in seinem Kriegszuge glücklich, und bemächtigte sich nicht nur seines ganzes Landes wieder, sondern vergrößerte es auch durch die Grafschaft Stade, und den völligen Besitz von Lübeck. Wir wollen die Vorfälle dieses Kriegs nicht weitläuftig erzählen, so wie wir überhaupt alles, was Adolf dem Dritten noch begegnete, nur kurz berühren wollen, um geschwinder zu dem Zeitpuncte fortzuschreiten, wo wir uns mit seinem Sohne allein beschäftigen werden.

Kaum hatte Graf Adolf in seinem Lande die Ruhe wieder hergestellt, als er zum zweyten Mahle nach Palästina zog. Er erwarb sich in diesem Kreuzzuge noch mehr Ruhm, als in dem ersteren; und kaum war er nach Europa zurück gekehrt, als er auch hier Beschäftigung für sein Schwert fand. Markgraf Otto der Zweyte war mit dem Könige von Dänemark, Knut dem Sechsten, in Streit gerathen, und bath jetzt den Grafen von Hollstein um seinen Beystand, den er ihm um so weniger verweigerte, da er der Hülfe, die der Markgraf ihm einst leistete, die Wiedererlangung seines Landes zum Theile zu danken hatte. Knut, der vorher schon wider den Grafen aufgebracht gewesen war, weil

er an der Fehde Theil genommen hatte, in
welcher Herzog Waldemar von Schleswig mit
ihm lebte, that noch mehr, und beschloß,
sich nachdrücklich an dem Grafen zu rächen.

Dieser hatte dieß voraus gesehen, und da=
her ein Heer zusammen gebracht, an dessen
Spitze er, verbunden mit dem Markgrafen
Otto, den König von Dänemark nicht zu
fürchten hatte. Das vereinigte Heer rückte
dem Könige bis an die Eyder entgegen, und
fand ihn mit einem ebenfalls ansehnlichen
Heere am jenseitigen Ufer dieses Flusses.
Otto und Adolf, nebst den Heerführern der
fremden Völker, die der letztere in Sold ge=
nommen hatte, hielten es nicht für rathsam,
über den Fluß zu setzen; und der König schien
dazu eben so wenig geneigt. Er sah voraus,
daß er durch Zaudern eben so viel gewinnen
würde, als durch eine Schlacht, da Graf
Adolf zu einem zweyten Feldzuge kein so gro=
ßes Heer würde aufbringen können, als er
jetzt mit Aufwand vieler Kosten gesammelt
hatte. Er blieb daher eine Zeit lang im Felde
stehen, und zog dann wieder ab, ohne daß
Adolf, so groß auch sein Heer war, etwas
hätte ausrichten können; denn es gelang ihm
nicht, seine Gefährten dahin zu bereden, daß
sie seinem Willen gemäß gehandelt hätten, und
über die Eyder gegangen wären.

Das Jahr nachher sah sich Adolf zum zwey=

Adolf. IV.   C

ten Mahle vom Könige Knut angegriffen und genöthigt, einen nachtheiligen Frieden mit ihm zu schließen, weil er allein zu schwach, sich dem Könige zu widersetzen, und sein Schatz zu sehr erschöpft war, um sich durch Hülfsvölker verstärken zu können. Er mußte dem Könige das Schloß Rendsburg abtreten, wodurch diesem der Eingang zu Holstein offen wurde. Der Streitigkeiten zwischen Knut und Adolf wurden nun immer mehrere, und sie endigten zuletzt für einen der streitenden Theile auf eine traurige Art.

Der Aufwand, welchen dem Grafen sein erster Kriegszug gegen den König verursacht hatte, nöthigte ihn, zur Vermehrung seines Schatzes, Mittel zu ergreifen, deren er sich außer dem nicht bedient haben würde. Er belegte einige der vornehmsten Edlen mit Geldstrafen, wodurch er sie zum Mißvergnügen über ihn reizte. Sie murrten laut, und Adolfs Feinde, außerhalb seines Landes, beschlossen, sich mit diesen, die sich in dem Innern desselben befanden, zu verbinden.

König Knut und sein Bruder, der Herzog Waldemar von Schleswig, bey dem sich viele von denen aufhielten, die einst Graf Adolf aus dem Lande jagte, als er es Heinrich dem Löwen wieder entriß, sandte einige verschmitzte Leute von ihren Getreuen nach Holstein, mit dem Befehle, das glimmende Feuer der

Zwietracht zur lohen Flamme anzublasen. Es
gelang diesen Friedensstörern, eine große Menge derer, die bisher dem Grafen noch getreu
gewesen, von ihm abzuziehen, und Herzog
Waldemar, so bald er dieß erfuhr, säumte
nun nicht länger, seinen Plan auszuführen.
Mit einer großen Macht drang er nach Hollstein, schlug den Grafen, dessen empörtes
Heer nur einen schwachen Widerstand leistete,
und nach kurzer Zeit blieben dem Grafen von
seinen Festen und Schlössern nur noch Lauenburg, Segeberg und Travemünde übrig. Dennoch verzagte er noch nicht, sondern rief alle seine Freunde herbey, um ihm beyzustehen. — Unter diesen befanden sich unglücklicher Weise einige Scheinfreunde, die ganz
auf dänischer Seite waren, und, unter der
Larve guter Rathgeber, den Grafen vollends
ins Verderben stürzten. Auf ihr Anregen wurde er von seinem Heere gebethen, ihm während der eingebrochenen Weihnachtsfeyertage einige Zeit zur Ruhe und Erhohlung zu
gönnen.

„O ich bitte euch, tapfere Waffengenossen! denkt jetzt an keine Ruhe, sondern nur
daran, wie wir unsere Feinde aus dem Lande treiben können,“ antwortete der Graf von
Hollstein. „Können wir erst fröhlich seyn,
ohne daß uns die Furcht stört, unsere Freude durch einen Überfall der Dänen in Trau-

rigkeit verwandelt zu sehen ; dann , Freunde, wollen wir der Ruhe und der Erhohlung genießen ! Jetzt aber sey das nur unsere einzige Sorge , diese Sicherheit zu erkämpfen. Auf daher , tapfere Gefährten ! auf zur Rache wider die, die uns unsere Freude raubten !"

Graf Günzel von Schwerin , der einst schon dem Grafen eine Grube grub, sich aber jetzt wieder gar freundlich stellte , und ihm zu Hülfe gekommen war , stürzte ihn jetzt, verbunden mit dem slavischen Fürsten, Heinrich Burwin, in eine andere. — "Freylich, Herr Graf, wäre es besser , wenn wir uns in Sicherheit freuen könnten," sprach Graf Günzel; „aber dieser Zeitpunct ist noch nicht angetreten, ob ich gleich der festen Zuversicht lebe, daß sie nicht mehr fern ist. Gewährt aber immer die Bitte eures Heeres; denn während der Weihnachtsfeyertage habt ihr nichts von den Dänen zu fürchten." „Nein, gewiß nicht;" setzte Heinrich Burwin hinzu; „denn jetzt, da sie schwelgen und schmausen, werden sie an keinen Überfall denken." —

„So laßt uns sie überfallen!" sprach Graf Adolf. — „Das wollen wir am dritten dieser Tage," erwiederte Graf Günzel, „wo wir ohne Zweifel die mehresten unter ihnen trunken finden werden. Heute und morgen laßt

eure Leute raſten, damit ſie dann deſto mu=
thiger ſind." —

Der Graf von Hollſtein ließ ſich hierzu überreden, und hierauf Bier und Wein unter ſein
Heer vertheilen; aber wie ſehr erſchrak er,
als das Geſchrey: Zu den Waffen! das er=
ſte war, was er des andern Morgens ver=
nahm. Kaum war dieſer fürchterliche Ruf in
ſein Ohr gedrungen, als er vom Lager auf=
ſprang, und ſich bewaffnete. Zwey Unglücks=
bothen erſchreckten ihn jetzt noch mehr. Der
eine brachte die Nachricht, daß Graf Günzel
mit den Seinigen geflohen wäre; und der
zweyte meldete das Nähmliche von dem Für=
ſten Burwin. — Adolf ſah ſich mit ſeinem
verminderten Heere auf allen Seiten von
Feinden umrungen, die wüthend auf ihn ein=
drangen, und bey allem Muthe, der ihn,
und die bey ihm geblieben waren, beſeelte,
war ihm nichts übrig, als ſich zu ergeben.
Er ſandte ſeine Abgeordneten an den Herzog
Waldemar, um über die Bedingungen zu
verhandeln, unter welchen er ſeine Freyheit
behalten könnte. Dieſe wurde ihm bewilligt;
jedoch unter Bedingungen, die dem Grafen
nicht viel weniger ſchmerzhaft waren, als der
Verluſt ſeiner Freyheit. Er ſollte Lauenburg
übergeben, wozu er ſich nie entſchloſſen ha=
ben würde, wenn er nur noch die geringſte
Hoffnung gehabt hätte, ſich auf eine andere

Art zu retten. — Graf Günzel erhielt von
dem Herzoge den Auftrag, den Grafen Adolf
nach Lauenburg zu begleiten, damit er selbst
die Übergabe bewirken könnte. So mißfällig
auch dem letztern die Gesellschaft dieses Mannes war, dem er alles Unglück zuschreiben
mußte, welchem er jetzt erlag; so innig dankte er ihm auch nach weniger Zeit sein Leben,
das allein Günzels Vorsorge erhielt. —

Kaum hatten nähmlich die Ditmarser, die
sich bey Waldemars Heere befanden, die Nach=
richt gehört, daß Adolf in Günzels Lager wäre; als sie mit dem festen Vorsatze, ihn zu
tödten, dahin eilten. Der Graf von Schwerin sah den Auflauf vor seinem Zelte, und
eilte hinaus, um sich nach der Ursache desselben zu erkundigen. — „Was wollt ihr?"
rief er den Ditmarsern zu; „es ist ja kein
Feind in der Nähe, daß ihr so tobt und wüthet." — „Wir wollen den Mann," ant-
worteten die Ditmarser, „der unser Land
verheerte, und unsere Brüder tödtete, oder
mit Sclavenfesseln belegte. Er ist in euerm
Zelte, Herr Graf! und wir verlangen Ge-
nugthuung, damit wir durch den Tod des
Barbaren den Tod unserer wackern Brüder
rächen. Heraus mit dem Verräther Adolf,
damit unsere Rache nicht auch euch treffe!"

Graf Günzel gab sich alle Mühe, die wü-
thenden Ditmarser zu besänftigen; aber sie

war vergebens, und jene machten Miene
auf sein Zelt los zu stürmen. Graf Adolf,
so unverzagt er auch schon oft dem Tode entgegen gegangen war, zitterte bey dem Gedanken, meuchelmörderisch getödtet zu werden. Günzel, der dieß vermuthete, wendete
sich gegen ihn zurück, gab ihm die Versicherung, daß er wegen seines Lebens außer Sorgen seyn könnte, und steuerte nun dem Ein-
dringen der Ditmarser mit Gewalt, weil Güte fruchtlos war.

Kurz nachher brach Günzel mit seinem Gefangenen auf. Sie erreichten Lauenburg, und
hier wurde das Maß der Leiden Adolfs voll.
Alle seine Bitten konnten die Lauenburger
nicht dazu bewegen, sich zu ergeben. —

„Nein, Graf!" riefen sie; „wir wollen nicht unsere Freyheit verscherzen, um
die Freyheit eines Mannes zu erhalten,
der nicht fähig ist, uns zu schützen. Waret
ihr so feige, daß ihr euch ergabt, ehe ihr noch
schlugt, so empfindet nun auch den Lohn eurer Feigheit. Unbedauert von uns könnet
ihr in Fesseln schmachten. Wir wollen uns
keinen Herrn aufdringen lassen; ist einer eurer Söhne tapferer, als ihr, so wählen wir
diesen; sind sie aber alle so feig, als ihr seyd,
so wählen wir einen andern tapfern Mann zu
unserm Oberherrn; denn dem, an den ihr
uns verkauftet, werden wir uns nie ergeben."

Schrecken benahm dem unglücklichen Grafen Sprache und Bewußtseyn; dann erst kehrte das letztere zurück, als er sich mit schimpflichen und unverdienten Fesseln belegt , so
wohl von seinen Begleitern , als von den
Lauenburgern verspottet und gehöhnt sah. Zu
denken vermochte er jetzt, obgleich seine Gedanken einem verworrenen Traume glichen;
aber die Kraft zu sprechen kehrte noch nicht
wieder. Unmenschlich — dieß war alles ,
was er murmeln konnte. Durch sein Unglück
bis zur Sinnlosigkeit niedergedrückt , führte
ihn Graf Günzel weiter. Verzweiflung sprach
aus Adolfs Mienen, und das Zusammenschla-
gen mit seinen Ketten, so wie sein Zähnknirr-
schen, drückten die Wuth aus, die in seinem
Busen brannte. — Günzel, dieser unversöhn=
liche Feind Adolfs, nahm nicht den nähesten
Weg nach Dänemark, wohin er den Grafen
in ein Gefängniß bringen sollte. Er fand ein
unmenschliches Vergnügen daran, ihn beynah
durch alle Gegenden des Landes zu führen,
das Adolf vorher beherrscht hatte ; und die
Spottreden einiger mit dem Grafen unzufriedenen Hollsteiner, welche die Verzweiflung,
die diesen unglücklichen Mann folterte, noch
vermehrten, waren für die Ohren des grau-
samen Grafen von Schwerin ein lieblicher
Wohlklang. — Stumm hatte Adolf bisher
den Weg zurück gelegt ; nur Seufzer dräng=

ten sich bisweilen aus seiner Brust hervor.
Jezt, da er nicht fern von Segeberg war,
sprach er zuerst wieder. — „Wenn ihr mich
nicht rasend machen, mein Weib nicht tödten
wollt," wendete er sich zu dem Grafen von
Schwerin; „o so beschwöre ich euch, zieht mit
mir nicht Segeberg vorüber! Hier sind meine
Gattinn und meine Kinder, die vielleicht noch
nichts von dem Unglücke wissen, das mich
zermalmt. Ist in eurem Busen noch ein Überrest von menschlichem Gefühle; o so laßt sie
dieß Unglück nicht in seiner schrecklichsten Gestalt erblicken!"

„Wir ziehen Segebergs Mauern vorüber,"
sprach Günzel mit einer Fühllosigkeit, die
sich mit keinem Beyworte bezeichnen läßt.

„Ich bitte nicht für mich, sondern für eine liebenswürdige Gattinn, für eine Mutter, die dem Grabe nahe ist, und für drey
unmündige Kinder, die euch alle nie beleidigten. Laßt mich jezt nicht vergebens flehen,
Graf!" sprach Adolf im Tone der Verzweiflung, und warf sich zu den Füßen des Un-
menschen. Seinen Augen entstürzten Thränen, und halb laut fuhr er fort: „O Gott,
mußte ich so tief erniedriget werden, daß ich
nun vor einem Menschen knien muß!"

„Ich bin für euch besorgter, als ihr denkt,"
erwiederte Günzel, „und will mit euch nach
Segeberg gehen, damit ihr eure Mutter, eu-

eure Gemahlinn und Kinder auffordern könnt, daß sich Lauenburg ergibt, wodurch ihr eure Freyheit wieder erhalten könnt."

„Lieber den Tod," rief Adolf, „als nach Segeberg! gebt mir ihn, und ich werde euch feuriger danken, als da ihr mein Leben wider die Ditmarser schütztet. — „Ihr zieht vor Segebergs Thore!" befahl Günzel den Vorangehenden, und wendete sich hinweg von dem Grafen von Hollstein, ohne ihm zu antworten. Als sie vor der Festung angekommen waren, rief Günzel einem der Burgwächter zu: „Sagt der Gräfinn von Hollstein, wenn sie ihren Gemahl sprechen wolle, so sollte sie zu uns heraus kommen." — Der Burgwächter verlangte den Grafen zu sehen, und schrie laut, als man ihm den Gefesselten zeigte, den er zwar schon gesehen, aber ihn nicht für den Grafen gehalten hatte. — „Das wäre unser gnädiger Herr, Graf Adolf von Hollstein?" fragte er mit der Miene des Unglaubens. — „Er ist es;" erwiederte Graf Adolf; „aber, ich bitte dich, laß die Thore nicht öffnen! Schweig, und sage meiner Gemahlinn kein Wort, daß du mich sahst!"

Der Burgwächter that nicht, was Adolf verlangte; im Gegentheile rief er seinen Gefährten zu, und bald wurde das Geschrey: Zu den Waffen! auf, unsern gefangenen Grafen zu retten! allgemein. Günzel zog sein

Schwert, und schrie den Hollsteinern in der Feste zu: „So bald es einer von euch wagt, gewaffnet zu uns zu kommen, oder von der Mauer herab auf uns zu schießen, ist euer Graf des Todes." — Adolf bath sie nachher, seiner Gemahlinn das Herauskommen zu ver= wehren, damit sie nicht auch in die Hände seines Feindes fallen, und gleiches Schicksal mit ihm haben möchte. — Kaum hatte er geendet, als Adelheid schon mit ihren Kin= dern heraus stürzte. Die Besatzung wollte ih= ren Vorsatz ausführen, und fing bereits an, sich heraus zu drängen; aber der Zuruf Gün= zels, der sein Schwert über Adolfs Haupte schwang, und die Bitten des letztern, sein und seiner Gattinn und Kinder Leben zu scho= nen, vermochten sie endlich, ruhig stehen zu bleiben. Adelheid war indessen auf ihren Ge= mahl zugeeilt, der seine Arme empor hob, um die geliebte Gattinn an seine Brust zu drücken; aber so bald diese das fürchterliche Rasseln seiner Ketten gehört hatte, sank sie leb= los zu Boden. — „Nun habt ihr euer Werk vollendet!" sprach Adolf wüthend zu Gün= zeln, und schlug verzweiflungsvoll mit sei= nen Ketten zusammen. Einige Augenblicke machte der Schmerz ihn stumm; dann wen= dete er sich hinweg von der schrecklichen Sce= ne, und rief aus: „Ruhe sanft, meine Adel= heid! und ihr, meine Kinder, lebt wohl!"

Der junge Adolf, der sich bisher nebst seinen Brüdern mit seiner Mutter beschäftigt
hatte, stürzte sich jetzt zu Günzels Füßen.

„O ich bitte euch, Herr Graf!" sprach er
zu ihm; „laßt meinem Vater die Fesseln ab-
nehmen, und mich damit belegen. Gern will
ich euer Gefangener seyn, wenn ihr nur meinen Vater frey laßt." — Er hatte Günzels
Knie fest umschlossen, und nur mit Mühe konnte sich dieser von ihm los machen, worauf er
befahl, den Knaben hinweg zu bringen; allein dieser sprang auf, umklammerte seinen
Vater, und rief Günzeln zu: „Wollt ihr meinen Vater nicht frey lassen, so nehmt mich
wenigstens auch mit. — Ich will eure Leiden
zu versüßen suchen!" fuhr er gegen seinen
Vater fort.

Mit Gewalt mußte der Jüngling von seinem Vater hinweg gerissen werden. Er wurde nun der Besatzung übergeben, die Günzels über Adolf gezücktes Schwert kaum vermögend gewesen war, zurück zu halten. Der
Graf von Hollstein verbarg sein Gesicht, und
Günzel gab Befehl, weiter zu ziehen.

Lautes Jubelgeschrey tönte Graf Günzeln
entgegen, als er nach einigen Tagen seinen
Gefangenen nach Dänemark brachte, wo er
sogleich in ein Gefängniß abgeführt wurde.

IV.

Graf Adolf der Dritte sieht die Seinigen wieder.

Ein Jahr hatte Adolf bereits in seinem Gefängnisse geschmachtet, als König Knut nach
Hollstein kam. Travemünde unterwarf sich
ihm, und Segeberg und Lauenburg waren
nur die einzigen zwey Festen, die des Grafen Leute noch besetzt hielten. Knut und sein
Bruder Waldemar beschlossen, mit der Ein-
nahme derselben die Eroberung Hollsteins zu
vollenden. Diesem Entschlusse gemäß zog
Waldemar vor Lauenburg, umschloß die Feste mit starker Heereskraft, betrog sich aber
dennoch in der Hoffnung, sie bald zu erobern. Die Lauenburger wehrten sich verzwei-
felt, und Waldemar war genöthigt, wieder
abzuziehen. Um sich aber eine zweyte Belagerung dieser Festung zu erleichtern, führte er
das Schloß Haddenburg, das von den Lauenburgern zerstört worden war, wieder auf,
versah es mit einer starken Besatzung, und
brach nun nach Segeberg auf.

Lange schon hatte eine Abtheilung des dänischen Heeres diese Festung belagert, aber
noch nicht den geringsten Vortheil erlangt.
Der tapfere Graf von Dassel war Befehlshaber darin, und sein Beyspiel und die Gegenwart der beyden Gräfinnen von Hollstein
und der Söhne des unglücklichen Adolfs er-

munterten die Besatzung zu tapferer und muth=
voller Gegenwehre. Sie hatten öftere Aus=
fälle gethan, wodurch sie nicht nur dem Dä=
nischen Heere sehr schadeten, sondern auch
ihre Festung mit Lebesmitteln versahen, die
sie den nahe wohnenden Landleuten abnah=
men. Der Vorrath derselben, die Hoffnung,
wenn er aufgezehrt wäre, wieder neuen zu
erhalten, die Stärke der Festungswerke, die
Tapferkeit des Grafen von Dassel, und die Lie=
be und Treue für Adelheid und ihre Söhne
scheuchten jeden Gedanken an eine Übergabe
weit von den tapfern Segebergern; bis end=
lich, als Herzog Waldemar vor ihre Festung
kam, ihre Tapferkeit der Überlegenheit des=
selben weichen mußte. — Waldemar um=
ringte mit seinem zahlreichen Heere ganz Se=
geberg, und benahm hierdurch den Belager=
ten, neben der Möglichkeit, einen Ausfall zu
wagen, zugleich die Hoffnung, wenn ihre
Lebensmittel aufgezehrt wären, neuen Vor=
rath zu erhalten. Nach einigen Wochen wur=
de der lezte Überrest derselben vertheilt; aber
noch immer verließ die tapfere Besatzung der
Muth nicht. Die Hoffnung eines Entsatzes
richtete sie auf, ob sie sich gleich auf weiter
nichts gründete, als auf die Vermuthung,
daß noch mehrere Hollsteiner dem Hause des
Grafen Adolfs so ergeben seyn würden, als
die Bewohner Segebergs. Gestützt auf diese

schwache Hoffnung, ließen sie auch da den
Muth noch nicht sinken, als schon seit einigen Tagen die fürchterlichste Hungersnoth in
der Festung wüthete. Indeß sie noch immer
die Mühlen gehen ließen, um den Belagerern
den Mangel, welcher sie drückte, nicht zu
verrathen, schossen sie mit noch ungeschwäch-
ter Kraft von den Mauern herab. Als endlich der Hunger bereits einige der Bewohner
getödtet hatte, forderte die Gräfinn Adelheid
die Besatzung selbst zur Übergabe auf.

„Laßt ab, edle Männer, mit eurer Ge-
genwehr!" sprach sie zu ihnen; „opfert der
Liebe zu mir und meinen Kindern nicht euch
alle auf! Jetzt schon muß ich den Tod mehrerer eurer Mitbürger beweinen, den sie für
mich erduldeten; gebt euch ihm nicht auch
Preis, sondern ergebt euch dem Sieger, und
erhaltet euer Leben."

„Habt Geduld, gnädige Frau!" antwor-
teten einige von den Anführern der Besatzung; „vielleicht kommt Entsatz."

„Leere Hoffnung!" erwiederte Adelheid.
„Die Treue gegen ihren Herrn ist in den Herzen aller Hollsteiner erstorben; nur in euch
lebt sie noch!"

Hunger und Beschwerden hatten die mehr-
sten bereits so entkräftet, daß sie kaum noch
sich aufrecht zu erhalten vermochten; dennoch
beschlossen sie noch einen Tag auf Entsatz zu

warten. Er vergiug, und es kam kein Eut-
satz. Statt dessen aber sandte Waldemar einen Trompeter ab, die Besatzung noch ein
Mahl zur Übergabe aufzufordern. — Diese
Aufforderung kam den Belagerten sehr er-
wünscht; denn sie hofften nun billigere Bedingungen zu erhalten, als wenn sie sich selbst
zur Ergebung erbothen hätten. Sie freueten
sich, daß sie ihre leeren Mühlen hatten gehen lassen, und eilten, Abgeordnete an den
Herzog zu senden, um mit ihm in Unterhandlungen zu treten. — Waldemar, der mit
seinen Kriegern der Beschwerden müde
war, die sie von dem einbrechenden Winter
im Lager vor Segeberg hatten erdulden müssen, machte so billige Bedingungen, als die
Belagerten kaum erwartet hatten.

Sie sollten mit ihrem Vermögen freyen Ab-
zug haben, und die Burgmänner in dem Besitze ihrer Lehen nicht gestört werden.

Adelheid ging nach der Übergabe mit ihren Kindern und der Mutter ihres Gatten
nach Schauenburg, indeß sich der Graf von
Dassel nach Lauenburg begab, um zu versuchen, ob er die Bewohner desselben wieder
zur Treue gegen seinen Eidam zurück bringen
könnte. — Längst schon hatten die Lauenburger ihre dem Grafen Adolf erwiesene Härte bereuet, und wünschten ihm die Freyheit,
die er durch sie verlor, wieder verschaffen zu

können; nur wollten sie dieß nicht durch Ergebung an Waldemar, der unterdessen nach
dem Tode seines Bruders Knut, König in
Dänemark geworden war. Ihr Entschluß war:
dem Grafen Adolf seine Freyheit zu erfechten. In dieser Stimmung fand der Graf von
Dassel die Lauenburger, als er in ihre Feste
zog. Er machte ihnen bekannt; daß er entschlossen wäre, bey ihnen zu bleiben; sie bathen ihn aber dagegen, daß er zu dem Herzoge Bernhard und zu dem Markgrafen Otto
gehen, und beyde zur Unterstützung ihres
nothleidenden Bundesverwandten auffordern
möchte.

„Mit uns, Herr Graf!" setzten sie hinzu; „hat es keine Noth. Der König Waldemar kann sich ein ganzes Jahr mit seinem
Heere vor unsere Mauern legen, und er wird
so wenig ausrichten, als da er uns zum ersten Mahle belagerte; ob er gleich das Schloß
Haddenburg wieder aufgebauet hat. Gelingt
es euch, bey einem der genannten Fürsten
Hülfe zu finden; so zieht mit euerm Heere
Lauenburg vorüber, damit wir uns ihm an-
schließen können. Auf unsere unverbrüchliche
Treue könnt' ihr euch indessen sicher verlassen.

Der Graf von Dassel eilte zu Bernharden
und von diesem zu dem Markgrafen Otto;
aber keiner von beyden konnte ihm ein Heer
zu Adolfs Völkern geben, da sie in den Krieg

Adolf.   D

verwickelt waren, den Kaiser Philipp mit sei=
nem Gegenkaiser Otto führte. Der Graf ging
daher nach Schauenburg, Adolfs Zurückge-
lassene zu trösten, und sandte einen Bothen
nach Lauenburg, der tapfern Besatzung zu
berichten, daß er in seinem Unternehmen nicht
glücklich gewesen wäre, und sie zugleich zur
Übergabe aufzufordern, da sie allein doch
unmöglich der ganzen Macht Waldemars
lange widerstehen könnten. — Hierin muß=
ten die wackern Lauenburger dem Grafen Recht
geben. Sie beschlossen daher, sich zu erge=
ben; nur zögerten sie, dieß gleich zu thun,
damit Waldemar nicht glauben möchte, es
geschähe aus Mangel oder Muthlosigkeit, und
ihnen vielleicht deßhalb härtere Bedingungen
vorschreibe. Zwar hatte sie Waldemar schon
einige Wochen lang mit Stürmen und Mauer=
brechen geängstigt, aber doch noch nicht den
geringsten Vortheil über sie erhalten. Die
Belagerten fochten mit der größten Tapfer=
keit, und tödteten eine große Menge von den
Leuten des Königs. Um nicht noch mehrere
aufzuopfern, schickte er den Erzbischof von
Lunden an sie ab, ließ sie auffordern: sich
unter den nähmlichen Bedingungen zu ergeben,
unter welchen Segeberg übergegangen war,
und versprach ihnen sogleich die Freylassung
des Grafen, wenn er zur Versicherung, nichts
wider den König Waldemar zu unternehmen,

Geißeln geben wollte. Die Lauenburger hat=
ten nun ihren Endzweck erreicht. Sie ergaben
sich, und sandten ungesäumt Bothen nach
Schauenburg, die Nachricht von dem Vor=
gegangenen dahin zu bringen. — Bald nach=
her kehrte Waldemar nach Dänemark zurück,
und kündigte dem Grafen Adolf seine Frey=
heit an, welche er auch erhielt, nachdem er
seine beyden ältesten Söhne und zehn Kinder
seiner schauenburgischen Lehnsleute zu Gei=
ßeln gegeben hatte. Er eilte nun nach Schauen=
burg, und sah sein zwey Mahl verlornes
Hollstein nie wieder.

V.
Schöne Vorsätze.

Das Gefühl, welches Adolfs Busen ein=
nahm, als er auf dem Schlosse zu Schauen=
burg seine Gattinn und seinen jüngsten Sohn
umarmte, war eine Mischung von Freu=
de und Schmerz; Freude über das so lange
entbehrte Glück, das er in ihren Armen ge=
noß, und Schmerz über das Unglück, aus
einem Manne, um dessen Gunst sonst die
größten Fürsten buhlten, ein wenig bedeu=
tender Graf geworden zu seyn. Ähnlicher Em=
pfindungen war auch Adelheid und ihr Sohn
voll; doch war in der Erstern Freude stärker
als Schmerz. Entzücken, den jetzt wieder in
ihre Arme zu schließen, dessen Leiden ihr Herz

so lange mit Kummer erfüllt, und ihnen Thränen heraus gepreßt hatte, ließ sie weder an
die Größe denken, von der sie herab gesunken war, noch an die Trennung von Bruno
und Conrad. Den jungen Adolf schreckten diese Gedanken aber bald aus dem Genusse der
Freude auf. — Adolf war jetzt sechzehn Jahr
alt, und Adelheid hatte ihre Absicht, ihn
zum Guten zu bilden, vollkommen erreicht.
Auch in Absicht seiner körperlichen Bildung
war nichts versäumt worden. Er konnte mit
dem stärksten Manne eine Lanze brechen, das
wildeste Streitroß tummeln, und kein Schwert
war seinem nervigen Arme zu schwer. In einem Turniere, das der Graf von Dassel, um
ihn und Adelheid aufzuheitern, ausschrieb,
hatte er zwey geübte Knappen aus dem Sat-
tel gehoben, und einen dritten im Fußkampfe
überwunden. Um seine Geschicklichkeit zu be-
lohnen, und zugleich um seine Gedanken,
die bisher bloß auf seinen Vater und den
durch Entreißung Hollsteins erlittenen Verlust gerichtet waren, wenigstens auf einige
Zeit eine andere Richtung zu geben, schlug
ihn der Graf von Dassel zum Ritter, und er
verfehlte seinen Endzweck nicht ganz. Die
Freude über die erhaltene Würde beschäftigte
den Jüngling eine lange Zeit so ganz, daß
der Kummer, der vorher seine Stirn um-
florte, vor ihr weichen mußte. Aber bald

kehrte er zurück, und längst schon hatte die
Freude Adolfs Herz wieder verlassen, als sein
Vater in Schauenburg eintraf. Die Ankunft
desselben verscheuchte zwar den Schmerz, der,
wegen der Trennung von ihm, seinen Sohn
vorher gefoltert hatte; aber dem, welcher seinen Busen über den Verlust Hollsteins zer-
fleischte, gab sie noch mehrere Stärke. Niedergedrückt von der Last desselben, saß er
stumm in einem Winkel, und nahm keinen
Theil an der Freude, die seine Ältern durch
öfters wiederhohlteUmarmungen ausdrückten;
denn auch bey seinem Vater übertraf die Freude, wieder bey seinen Lieben zu seyn, den
Schmerz über sein Unglück. Im frohen Genusse derselben bemerkte er und seine Gattinn
lange nicht, daß ihren Sohn Gefühle durch-
kreuzten, die den ihrigen ganz entgegen gesetzt waren. Ein Blick, den Adelheid auf ihn
warf, machte es dieser endlich merkbar. —
„Wie, Lieber!‟ sprach sie zu ihrem Sohne;
„indeß Freude des Wiedersehens unsere Herzen höher empor hebt, sitzest du stille und trau-
erst?‟ — „Muß ich nicht trauern, Mutter?‟
antwortete Adolf bitter. „Auch ich freuete
mich zwar des Vaters Wiederkehr; aber der
Gedanke, daß es jetzt so ganz anders bey uns
ist, als es vor wenig Jahren war, wandelte
bald diese kurze Freude in langen Schmerz.
Ich traure über unsern Fall; denn wahrlich,

wir sind tief gesunken!" — „Beruhige dich,
Sohn!" entgegnete Adolfs Vater; „das
Schickſal der Menſchen drehet ſich oft ſo ſchnell,
als ein Rad; bald kann ſich vielleicht auch
das unſrige drehen. Stärke dich durch Hoffnung einer glücklichen Zukunft!"

Adolf der Sohn. O Vater, Hoffnung
iſt ein luftiges Ding, ein ſchwankender Stab,
welcher zerbricht, ſo bald man ſich darauf ſtü-
tzen will.

Adelheit. Aber doch ſtark genug, Leidende aufzurichten.

Adolf der Vater. Auch ruhet ſie öfters
auf feſterem Grunde, als Furcht und ſchwar-
ze Einbildung wähnen. Laß dir erzählen,
was mich aufrichtet, vielleicht kann es auch
dich tröſten. Als Markgraf Albrecht der Bär
deinen Großvater aus Hollſtein verjagte,
flüchtete dieſer nach Schauenburg, wie wir
jetzt hier her geflüchtet ſind. Oft hat er es mich
verſichert, daß er nie geglaubt hätte, Hollſtein wieder zu ſehen. Er fürchtete ſein Glück
auf ewig zertrümmert, klagte, und war troſt-
los, wie du es jetzt zu ſeyn ſcheinſt; und doch
ſah er ſich in Zeit von zwey Jahren wieder
Herr von Hollſtein. Sein Beyſpiel tröſte dich,
und belebe die Hoffnung in dir, daß unſer
Schickſal ſich ſo leicht zu unſerm Vortheile
ändern kann, als ſich das Schickſal deines
Großvaters änderte.

Adolf der Sohn. Vielleicht könnte die Hoffnung in mir entstehen, wenn nicht Hollsteins jetzige Lage so sehr von der verschieden wäre, in welcher es sich damahls befand. Mein Großvater konnte mit Recht seine Wiedereinsetzung hoffen; denn sein Lehnsherr, der ihm so günstig war, als er ihm treu, war ein mächtiger Mann, und Albrecht der Bär ein schwacher Fürst, der sich erst auf jenes Unkosten vergrößern wollte. Aber welche Hoffnung bleibt uns übrig? Wer soll euch wieder einsetzen? Kein Fürst wird es wagen, mit Dänemark einen Krieg anzufangen, da es jetzt zu einer vorher noch nie erreichten Höhe empor gewachsen ist. Und gesetzt, es wagte dieß einer, und es gelänge ihm, Hollstein zu erobern: so würde er es für sich behalten, und nicht euch geben, was ihm Mühe und Blut kostete, wenn ihr schon gerechtere Ansprüche daran hättet, denn er.

Adolf der Vater. Wahr ist es; unser Feind ist mächtiger, als meines Vaters Feind war: aber ich habe auch mächtigere Freunde als er; Bernhard und Otto werden sich ihres Bundesgenossen gewiß annehmen, ob es ihnen gleich bis jetzt unmöglich war, und der Kaiser selbst wird seinen Lehnsmann schützen.

Adolf der Sohn. Das würde er vielleicht, wenn er es vermöchte; aber Philipp kann sich selbst nicht schützen. Otto's Partey

wird immer mächtiger, und ohne Zweifel
muß Philipp bald diesem furchtbaren Gegner
erliegen. Dann würde Hollstein wahrscheinlich wieder den Dänen entrissen denn gewiß strebt Otto nach dem Besitze eines Landes, das sich einst wider euch empörte, um
Otto's Vater zu huldigen. Man bemerkt es,
theuerster Vater, daß euch die Mauern einer
dänischen Feste von der übrigen Welt ab-
sonderten, da euch Deutschlands Lage und
Händel so fremde geworden sind.

Adolf der Vater. O laß sie mir immer
fremde gewesen seyn! Ich will mich bemühen,
sie ganz zu vergessen, zu vergessen, daß auch
ich einst an ihnen Theil nahm. Diese Burg,
auf der so viele meiner Väter glücklich lebten, soll auch mir genügen, und der Gedanke, daß das, was mir begegnete — und das
ich nicht einmahl Unglück nennen sollte —
nicht meine Schuld war, wird mich trösten.

Adolf der Sohn. Ich verstehe euch nicht,
Vater. Kann es ein größeres Unglück geben,
als das euch bestürmte?

Adolf der Vater. Du irrest Sohn. Es
war nur Glanz und scheinbares Glück, was
mir geraubt wurde. Wahres Glück wohnt in
uns selbst; und du wirst es oft vergebens bey
dem suchen, der über Millionen gebeut, wenn
du es gleich dagegen in der dürftigen Hütte
eines Landmanns finden kannst.

Adelheid. Wahres Glück, geliebter Sohn,
besteht in der Zufriedenheit mit unserer Lage.
Laß uns daher nicht murren, daß wir verloren, was wir einst besaßen, sondern uns
bestreben, jenes schätzbare Gut zu erwerben,
dessen Besitz uns glücklicher machen wird, als
der Besitz Hollsteins, und vor diesem den
Vorzug hat, daß weder die Dänen noch ein
Heinrich der Löwe uns desselben berauben
können. Schon oft, mein Adolf, bath ich
dich, dein Streben nach Hoheit und irdi-
scher Größe zu bezügeln; jetzt wiederhohle ich
meine Bitte. O laß sie nicht unerfüllt! Diese
Wünsche, dieß Streben nach Dingen, die
selten eignes Verdienst, sondern gewöhnlich
Geschenke des Glücks sind, rauben dir deine
Ruhe, und verschließen dein Herz dem Genusse der Freuden, die dir winken. Im Besitz des Rufes eines tapfern und edlen Mannes — und diesen wird mein Sohn gewiß
erwerben, oder meine gerechte Hoffnung müßte mich ganz täuschen — kannst du in Schauenburg so glücklich, vielleicht glücklicher seyn,
als du im Schlosse der Grafen von Hollstein zu Plön seyn würdest. Suche dich zu
zerstreuen, gehe auf die Jagd, besuche Turniere und Ringelrennen, und bestrebe dich,
zu vergessen, was all dein Klagen nicht ändern kann.

Adolf der Vater. O Weib, ich finde

einen Schatz an dir, den ich bisher noch
nicht kannte! Stärke dich in dieser Ergebung
in dein Schicksal, und theile auch mir sie mit.
Kummer und Elend haben zwar meinen sonst
hoch fliegenden Geist schon sehr nieder ge=
drückt, und mir zugleich die Nichtigkeit aller
irdischen Größe fühlbar gemacht, aber doch
regt sich bisweilen noch ein Wunsch nach ihr.
Steigt ein solcher in mir empor, so sey du
es, die ihn niederdrückt. Mache mich auf
das Glück aufmerksam, das mir in deinen
Armen lacht, damit nicht Streben nach un=
erreichbarem Scheinglücke mich im Genusse
desselben störe.

Adelheit. Ja, theurer Gemahl, das will
ich, und du wirst gegen deine Gattinn das
Nähmliche thun. Wir wollen uns gegenseitig
aufrichten, nach Erlangung der Zufrieden=
heit streben, und uns gemeinschaftlich bemü=
hen, es so weit zu bringen, daß auch unser
Adolf nur in ihr sein Glück sucht.

Diesem Vorsatze lebten sie treu, und es
gelang ihnen, ihren Endzweck zu erreichen.
Nur der jüngere Adolf trauerte noch biswei=
len, wenn er, das Hiefhorn an der Seite,
seines Vaters Land in einem Tage durchstri=
chen hatte, und er dann an die große Fläche
dachte, über die er sonst geboth.

VI.

Adolf jammert.

Indeß Graf Adolf mit seiner Familie zu
Schauenburg nach Zufriedenheit rang, herrsch=
te Graf Albert von Orlemünde in Hollstein
und Stormarn, worüber König Waldemar
ihn zum Statthalter gesezt hatte. Aber meh=
rere Hollsteiner waren mit seiner Regierung
unzufrieden. Viele ihrer Edlen hatten zwar
selbst das Mehreste zu der Revolution beyge=
tragen, die den Grafen Adolf seines Landes
verlustig machte; mehrere aber sahen jetzt ein,
daß sie durch die Verwechslung ihres Herrn
mehr verloren, als gewonnen hatten. Das
dänische Joch an sich, war schon nicht leicht,
und die Hollsteiner wurden, außer diesem,
auch noch mit einem Joche gedrückt, daß der
Graf von Orlemünde ihnen auflastete. Sie
sahen ihre Rechte verletzt, ihre Freyheiten be=
schränkt, und, mißvergnügt hierüber, floh eine
große Anzahl der seufzenden Hollsteiner nach
der Wilstermarsch, um daselbst im Verborge=
nen besserer Zeiten zu harren. Eggo von Sture
und Wergot von Sibrandsdorf waren zwey
der Vornehmsten von ihnen. — Nicht lange
hatten sie sich dahin geflüchtet, als der erste
dieser Edlen sich nach Schauenburg aufmach=
te, um den Grafen Adolf zu bitten, an den
Zufluchtsort der unzufriedenen Hollsteiner zu

kommen, sich an ihre Spitze zu stellen, und
einen Versuch zu machen, ob es nicht möglich
wäre, das drückende Joch der Dänen wieder
von den Schultern, zu werfen. — „Bis jetzt"
sprach der Ritter Eggo, „ist zwar unser Häuflein noch klein; aber Mißvergnügen über die
fremde Dienstbarkeit, und der Wunsch, wieder
nach eigenen Gesetzen gerichtet zu werden,
wird jeden Einzelnen desselben zu einem Helden machen, und gewiß würden sich bald mehrere zu demselben sammeln, wenn ihr, gnädiger
Herr, dessen Andenken noch so viele Hollsteiner
verehren, euch entschlösset, das Haupt desselben
zu werden. Eurem ersten Fußtritte nach Hollstein würde die Erklärung der Segeberger und
Lauenburger und aller, die diesen Festen nahe
wohnen, unmittelbar folgen." — „Seit die
Hollsteiner gezwungen wurden, ihren Herrn
so oft zu verwechseln," antwortete der Graf
von Schauenburg, „scheint die Treue aus ihren
Herzen gewichen zu seyn, die ihnen sonst Ehre
machte. Sie hatten sich in ein wankelmüthi-
ges Volk verwandelt, das unter sich selbst un-
eins ist, heute seinem Herrn Treue schwört, und
in wenig Tagen sie wieder bricht." — „So
scheint es, Herr Graf!" erwiederte der Eggo;
„aber, glaubt es mir, es ist nicht so. Die Hollsteiner wurden bisher irre geleitet; jetzt sind
sie von ihrer Verirrung zurück gekommen, und
werden die Treue nie wieder verletzen, die sie

euch von neuem zu schwören wünschen. Er=
laubt ihnen diesen Schwur, gnädiger Herr,
und kehrt in ein Land zurück, das eurer sehn=
suchtsvoll wartet." — „Ich thäte vielleicht,
was ihr von mir verlangt," entgegnete der
Graf, „wenn alle Hollsteiner so dächten, als
die, welche Unzufriedenheit in die Wilster=
marsch trieb. Allein so lange Heinrich von
Busch und die Westenseeer an der Spitze der
stärksten Partey stehen, ist in Hollstein so
wenig an Einigkeit, als an Ruhe für mich zu
denken; und ich sehne mich nicht zurück nach
dem unruhevollen Leben, das mir sonst Kum=
mer machte." — „Und wäre Unruhe, die nicht
lange dauern wird, ein zu hoher Preis für den
Besitz Hollsteins, dessen Beherrscher Kaiser
und Könige ehren?" fragte Eggo. „Sollte
Graf Adolf sich so ganz verändert haben, daß
ein wirklich nicht kleines Glück ihm bloß deß=
halb nicht achtungswerth schiene, weil die Er=
langung desselben mit einiger Mühe und kur=
zen Beschwerden verknüpft ist?" — „Glaubt
mir, Herr Ritter, daß ich keine Mühe scheuen
würde, um wirkliches Glück zu erlangen, aber
in Hollstein habe ich dieß nicht zu erwarten,"
wendete der Graf von Schauenburg ein. „Als
Hollstein und Stormarn mich noch Herr nann=
ten, war Glück mir unbekannt; nur in den
Armen meines Weibes glänzte mir bisweilen
ein Strahl desselben; jetzt, obgleich meiner Be=

ſitzungen nicht viel mehr ſind, als ein Stück
Landes, womit ich ſonſt zuweilen einen treuen
Diener belohnte, bin ich glücklicher, als je.
Zwar ſind meiner Unterthanen wenige; jeder
aber macht einen Theil meines Glückes aus,
das ich darin finde, ſie wie Kinder zu lieben,
und von ihnen als Vater geliebt zu werden.
Wenn ihr rechnen könnt, Herr Ritter, ſo rech=
net ein Mahl nach, ob das nicht ein großes
Glück ſeyn muß, das ſich in einige tauſend
Theile theilen läßt." — Ritter Eggo gab ſich
alle Mühe, den Grafen für den Vortheil der
mißvergnügten Hollſteiner zu gewinnen; allein
ſie war vergebens, und des Grafen Vorſatz;
nicht wieder nach Hollſtein zurück zu kehren,
nicht zu erſchüttern. Eggo bath ihn, wenn er
es nicht für ſein eigenes Beſtes thun wollte,
es zum Beſten ſeines Hauſes und der Holl=
ſteiner zu thun; doch der Graf von Schauen=
burg hatte wichtige Gründe, auch die Erfül=
lung dieſer auf eine ſchöne Art eingekleideten
Bitte zu verweigern. „Es iſt nicht wahrſchein=
lich," ſprach er zu dem Ritter, „daß ein Theil
der Hollſteiner, und ohne Zweifel der kleinſte,
über den zweyten größern und die ganze Macht
der Dänen ſiegen ſollte. Und über dieß, Herr
Ritter, verbiethet mir mein Ehrenwort, das
ich dem König Waldemar gab, etwas wider
Hollſtein zu unternehmen. Dieß Verſprechen
allein verſchaffte mir die Freyheit." — „Ver=

sprechen durch Zwang und Verlegenheit er-
preßt,” wendete Eggo ein, „haben keine Verbindlichkeit. Niemand wird es euch ver-
denken, gnädiger Herr, wenn ihr euer Wort
brecht; denn ihr gabt es nicht aus freyem
Willen. ” — „So muß wenigstens Liebe zu
meinen Söhnen und zu den Söhnen meiner
Getreuen mich zur Gemäßhandlung desselben
auffordern” antwortete der Graf von Schauenburg. „Das Leben der zwölf edlen Jünglinge, die ich Waldemar als Geißeln geben
mußte, ist mir zu theuer, als daß ich es der
unwahrscheinlichen Hoffnung, die ihr, Herr
Ritter in mir beleben wollt, aufopfern sollte.
Doch laßt uns abbrechen; denn mein Vorsatz
ist nicht zu verändern. ” Dieß war er wirklich
nicht, so viele Versuche auch der Ritter Eggo
machte, um eine Veränderung zu bewerkstelligen. Drey Tage weilte er zu Schauenburg;
am vierten kehrte er nach der Wilstermarsch
zurück, und klagte mit seinen Gefährten über
das Mißlingen ihres Anschlages. — Der Graf
von Schauenburg freuete sich der Abreise des
Ritters, weil er an dem nähmlichen Tage
die Ankunft seines Sohnes vermuthete, der
sich eine Zeit lang an dem Hofe des Herzogs
Bernhard aufgehalten hatte. Nicht ohne Grund
befürchtete der Graf, daß dieser vielleicht
mehr als er geneigt gewesen seyn möchte, der
Aufforderung des Ritters Gehör zu geben; und

Unglück hatte den Grafen von Schauenburg
so muthlos gemacht, daß kein Strahl der
Hoffnung in sein verfinstertes Herz fiel. —
Unzufriedenheit über die Bedrückungen der
Dänen bevölkerte indessen die Wilstermarsch
immer mehr, und sie hätte so groß seyn müssen, als halb Hollstein, wenn sie alle Bewohner dieses bedrängten Landes hätte fassen sollen. Am mehresten wurde diese Unzufriedenheit dadurch aufgeregt, daß die Dänen,
welche König Waldemar in Hollstein zu Befehlshabern bestellt hatte, keine Rücksicht auf
die Gesetze dieses Landes nahmen, sondern
nach dänischen richteten; denn es verwundete
die seufzenden Hollsteiner tief, daß sie Gesetzen gemäß handeln sollten, die ihnen unbekannt waren. — Dem Grafen von Schauenburg blieb dieß nicht verborgen, und ein anderer
als er würde vielleicht nicht gesäumt haben,
diese ihm günstige Stimmung der Hollsteiner, die mit jedem Tage sich weiter verbrei-
tete, zu seinem Vortheile zu benutzen; aber
in ihm brachte sie nicht einen einzigen Wunsch
hervor: den Aufenthalt zu Schauenburg mit
dem zu Plön verwechseln zu können. Furcht:
den Dänen und den ihnen ergebenen Hollsteinern zu erliegen, und Gewissenhaftigkeit,
den Schwur nicht brechen zu wollen, den er
dem Könige Waldemar leistete, und welchem
treu zu bleiben ihm heilige Pflicht schien, ob-

gleich Eggo von Sture Zweifel an der Verbindlichkeit desselben in ihm zu erzeigen ge-
strebt hatte, verhinderten das Entstehen eines
solchen Wunsches. Doch beyde allein würden
dieß vielleicht nicht fähig gewesen seyn, wenn
es dem Grafen und seiner Gattinn nicht wirklich gelungen wäre, die glückliche Zufriedenheit zu erlangen, nach welcher sie sich gesehnt
hatten. — Weniger, als ihnen dieß gelungen war, gelang ihnen ihre Absicht, in ihrem
Sohne eine solche Stimmung hervor zu bringen, als die war, welche sie glücklich machte.
Kummer verfinsterte Adolfs Gesicht, und Mißmuth furchte seine Stirn. Verbarg er auch
beyde bisweilen, wenn seine Ältern ihn beob-
achteten; so verließen sie ihn doch nicht, wenn
er sich allein befand. — Diese Furien, welche ihn quälten, zu verscheuchen, hatte ihn
sein Vater an Herzog Bernhards Hof ziehen
lassen. Zerstreuungen, Lustbarkeiten und Beschäftigung mit neuen, folglich auch reitzenden Gegenständen, hoffte er, würden seinem
Sohne vielleicht jenen frohen Sinn geben,
der Jünglingen seines Alters eigen ist. Er
täuschte sich in seiner Hoffnung; denn miß-
muthiger, als je, kehrte Adolf zurück. Das
Große und Glänzende an Herzog Bernhards
Hofe hatte die Erinnerung in ihm aufgeweckt,
daß seines Vaters Hof, als er, ein mächtiger
Fürst, noch auf dem Schlosse zu Plön hauste,

Adolf IV.   E

nicht weniger groß und glänzend gewesen war.
Diese für den nach Hoheit strebenden Jüng=
ling schmerzvolle Erinnerung mußte nothwen=
dig Empfindungen in ihm rege machen, die
denen ganz entgegen gesetzt waren, welche
sein Vater durch den Aufenthalt an Bern=
hards Hofe zu beleben gehofft hatte.

Er wurde dem schmerzlichsten Kummer zur
Beute, den er zwar, obgleich mit großer
Mühe, vor seinen Aeltern verhehlte, um ih=
re Ruhe und Zufriedenheit nicht zu stören,
öfters aber laut dem wiederhallenden Walde
klagte. Er durchstrich die Wildnisse, und jam=
merte, daß er seine Lanze nur wider einen
Eber stoßen, sein Schwert und sein Geschoß
nicht wider die Feinde seines Vaters wenden
konnte. Bey aller Vorsicht blieb es Adolfs
Aeltern nicht verborgen, was in seinem In=
nern vorging; und sie bathen ihn öfters,
durch nutzlosen Kummer um den Mangel ei=
nes Scheinglücks sich nicht des Genusses
wahres Glücks unfähig zu machen; doch be=
wirkten sie hiermit weiter nichts, als daß sich
Adolf in ihrer Gegenwart noch größern Zwang
anthat.

Der Graf von Schauenburg verbarg da=
her die Nachrichten, die er bisweilen aus
Hollstein erhielt, und welche die immer wach=
sende Verbitterung der Bewohner desselben
gegen die Dänen meldeten, sorgfältig vor sei=

nem Sohne, noch sorgfältiger aber den Besuch, den er in seiner Abwesenheit vom Ritter Eggo von Sture gehabt hatte, weil er
nicht zweifelte, daß Adolf, wenn er die Aufforderung dieses Ritters erführe, keinen Augenblick säumen würde, um nach der Wilstermarsch zu gehen, und sich an die Spitze
der mißvergnügten Hollsteiner zu stellen. Der
Graf konnte dieß auch um so weniger bezweifeln, da Adolf von je her viele Anhänglichkeit
gegen den Ritter Eggo geäußert hatte, und
jedes Wort, das dieser Mann sprach, tiefen
Eindruck auf ihn machte. — Eggo von Sture war Adolfs Lehrer in ritterlichen Übungen
gewesen, und der Vater des letztern hatte ihn
selbst dazu gewählt, weil Eggo mit der Treue
gegen das Hollsteinische Haus den Ruf des
tapfersten Ritters im Lande verband.

Um neben der Tapferkeit sich auch andere
Rittertugenden zu erwerben, hatte Eggo viele Jahre in England gelebt; wo das Ritter-
wesen, wie euch, geschichtskundige Leser!
nicht unbekannt seyn wird, einen höhern Grad
der Vollkommenheit erreicht hatte, als in
dem rohern Deutschlande. Die Ritter Deutschlands übertrafen die englischen zwar im Allgemeinen in gewissenhafter Erfüllung ihrer
Versprechen, in Festigkeit, Ausdauern in Gefahren und Beschwerden, in Einfalt der Sit-
ten und Offenheit des Charakters, und ka-

men ihnen an Tapferkeit wenigſtens gleich;
aber an Cultur des Geiſtes, Gefälligkeit im
Umgange, beſonders mit dem ſchönen Ge-
ſchlechte, und an Patriotismus und Natio-
naleifer ſtanden ſie ihnen nach. Um alſo auch
dieſe Rittertugenden in vollkommenem Grade zu erlangen, war Eggo nach England gegangen, und bald hatte er ſeine Lehrer völlig
erreicht. — Lobenswerth war es dennoch von
dem Grafen Adolf, daß er Eggo von Sture,
der des Nahmens eines Ritters ſonder Ta-
del ſo würdig war, als Bayard, zum Lehrer ſeines Sohnes erwählte. Ritter Eggo gab
ſich dagegen auch alle Mühe, den jungen Adolf
ganz nach dem Ideale zu bilden, das er ſich
von einem vollkommenen Ritter geſchaffen hatte; denn ſich ſelbſt für einen ſolchen zu halten, war Eggo zu beſcheiden. Die Empfänglichkeit ſeines Schülers für alle ſeine Lehren
war ihm ſüße Belohnung für dieſe Mühe.

So zufrieden der Ritter Eggo mit ſeinem
Schüler war, ſo vollkommen war es auch
Graf Adolf mit dem Ritter; nur mißfiel es ihm,
daß er ſeines Sohnes Stolz zu ſehr nährte, und
den Grundſaz in ihm hervor brachte, irdi-
ſche Größe ſey das höchſte Glück. Der Graf
und ſeine Gattinn bemühten ſich zwar, dieſer Lehre des Ritters entgegen zu arbeiten;
allein ihre Mühe war vergebens, da ſie in
Adolfs Herz ſchon zu feſt gewurzelt war. Ei-

ne Folge derselben war die jetzige Unzufriedenheit Adolfs mit seinem Zustande, und so
sehr seine Ältern sich sonst ihrer auf den Ritter Eggo gefallenen Wahl gefreuet hatten, so
sehnlich wünschten sie nun, ihn nicht zu Adolfs
Lehrer gemacht zu haben, da sie ihn als den
einzigen Räuber der Ruhe ihres Sohnes an-
sahen.

Eggo's Besuch in Schauenburg war dem
jungen Adolf durch die Vorsicht seines Vaters
wirklich verborgen geblieben; aber das, was
in Hollstein vorging, blieb es ihm nicht lange mehr.

VII.

Ein Blick in eine Silberquelle gibt die erste
Veranlassung zu Hollsteins Befreyung vom
dänischen Joche.

Frau Ida von Deest, Besitzerinn des Schlosses Kellingdorf und anderer ansehnlichen Güter in Hollstein, hatte zur Unzufriedenheit
mit den Dänen noch höhere Ursache, als die
mehresten ihrer Landsleute.

Zwanzig Jahre war sie alt, und hatte
kaum einige Wochen mit ihrem Gemahle in
der glücklichsten Ehe gelebt, als dieser geliebte Gatte bey der Belagerung von Segeberg
ihr durch der Dänen Schwert entrissen wurde. Bis jetzt hatte sie nur den Tod ihres Herr-
manns betrauert; aber nun stimmte sie auch

in die Klagen, von denen ganz Hollstein wie=
derhallte. Ihre bedrückten Unterthanen forder=
ten von ihr Hülfe, oder wenigstens Fürspra=
che bey ihren Unterdrückern; und Vaterlands=
liebe verdrängte die Liebe zu ihrem ermorde=
ten Gemahle, die noch immer das Herz der
zärtlichen Ida füllte, und erzeugte den festen
Vorsatz in ihr, Hollstein von dem dänischen
Joche zu befreyen. So bald er fest in ihr ge=
worden war, legte sie männliche Kleider an,
beschwerte den schlanken Leib mit einer Rü=
stung, verbarg ihr liebliches Gesicht unter ei=
nen Helm, und eilte nach der Wilstermarsch,
um mit den geflüchteten Hollsteinern wegen
der Ausführung ihres Vorsatzes Raths zu
pflegen. — Ritter Eggo war der Erste, dem
sie sich entdeckte. „Wir wollen nach Schauen=
burg, Herr Ritter!” sprach sie zu ihm;
„Graf Adolf wird unser Flehen, Hollsteins
Sclavenfesseln zu lösen, nicht unerfüllt las=
sen.” — „Dieser Hoffnung lebte ich auch,
edle Frau!” antwortete der Ritter; „aber
ich habe mich getäuscht. Sagt dieser Eiche,
unter deren Schatten wir hier ruhen, sie soll
gen Segeberg ziehen; und ihr könnt sie viel=
leicht eher dazu bewegen, als den Gra=
fen von Schauenburg.”

Der Ritter Eggo erzählte nun der Frau
von Deest, daß er unlängst von Schauen=
burg wieder heim gekehrt wäre, und gab ihr

Nachricht von seinem mißlungenen Versuche, welche unsern Lesern schon bekannt ist.

„O Wehe dann über Hollstein," rief sie muthlos aus; „wenn Graf Adolf sich seiner nicht einmahl mehr annehmen will!"

Frau Ida und Ritter Eggo stimmten ein gemeinschaftliches Klagelied an, indeß sie wieder nach der Wohnung des letzteren zurück wandelten. Der Weg führte sie vor einer silberhellen Quelle vorbey. Frau Ida bath den Ritter, ihr einen Trunk Wasser daraus zu schöpfen; und unterdessen dieser ihre Bitte erfüllte, bespiegelte sie sich in dem von der Natur gewölbten Becken, das der Quelle klares Wasser auffing. Der Ritter reichte jetzt seiner Begleiterinn seinen mit Wasser gefüllten Helm dar. Ida trank, und rief dann freudig aus: „Seyd fröhlich, Herr Ritter! Hollstein soll wieder frey werden!"

„Ihr macht mich staunen, edle Frau!" antwortete der Ritter. „Sagt an, seyd ihr vielleicht am ersten Pfingsttage, wenn Tag und Nacht sich scheiden, geboren?"

„Eine Frage," erwiederte Ida lächelnd, „die meine Amme euch vielleicht beantworten kann; denn ich weiß zwar, daß ich um diese Zeit geboren wurde, wo Pfingsten gewöhnlich einfällt; aber die Stunde meiner Geburt weiß ich nicht. Doch wie kommt ihr jetzt auf diese sonderbare Frage?"

„Ihr sollt wissen, edle Frau," entgegnete Eggo, „daß Menschen, in der von mir genannten Stunde geboren, hellere Augen haben, als andere, mit welchen sie Geister und Elfen so deutlich sehen können, als ich die schöne Ida. Dieser Brunnen, sagt das Gerücht, wird von einem guten Geiste bewohnt, der euch, edle Frau! vermuthlich erschienen seyn muß." — „Ihr reizt mich zum Lachen, Herr Ritter," fing Ida wieder an, „so wenig ich auch dazu geneigt war. Nein, mir ist der Brunnengeist nicht erschienen; aber beynahe muß ich fürchten, daß er euch täuschte; weil ihr so unerklärlich sprecht. Sagt, wie kommt ihr auf diese Vermuthung?"

„Der zuversichtlich hoffnungsvolle Blick," antwortete Eggo; „mit dem ihr mir Hollsteins Entfesselung verkündigtet, brachte mich darauf; denn ich konnte mir ihn durch nichts anders erklären, als daß der wohlthätige Brunnengeist euch vorher derselben versichert hätte." — „Wenn ihr das glaubtet," fuhr sie fort, und lachte, daß sie kaum zu sprechen vermochte, „so muß ich euch sagen, daß ihr euch gröblich irrtet. Aber ob es gleich dem Brunnengeiste nicht gefiel, mir etwas zuzuflüstern; so hoffe ich doch gewiß, Hollstein zu befreyen, wenn nicht mehr, als zwanzig Ritter, mich belogen haben."

„Gott mache eure Hoffnung wahr!"

wünschte Eggo; „aber entdeckt mir, worauf
sie sich gründet. " — Das kann ich nicht,"
erwiederte Ita; und ihr Gesicht überflog
Purpurröthe. „Haben aber nicht alle jene
Ritter gelogen; so seyd versichert, daß in
kurzer Zeit entweder Graf Adolf oder sein
Sohn sich in der Mitte der hollsteinischen
Vaterlandsfreunde befinden soll. Morgen mache ich mich nach Schauenburg auf, und so
bald, als möglich, sende ich euch euern ehemahligen Zögling, oder bringe ihn selbst mit
mir; denn nach dem, was ihr mir von seinem Vater sagtet, gebe ich beynahe die Hoffnung auf, daß mir mit ihm mein Plan gelingen sollte." — „O mein geliebter Zögling, " rief Eggo aus, „würde uns hoffentlich
noch nützlicher seyn, als sein Vater; denn in
ihm glühet noch alles Feuer der Jugend, da
Unglück und Kummer in seines Vaters Busen Feuer und Muth ausgelöscht zu haben
scheinten. Graf Adolf lebt zu Schauenburg gleich
einem Klausner, und muß wahrscheinlich aus
dem Flusse Lethe getrunken haben, der, wie
mir einst ein gelehrter Mönch erzählte, in
der Hölle fließen, und die Kraft besitzen soll,
denen, die daraus trinken, alles Vergangene vergessen zu machen. Hätte Graf Adolf
nicht ganz vergessen, was er sonst war; so
würde er sich wahrlich nicht mit dem Besitze Schauenburgs begnügen: denn was ist

Schauenburg gegen Hollstein!" — „Mag
er sich damit begnügen, wenn er durch den
Besitz desselben glücklicher zu seyn wähnt, als
durch Hollstein!" sprach Ida. „Wenn wir
nur seinen Sohn an unsrer Spitze haben, so
bleibt uns nichts zu wünschen übrig; denn
von einem Jünglinge, den der tapfere Rit=
ter Eggo bildete, läßt sich alles erwarten. O
daß er schon da wäre, unser Fesselnzerbre=
cher!" — „Das wünschte ich selbst;" setzte
Eggo hinzu; „aber ich fürchte, der Klausner
Adolf wird seinen Sohn vor euch verbärgen;
denn er möchte ihn gern zu eben einem solchen
Klausner machen, als er ist." — „Und wenn
er ihn noch sorgfältiger verbörge," wendete
Ida ein, „so will ich doch nicht eher rasten,
als bis ich ihn ausgespäht, und den muthigen
Entschluß in ihm entflammt habe, sein be=
drängtes Vaterland zu befreyen."

Begleitet von den Segenswünschen des Rit=
ters Eggo eilte Ida schon des andern Tages
nach Schauenburg, ohne vorher dem Ritter
entdeckt zu haben, worauf ihre Hoffnung,
den jüngern Adolf für die hollsteinischen Va=
terlandsfreunde zu gewinnen; sich gründete.
Oft hatte er sie gebethen, aber: Es ist mir
unmöglich," war alles, was Ida ihm errö=
thend antwortete.

Um unsere Leser nicht in der nähmlichen
Unwissenheit zu lassen, in welcher sich der

Ritter Eggo befand, ermangeln wir nicht,
ihnen den Aufschluß über Ida's Hoffnung und
ihr Erröthen mitzutheilen, so wie wir ihn in
den Urkunden gefunden haben, aus welchen
wir Adolfs Geschichte schöpften.

Ida war schön, so schön, daß wir es nicht
wagen, eine Schilderung von ihr zu machen.
Mit den Reitzen ihres Körpers verband sie
noch andere, die jene um so mehr erhöhten.
Ihr Herz war so vortrefflich, als ihr Verstand
scharf und schnell umfassend, und ihrer Über-
redungskunst, die sie aber nur zum Guten
anwendete, vermochte kein Sterblicher zu widerstehen. — Was wir hier den Lesern sagen, hatten viele Ritter der schönen Ida gesagt, und in ihrem Charakter hätte nicht die
geringste Mischung von Eitelkeit seyn müssen,
wenn sie nicht nach und nach angefangen hätte, diesen unzählig oft wiederhohlten Versicherungen zu glauben. Ein Blick in die Silberquelle geworfen, aus welcher ihr Eggo Wasser schöpfte, zeigte ihr ihr Abbild, und machte
die Erinnerung an jene Versicherungen in ihr
rege; und blitzschnell durchflog sie der Gedanke, alle Gewalt ihrer Reitze zum Besten ihres Vaterlandes wider den Grafen Adolf oder
seinen Sohn zu wenden; und so schnell, als
dieser Gedanke entstanden war, verwandelte
er sich in festen Vorsatz.

Dieß waren also ihre Gründe, deren Mit-

theilung sie dem Ritter Eggo erröthend verweigerte ; und Bescheidenheit verstattete ihr
auch freylich nicht, sie ihm zu entdecken. Daß
sie uns bekannt geworden sind, haben wir nach
dem Berichte des ältern Biographen Adolfs,
der in der ersten Hälfte des dreyzehnten Jahrhunderts im Marienkloster zu Kiel lebte, einer traulichen Unterredung zu danken, die
Ida einige Jahre später, ohne vielleicht in
Verlegenheit gerathen zu dürfen, mit ihrer
Kammerfrau hielt.

VIII.
Liebe erleichtert der Frau von Deest die Errei-
chung ihres Zwecks.

Als einst Adolf von einer seiner Streifereyen
im Forste seines Vaters zurück kehrte, sah
er eine Dame, von einigen Rittern und Knappen begleitet, durch die Thore des Schlosses
zu Schauenburg reiten. Es war Ida. Adolf
sprengte ihr nach, und erreichte sie im Schloß-
hofe. Er blickte die Ankommende an, und
sein Blick haftete so fest auf ihr, und die reizende Gestalt, die er sah, machte sein Erstaunen in so hohem Grade rege, daß er bewußtlos den Zügel seines Rosses sinken ließ,
und auch dann noch seine Augen fest auf den
Fleck häftete, wo er Ida zuerst erblickte,
als diese schon im Innern der Burg von dem
Grafen von Schauenburg bewillkommt wur-

de. Einige Augenblicke blieb Adolf in dieser
Bewußtlosigkeit, bis ihn sein sich bäumen=
des Roß daraus erweckte. Jetzt stieg er ab,
und fing an zu zweifeln, ob er recht gesehen,
oder eine Erscheinung ihn vielleicht getäuscht
hätte. Gern hätte er seine Begleiter gefragt;
aber er schämte sich seiner ihm unerklärbaren
Verwirrung. Indessen wurde er doch bald
überzeugt, daß er wirklich recht gesehen hat=
te. Er öffnete die Thür zu dem Gemache sei=
nes Vaters, und Ida versetzte ihn, da er
sie nun zum zweyten Mahle sah, in nicht min=
der großes Erstaunen, als da er sie zuerst er=
blickte. — Der schönen Wittwe blieb der Ein=
druck nicht verborgen, den sie auf den Jüng=
ling machte, und seine Ältern bemerkten sein
auffallendes Benehmen eben so wohl: nur
hielten sie Ida nicht für die Ursache desselben,
weil sie es seit einiger Zeit beynahe schon
gewohnt worden waren, ihren Sohn ohne
Bewußtseyn handeln zu sehen. Adolf verließ
das Zimmer bald wieder, weil ihm die Rol=
le, die er spielte, selbst mißfiel, und das Ge=
spräch, das seine Ankunft unterbrochen hatte,
wurde nun fortgesetzt.

Ida hatte Schauenburg mit dem Vorsatze
betreten, ehe sie sich mit ihrem Anbringen an
den jüngern Adolf wendete, vorher wenigstens
einen Versuch mit seinem Vater zu machen.
Gleich bey ihrem Eintritte in das Zimmer des

Grafen entdeckte sie ihm, was sie zu ihm ge=
führt hätte, und berief sich dabey auf den
Ritter Eggo. — „Die Unzufriedenheit,"
versicherte sie den Grafen, „hat sich, seit der
Ritter bey euch war, unaussprechlich ver=
mehrt, und bey weitem der größte Theil der
Hollsteiner seufzt dem Zeitpuncte sehnsuchts=
voll entgegen, wo sie unter eurer Anführung
das dänische Joch abzuwerfen hoffen; denn
alle treuen Hollsteiner leben noch der festen Zu=
versicht, daß ihr ihnen eure Beyhülfe nicht
versagen werdet, obgleich der Ritter Eggo
euch vergebens darum bath."

Wir wollen das Gespräch der Frau von
Deest mit dem Grafen von Schauenburg nicht
hierher setzen, da es von dem, das einst
der Ritter Eggo mit ihm hatte, wenig
verschieden war. Die Frau von Deest bedien=
te sich der nähmlichen Gründe, welche der
Ritter gebraucht hatte, um den Grafen zur
Erfüllung ihrer Bitte zu bewegen, und die=
ser verweigerte ihr dieselbe aus eben den Ur=
sachen, die er dem Ritter angegeben hatte. Nur
am Ende unterschieden sich diese beyden Ge=
spräche von einander. — „Nichts kann mich
bewegen," endigte der Graf von Schauen=
burg das jetzige, „nach Hollstein zurück zu keh=
ren: gefällt es aber euch, edle Frau, so lan=
ge bey mir zu verweilen, bis sich die Lage
der Dinge daselbst verändert hat; so seyd ver=

fichert, daß ihr mir lieb und werth seyn wer=
det; nur bitte ich euch, vor meinem Sohne zu
verbergen, was mir das Glück, euch bey mir
zu sehen, verschaffte." — „Ich danke euch,
Herr Graf, für euer gastfreundschaftliches Erbiethen," antwortete Ida, „und nehme es um
so freudiger an, da ich mich längst von dem
jetzt wahrlich traurigen Aufenthalte in mei=
nem Vaterlande hinweg sehnte.

Innig freuete sich die patriotische Ida, daß
Graf Adolf selbst ihr einen längern Aufent=
halt auf seinem Schlosse anboth. Der Ein=
druck, den sie auf Adolfs Herz gemacht zu
haben schien, ließ sie nicht zweifeln, daß ihr
Plan ihr gelingen würde; dennoch beschloß
sie, mit der Ausführung desselben nicht so
sehr zu eilen, als sie Anfangs Willens ge=
wesen war, um eines glücklichen Erfolgs nur
so gewisser zu seyn. Sie machte sich daher den
Vorsatz, Hollsteins Befreyung auf Adolfs Lie=
be zu gründen; ein Vorsatz, bey dem viel=
leicht, ohne daß sie es wußte, ihr Herz mit
im Spiele war; denn Adolf war allerdings
ein Jüngling, der bey dem ersten Anblicke in
dem Busen eines Weibes so leicht Liebe ent=
zünden konnte, als Ida in der Brust eines
Mannes. Dieß, verbunden mit dem günsti=
gen Vorurtheile, das Adolf in der schönen
Wittwe, durch das ihr stillschweigend gebrach=
te Opfer wahrscheinlich für sich erweckte —--

denn die Frau von Deest war so wenig von
Eitelkeit frey, als die mehresten ihrer Schwe=
stern — bringt uns auf die Vermuthung, daß
noch eine andere Liebe, als für das Vaterland,
in dem Busen der schönen Ida glühete.

Adolf wurde von der Begierde, die schöne
Unbekannte zu sehen, bald wieder in seines
Vaters Zimmer getrieben. Zwar staunte er sie
jetzt nicht mehr bewußtlos an; aber es war
nur wenig Menschenkenntniß nöthig, in allem,
was er that, in jedem Worte und jeder Miene
aufflammende Liebe zu lesen. Sein Blick ruhte
beynahe unablässig auf der reitzenden Wittwe,
und sank dann, wenn der ihrige ihm begeg=
nete, nur auf kurze Zeit auf den Boden, um
sich bald wieder zu Ida zu erheben. Adolfs
Ältern legten die Geberdensprache desselben
ganz richtig aus, und freuten sich der in ihm
entzündeten Leidenschaft, weil sie von ihr die
Unterdrückung derjenigen hofften, die an ih=
res Sohnes Herzen bisher genagt hatte. Adel=
heid und ihr Gatte kannten die Frau von Deest
aus dem Rufe, der so ganz zu ihrem Vor=
theile sprach, und hielten sie daher der Liebe
ihres Sohnes vollkommen würdig. Ida fühlte
bald das Nähmliche für Adolf, was er für
sie empfand, und ihre Empfindungen wur=
den, so wohl als die seinigen, erhöhet. Sie
konnte so wenig verbergen, was in ihrem
Busen vorging, als Adolf, der aber dennoch

uicht bemerkte, daß Ida schon zu seinem Vortheile entschieden hatte, obgleich seine Altern
dieß sahen, und sich darüber freueten.

Dieß ist alles, was unsere Urkunden von
dem Entstehen und Wachsthume dieser gegenseitigen Liebe melden, und diejenigen unserer
Leser, denen es vielleicht scheinen möchte, als
ob wir zu geschwinde darüber hinweg schlüpf-
ten, bitten wir, dieß nicht uns, sondern dem
Franciscaner im Marienkloster zu Kiel, der
uns vorarbeitete, zur Schuld anzurechnen.
Wir ergreifen die Feder, mit dem festen Vorsatze, der Urschrift getreu zu bleiben, und so
wenig etwas hinzu als davon zu thun; und
diesem Vorsatze gemäß konnten wir von Adolfs
und Ida's Liebe nur das Wenige sagen, was
ihr, theure Leser! bisher davon gelesen habt,
oder noch lesen werdet. Die Hoffnung, daß
ihr nicht viel dabey verlieren werdet, tröstet
uns, so wie der Gedanke, daß diejenigen
unter euch, welche es für einen Verlust halten möchten, diesen sonder Mühe ersetzen können. Liebe bleibt zu allen Zeiten, so wie unter allen Völkern, sich gleich, und es gibt ja
der Bücher genug, aus welchen bedürftigen
Falls das Wachsthum der Liebe, von ihrer
Entstehung als Embrio an, bis zu ihrer völligen Ausbildung zur Riesengröße des Brei-
tern zu ersehen ist.

Vier Wochen war Ida in Schauenburg

gewesen; da preßte sich endlich das Geständniß der Liebe zu ihr aus Adolfs Herzen heraus: doch hat es dem Bruder Franciscaner nicht gefallen, uns die Worte aufzubehalten, mit welchen er sich seines Geheimnisses entledigte. Er verschwieg es vermuthlich, weil seine Abtödtung an allen erotischen Dingen Mißfallen fand; denn daß sie ihm unbekannt gewesen seyn sollten, glauben wir mit so mehrerem Rechte bezweifeln zu können, da er Ida's Antwort in Extenso berichtet.

„Frau Ida erröthete gar sittiglich," lauten unseres Vorgängers eigene Worte, „und antwortete dem jungen Grafen: So ihr um meine Hand werben wollet, müßt ihr erst beweisen, daß ihr ein tapferer Mann seyd. Hört an, was für Beweise ich von euch begehre. Zieht gen Hollstein, und befreyet meine Landsleute von der Dienstbarkeit der Dänen. Vermögt ihr das, so mögt ihr kühnlich um meine Hand werben, und sie soll euch nicht entstehen." So sprach die keusche Frau, die nur aus Vaterlandsliebe sich weltlicher Liebe ergab.

So weit der Bruder Franciscaner, der sich zu widersprechen scheint, da aus dem, was er vor = und nachher sagt, deutlich hervor geht, daß Ida Adolfen nicht bloß aus Vaterlandsliebe liebte.

„Könnt ihr meines Vaters Einwilligung mir verschaffen," antwortete Adolf, „so ziehe

ich heute noch nach Hollstein, und siege oder
sterbe." — „Die hoffe ich zu erlangen," er=
wiederte Ida; „auch ist die Probe, die ich
eurer Tapferkeit auflege, nicht so schwer, als
ihr vielleicht beym ersten Anblicke glaubt."—
„Sie sey so schwer, als sie wolle," rief Adolf
feurig aus, „so ist sie leicht, da Ida's Liebe
der Preis dafür ist. Der Gedanke an diesen wird
mich stärken, und mir Riesenkraft verleihen.
Jetzt, theure, geliebte Ida, o wie freudig hebt
sich mein Herz empor, daß ich euch so nennen
darf! jetzt laßt uns zu meinem Vater eilen!"
„Ihr geht zuerst," erwiederte Ida, „und ich
folge euch bald." — Adolf flog zu seinem
Vater, und bath, ihm zu erlauben, daß er
sich an die Spitze der seiner wartenden Holl=
steiner stellen dürfte. Die Stirn des Grafen
von Schauenburg legte sich in Falten des
Unmuths, so bald Adolf geendet hatte; ehe
er aber seinem Sohne noch antworten konnte,
trat Ida in das Zimmer. —

„Ihr habt mir einen schlimmen Streich
gespielt, Frau von Deest!" rief ihr der Graf
von Schauenburg unwillig entgegen.

Ida. Verzeiht, Herr Graf! ich arbeitete
zu Hollsteins, und wahrscheinlich auch zu eu=
res Sohnes Glücke.

Der Graf von Schauenburg. Daß ihr
das glaubtet, bezweifle ich nicht; aber wahr=
lich, edle Frau, ihr irrt! Was ihr für mei=

nes Sohnes Glück haltet, wird sein Unglück
seyn. Ich hätte es nicht geglaubt, daß ihr
meinen Adolf, die Freude meines Lebens,
mir rauben würdet.

Adolf. O nein, Vater! bald werde ich
nun des Nahmens eures Sohnes noch würdiger werden. Nicht Sucht nach Größe, der
ihr so oft mich beschuldigtet, treibt mich nach
Hollstein; sondern Vaterlandsliebe und der
Wunsch, die Fesseln zu zerbrechen, unter deren Last ein edles Volk seufzt. Ich schwöre es
euch, Vater, daß bloß dieser Wunsch, nicht
der, über Hollstein zu herrschen, mich zu einer Bitte aufforderte, deren Erfüllung ihr
mir gewiß nicht verweigern werdet.

D. Gr. v. Schauenb. Ich müßte dein
Unglück wollen, wenn ich sie dir nicht verweigerte.

Ida. Ich bitte euch, Herr Graf, denkt
mit kühler Überlegung über eures Sohnes
Bitte nach. Ich bezweifle nicht, daß ihr ohne
den Besitz Hollsteins glücklicher seyd, als mit
demselben; aber euer Sohn wird nie glücklich werden, wenn er nicht Besitzer oder Erbe
von Hollstein ist. Nicht nach euren Grundsätzen und Meinungen, sondern nach den seinigen müßt ihr ihn beurtheilen, und ihr werdet mir beypflichten. Alle eure Bemühungen,
ihm die Grundsätze einzuflößen, die euch glücklich machen, waren ein ganzes Jahr lang ver-

gebens. Bleibt euch die geringste Hoffnung übrig, euch für die Zukunft eines glücklichern Erfolgs zu schmeicheln?

D. Gr. v. Sch. Das Herz meines Sohnes berechtigt mich allerdings zu dieser Hoffnung. Daß bisher kein glücklicherer Erfolg meine Mühe belohnte, war bloß eine Folge der falschen Grundsätze, die Adolfs im steten Umgange mit dem Ritter Eggo eingesogen hatte.

Ida. Fern sey es von mir, untersuchen zu wollen, ob diese Grundsätze falsch, oder echt sind; aber wenigstens sind sie nicht so tadelnswürdig, als sie euch scheinen. Die Natur legte in den Busen eines jeden Menschen Streben nach Größe. Würde diese weise Bildnerinn dieß wohl gethan haben, wenn dieses Streben strafbar wäre? Freylich wird es dieß, wenn es in Unmäßigkeit ausartet; aber das ist nicht der Fall bey eurem Sohne. Euch, Herr Graf, — erlaubt mir ganz aufrichtig zu sprechen — stumpfte Unglück ab, so wie die Zurückerinnerung des unruhvollen Lebens, das euer Loos war, so lange ihr Hollstein beherrschtet, jeden Gedanken an die Wiedereroberung dieses Landes fern von euch scheucht; aber laßt euch den Fehlschluß, daß, weil eure Regierung in Hollstein nicht glücklich, sondern unruhvoll war, euren Sohn ein gleiches Loos treffen müsse, nicht zu Ungerech=

tigkeiten verleiten. Wahrlich, Herr Graf, ihr seyd nicht weit entfernt, euch welcher schuldig zu machen.

D. Gr. v. Sch. Ihr sprecht hart mit mir, edle Frau! doch wer vermag über euch zu zürnen? Fahret fort, damit ich höre, welcher Ungerechtigkeit ihr mich zeihet.

Ida. Einer zweyfachen. Ihr seyd nicht allein gegen euren Sohn, sondern auch gegen die Hollsteiner ungerecht. Doch ehe ich weiter rede, versprecht mir vorher, daß ihr mich ganz aushören wollet; denn ich fürchte, daß euch dieß schwer werden wird, weil ihr mich jetzt schon beschuldiget, ich spräche hart mit euch.

D. Gr. v. Sch. Sprecht ohne Scheu. Eure milde Stimme benimmt den Worten wenigstens etwas von ihrer Härte.

Ida. Hollstein war nicht euer Eigenthum, sondern von kaiserlicher Majestät euch anvertraut, um es dem deutschen Reiche und eurem Hause zu erhalten. Euer Sohn ist demnach befugt, es von euch zu fordern; und doch thut er es nicht. Er verlangt nur Erlaubniß von euch, es mit seinem eigenen Schwerte erobern zu dürfen; und könnt ihr ihm diese verweigern, ohne in hohem Grade ungerecht zu werden? Dieß ist eine der Ungerechtigkeiten, deren ihr euch schuldig zu machen nahe seyd. Jetzt die zweyte. Als Heinrich der Löwe euer Land an sich gerissen hatte, waren es eure Getreuen, die es euch wieder eroberten; und hiedurch erwarben sie sich wenigstens gleiche Rechte an euch, als ihr an ihnen habt. Wenn ihr den Besitz Hollsteins wünschet, so wäret ihr berechtigt, die Hülfe aller Patrioten dieses Landes zur Wiedererlangung desselben aufzufordern: sollten sie daher nicht gleiche Rechte an euch haben? Der edle Graf Adolf glaubte gewiß nicht, daß Tausende nur für Einen geschaffen sind; und dieß müßte er glauben, wenn er fortfahren wollte, die Erfüllung der Bitte, die Ritter Eggo im Nahmen aller treuen Hollsteiner an ihn that, und die ich jetzt, ebenfalls im Nahmen aller, wiederhohle, die Bitte, sich oder seinen Sohn an ihre Spitze zu stellen, so hartnäckig zu verweigern, als er bisher that.

D. Gr. v. Sch). Ihr macht mich nachdenkend, edle Frau! Erlaubt mir, eure Reden in der Einsamkeit reiflicher zu überlegen.

Der Graf ging, und Ida und Adolf freueten sich ihres gelungenen Plans.

Adolf sprang von seinem Sitze auf, und schloß seine Geliebte in die Arme. „O liebe Zauberinn," rief er aus, „laß diese heiße Umarmung dir sagen, wie groß mein Glück ist, das beynahe den höchsten Gipfel erreicht hat; denn der Gedanke, daß nun, wenn meine Hoffnungen mich nicht täuschen, auch mein

geliebtes Vaterland bald glücklich werden
wird, erhöhet es noch, wenn das Glück,
von Ida geliebt zu seyn, einer Erhöhung
fähig ist." — „Ich bin nicht so eitel, er=
wiederte Ida, „daß ich meine Liebe für das
höchste Glück eines Mannes halten sollte;
eben so wenig aber kann ich dir verbergen,
daß meine Liebe zu dir, guter, wackerer
Jüngling, nur dann erst die Glückseligkeit
meines Lebens vollkommen machen wird,
wenn ich in dir den Befreyer Hollsteins lie=
be."— „Ja, reitzende Ida," entgegnete Adolf,
„den sollst du in mir lieben, oder dem An=
denken deines Adolfs, wenn sein Vaterlands=
eifer der Übermacht des Unterdrückers erliegt,
eine Thräne weihen." — Der Graf Schauen=
burg kam bald wieder zurück. — Nun Herr
Graf!" fragte ihn Ida sogleich bey seinem
Eintritte; „soll euer Sohn mit eurer Bewil=
ligung Hollsteins Befreyer werden?"

D. Gr. v. Sch. Er soll es werden,
wenn ihr die Zweifel heben könnet, die mich
quälen.

Adolf. O theuerster Vater, nehmt mei=
nen feurigsten Dank!

Ida. Und auch den meinigen, und ganz
Hollsteins Dank! Eilt, Herr Graf, mir eure
Zweifel mitzutheilen. Ich hoffe, sie euch be=
nehmen zu können.

D. Gr. v. Sch. Läßt sich bey der Ta=

pferkeit des Königs der Dänen, bey der
Stärke seines Reichs und seiner Heere ein
glücklicher Erfolg erwarten?

Ida. Mit Recht. Der tapfern Hollsteiner sind ebenfalls keine kleine Zahl; und
habt ihr je gehört, Herr Graf, daß ein Volk
besiegt wurde, wenn es um seine Freyheit
rang? Vergebens würde Waldemar sein Reich
entvölkern, wenn er die Heere, die der Hollsteiner Tapferkeit aufrieb, durch neue ersetzen
wollte; denn ein Mann, der für seine Rechte,
für seine Freyheit kämpft, siegt über zehn
Miethlinge, von einem eroberungssüchtigen
Unterdrücker gedungen.

Adolf. Habt ihr vergessen, mein Vater,
daß vier hundert tapfere Hollsteiner einst das
ganze dänische Heer schlugen? Zwar führte
sie mein Großvater an, und mir kommt der
stolze Gedanke, diesem Helden mich an die
Seite stellen zu wollen, nicht in den Sinn;
allein ich werde auch nur der Ausführer der
Anschläge seyn, die der kriegskundige und
tapfere Ritter Eggo von Sture, nach weiser
und sorgfältiger Prüfung, angibt. Ihn zur
Seite fürchte ich, an der Spitze der Hollsteiner, den König Waldemar mit seinen Dänen nicht.

D. Gr. v. Sch. Deine Hoffnungen fliegen hoch, lieber Sohn!

Ida. Sie sind aber doch wenigstens nicht

unwahrscheinlich. Sollte Muthlosigkeit euch, Herr Graf, dessen Muth sonst eisern war, so ganz niedergedrückt haben, daß ihr nicht vermögend wäret, euch zu einer so gerechten Hoffnung zu erheben?

D. Gr. v. Sch. Nein, edle Frau, so verfinstert ist mein Herz noch nicht; im Gegentheil machte die Erinnerung an meines Vaters Sieg auch in mir die Hoffnung rege, daß die Hollsteiner vielleicht noch einen zweyten so glorreichen Sieg erfechten könnten; und diese Hoffnung wird durch den Gedanken an die Tapferkeit ihres Anführers, des Ritters Eggo, noch gestärkt; aber —

Ida. — Ihn lächelnd unterbrechend — Aber doch habt ihr noch Zweifel?

D. Gr. v. Sch. Mehr als einen. Kann ich, ohne mein Gewissen zu verletzen, den Eid brechen, den ich dem Könige Waldemar leistete?

Ida. Ihr werdet euer Gewissen nicht beschweren, da ihr euren Eid nicht brecht. Ihr gelobtet zwar dem Könige Waldemar, nichts wider ihn zu unternehmen; daß aber euer Sohn auch nichts wider ihn unternehmen sollte, gelobtet ihr ihm nicht. Gesteht es nur, Herr Graf, daß eure Zweifel nichtig sind; denn es fällt mir nicht schwer, sie euch zu benehmen.

D. Gr. v. Sch. Wenn auch meine bis=

-herigen Zweifel euch leicht scheinen sollten;
so werdet ihr mir doch gestehen müssen, daß
der, welcher mir noch übrig bleibt, nichts
weniger als leicht ist. So bald Waldemar er=
fährt, daß mein Sohn Hollstein ihm wieder
abzunehmen strebt, wird er sich an den Gei=
ßeln rächen, die ich ihm zur Versicherung des
ungestörten Besitzes dieses Landes geben muß=
te; und dann würden zwey geliebte Söhne
von mir, und zehn Söhne meiner getreuesten
Lehnsleute die Opfer seiner Rache werden.
Diese gerechte Furcht, edle Frau, ist jetzt noch
die einzige Ursache, durch welche ich abgehal=
ten werde, euch und meinem Sohne zu will=
fahren.

Ida. Wohl uns und Hollstein, wenn euch
weiter nichts abhält! Eure Furcht ist unnö=
thig, Herr Graf! denn ehe wir etwas unter=
nehmen, sollen die Geißeln in Sicherheit ge=
bracht werden. Ich habe einige Freunde in
Dänemark, durch welche ich dieß zu bewerk=
stelligen hoffe.

D. Gr. v. Sch. Eure Hoffnung wird euch
täuschen, und Waldemar sich durch nichts
zur Auslieferung der Geißeln bereden lassen.

Ida. Ich bitte euch, Herr Graf! verfin=
stert die schönen Aussichten in die Zukunft
nicht durch eure schwarzen Ahndungen.

D. Gr. v. Sch. Und ich bitte euch da=
gegen, laßt euch durch eure zu großen Hoff=

nungen nicht verleiten, mir alle meine Söhne
vielleicht mit einem Mahle zu rauben. Bedenkt,
mit wie vielem Grunde zu befürchten ist, daß,
indeß der jüngste unter ihnen sein Leben im
offenem Felde verliert, die älteren auf dem
Blutgerüste eines schimpflichen Todes sterben.

Ida. O Graf, wohin führt euch eure Un=
glück ahndende Einbildungskraft! Nein, euer
jüngster Sohn wird sich im Felde Ruhm und
Lorbern erkämpfen, und eure ältern sich bald
der Zurückkunft aus Dänemark und der Wie=
dervereinigung mit euch freuen. Noch ein Mahl
versichere ich euch, daß Adolf nicht eher thät=
lich handeln soll, bis seine Brüder bey euch
in Sicherheit sind.

D. Gr. v. Sch. So eilt, edle Frau,
meinen Bruno und meinen Conrad frey zu
machen; und dann nehmt meinen Adolf zu
eurem und Hollsteins Eigenthume. Zieht mit
ihm nach Hollstein; meine guten Wünsche
sollen euch folgen, und mein brünstiges Ge=
beth Segen zu eurem Vorhaben erflehen.

Ida. Nein, Herr Graf! ihr müßt ihn
uns jetzt schon geben, damit durch seine Ge=
genwart der Muth der treuen Hollsteiner ge=
stärkt, und noch mehr entflammt wird. Doch soll
er euch schwören, im Lande Wilstern so lange
im Verborgenen zu leben, bis die Befreyung
seiner Brüder ihm erlaubt, mit Heereskraft
seine Rechte auf Hollstein geltend zu machen.

Lange bathen Adolf und Ida vergebens, bis ihre Bitten endlich, unterstützt von Adelheid und dem Grafen von Dassel, über die Hartnäckigkeit des Grafen von Schauenburg siegten. Adolf umarmte seine Lieben, und eilte dann an Ida's Seite nach der Wilstermarsch.

IX.

Freuden des Wiedersehens, und frohe Blicke in die Zukunft.

Um nicht entdeckt zu werden, zog Ida bey nächtlicher Weile mit ihrem Geliebten in dem Schlosse Kellingdorf ein. Sie rasteten daselbst, setzten dann ebenfalls, bey der Nacht, ihren Weg nach der Wilstermarsch fort, und waren kaum in dem Hause angekommen, welches Ida bewohnte, als sich der Ritter Eggo von Sture anmelden ließ.

„Verzeiht, edle Frau," entschuldigte er sich, da er in ihr Zimmer trat, „daß ich so unmittelbar nach eurer Rückkehr zu euch komme; aber Ungeduld erlaubte mir nicht, länger zu weilen, um bald zu erfahren, ob eure Hoffnung in Wirklichkeit verwandelt oder getäuscht wurde. O wollte Gott das Erstere!" —

„Ihr könnt dieß nicht sehnlicher wünschen, als ich," antwortete Ida. — „Und ihr wünscht es noch," fragte Eggo, „und meine Furcht war also nicht vergebens? Grausamer Adolf, kannst du Tausende umsonst flehen hören?" —

„Er kann es," erwiederte Ida; „umsonst wa=
ren alle meine Bitten. Daß ich sie so drin=
gend machte, als nur möglich war, werdet
ihr meiner Liebe für mein Vaterland zutrauen,
so wie ihr aus der Länge meines Aufenthalts
in Schauenburg schließen könnt, daß ich sie
oft wiederhohlte." — Der Ritter Eggo fiel
wieder in den Klageton, in den er vor Ida's
Abreise nach Schauenburg mit ihr gemein=
schaftlich gestimmt hatte. Seine Klagen wa=
ren mit Vorwürfen verbunden, die er dem
Grafen von Schauenburg machte, und Ida,
die jetzt ihr Spielwerk mit ihm trieb, um
bald seine Freude noch mehr zu erhöhen,
stimmte ihm in Klagen und in seinen Vor=
würfen bey. Eine Stunde lang beynahe mach=
te sie dem Ritter unnöthigen Schmerz: dann
sprach sie zu ihm; Laßt uns nicht mehr an
beyde muthlose Adolfe denken, und nicht
länger klagen, da uns neue Hoffnungen
glänzen.

„Verzeiht mir, edle Frau," antwortete
Eggo, „daß ich euern Hoffnungen nicht mehr
traue, da die erstere, deren Erfüllung ihr
so zuversichtlich glaubtet, euch täuschte."

„Täuschte mich auch jene, so werden mich
doch die jetzigen nicht täuschen," rechtfertig=
te sich Ida. „Hört mich an, und urtheilt
dann selbst. Auf meiner Zurückreise von
Schauenburg begegnete mir einer der edel=

sten unter den Jünglingen, die Graf Adolf
dem Könige von Dänemark als Geißeln gab.
Es war der junge Graf von Dannenberg,
dem es glückte, von Waldemars Hofe zu entfliehen, und der jezt nach Wilstern wollte,
um den treuen Hollsteinern von der Begierde Nachricht zu bringen, mit welcher der junge Graf Bruno wünscht, ihnen ihre Unab-
hängigkeit von Dänemark wieder zu verschaffen. Da wir eines Weges zogen, bath ich
den Grafen von Dannenberg, mir Gesellschaft zu leisten, und jezt eile ich, euch, Herr
Ritter, mit ihm bekannt zu machen. Die
Wärme, mit welcher er von Bruno's
gutem Vorsaze spricht, wird sogleich den
Wunsch in euch entflammen, den heldenmü-
thigen Bruno an der Spize der hollsteinischen Patrioten zu sehen. Dieser tapfere Jüngling mag unser Anführer werden, da sein
Vater und sein jüngerer Bruder zu feige dazu sind." — „Der junge Adolf wäre feige,"
fragte Eggo verwundert? — „Feig und
muthlos," erwiederte Ida; „durch seinen
Vater dazu gemacht, so viele Mühe sich auch
der wackere Ritter Eggo gegeben hatte, in
dem Busen des Jünglings Heldenmuth zu
entzünden." — „Und meine Mühe war nicht
vergebens gewesen," entgegnete Eggo; „wahrlich Graf Adolf hat schwere Verantwortung
auf sich, wenn er diesen edlen Jüngling ver-

derbt hat! — Ida hatte unterdeſſen einem
ihrer Knappen etwas ins Ohr geſagt, welcher nun eilends das Zimmer verließ, aber
nach wenigen Augenblicken zurück kehrte, und
von Adolf begleitet wurde.

„Sehet hier, Herr Ritter, den Befreyer
Hollſteins!" ſprach Ida zu dem erſtaunten
Eggo, der ſeinen Zögling ſogleich erkannte.
— Adolf ſtürzte ſich in die Arme des Rit-
ters, indem er ausrief: — „Ja durch den
Rath meines mir ſo theuern Lehrers hoffe ich
es zu werden, und unter der Anführung die-
ſes kriegserfahrnen Helden über die große
Macht der Dänen zu ſiegen."

„O willkommen, willkommen Herr Graf!"
— jauchzte der Ritter laut auf, und drückte den Jüngling feurig an ſeine Bruſt „einſt
mein geliebter Zögling, jetzt mein verehrter
Herr! Willkommen, Retter des Vaterlandes!"

„Ich bitte euch, Herr Ritter, gebt mir
keinen ſo hoch klingenden Titel," antwortete Adolf: „nennt mich wie zuvor euern Zögling; denn ich will es noch ſeyn und mich zugleich beſtreben, mich des Nahmens, euers
Freundes würdig zu machen. Vollendet euer
Werk, Herr Ritter, und lehrt mich nun die
Ausführung alles des Guten, deſſen Grund-
ſätze ihr mir vorher beybrachtet."

„O ihr werdet keinen Lehrer mehr bedürfen, Herr Graf!" wendete Eggo ein; „aber

nie wird euer Diener ermangeln, euch einen
Rath aus treuem Herzen mitzutheilen, so gut
er es vermag. Jetzt, gnädiger Herr, erlaubt
mir, eure Ankunft meinem Freunde Wergot
und allen euch ergebenen Hollsteinern bekannt
zu machen, damit diese wackern Männer,
die Freude so lange floh, sich mit mir freuen.
Sie werden eilen, euch Treue und Beystand
zu schwören, so lange noch ein Tropfen Bluts
in ihnen rinnt; und dann, Herr Graf, stellt
euch ohne Säumen an ihre Spitze, und zer=
brecht die Fesseln, in welche der Dänen Über=
macht und einiger treulosen Männer Herrsch=
sucht die Hollsteiner schlugen.„

„Gemach, Herr Ritter!" mischte sich Ida
in das Gespräch; „so schnell geht dieß alles
nicht, denn die Befürchtungen des Grafen
von Schauenburg schränken uns ein. Zwar
könnt ihr euerm Freunde und einigen der
Treuesten eurer Gefährten des Grafen Adolfs
Ankunft melden; aber allgemein darf sie noch
nicht bekannt werden, weil der Herr Graf
seinem Vater geloben mußte, bevor seine Brü=
der der Gewalt des Königs Waldemar nicht
entrissen sind, nicht öffentlich aufzutreten.
Das Erste, was wir thun, sey also, darauf zu
denken, wie wir dieß bewerkstelligen wollen.
Bis dahin lebt der Herr Graf unter dem Nah=
men eines Ritters von Weißensee unter uns."

„Edle Frau, ihr schlagt meine Hoffnung

Adolf IV.   G

wieder gewaltig darnieder," klagte der Ritter
Eggo; „es sieht um unsere Freyheit mißlich
aus, wenn wir nicht eher darum kämpfen
dürfen, als bis die Geißeln in Sicherheit
sind; denn Waldemar wird sich ihrer gewiß
nicht so leicht berauben lassen."

„Laßt mich sorgen, Herr Ritter!" tröste=
te ihn Ida; „ich hoffe sie in kurzer Zeit in
Freyheit setzen zu können. Nun, Herr Rit=
ter, laßt den tapfern Wergot an unserer Freu=
de Theil nehmen. Er, der Hollsteins Befreyung
so schnlich wünschte, wird sie auch nachdrück=
lich befördern. Ihr kennt die geflüchteten Edlen
besser, als ich, daher ich euch die Wahl über=
lasse, welchen unter ihnen wir uns, außer
dem Ritter von Sibransdorf, noch sicher und
ohne Furcht anvertrauen können. Alle diese
Edlen führt zu uns, damit wir mit ihnen
gemeinschaftlich Raths pflegen können."

Von den Beschlüssen dieser Versammlung
melden unsere Urkunden nichts weiter, als
daß alle Versammelten der Frau von Deest an=
lagen, ihr Versprechen, Adolfs Brüder und
die übrigen hollsteinischen Geißeln in Frey=
heit zu setzen, so bald als möglich zu erfül=
len. — Adolfs Gegenwart im Lande Wil=
stern wurde bald einem großen Theile der da=
hin Geflüchteten bekannt; denn ein Freund
verkündigte dem andern die fröhliche Mähre.
Der junge Graf erschien zwar selten in gro=

ßen Versammlungen, und hatte noch über
dieß die Vorsicht gebraucht, sich unkenntlich
zu machen; aber doch vermutheten auch die,
welchen man ihn nur als Ritter von Weißen=
see genannt hatte, daß er Graf Adolf wäre,
weil ihre Gefährten, die mit ihm genaueren
Umgang hatten, ihm mit mehrerer Auszeich=
nung begegneten, als einem bloßen Ritter,
dessen Abkunft noch über dieß keinem unter de=
nen, welche nicht Mitwissende des Geheim=
nisses waren, bekannt war. Auch schien der
frohe Muth der Ritter Eggo und Wergot und
ihrer vertrauten Freunde, so wie die Zuver=
sicht, mit welcher sie den Übrigen Hollsteins
nahe Befreyung versicherten, zu beweisen,
daß der junge Ritter, der jetzt in der Mitte
der geflüchteten Vaterlandsfreunde lebte, kein
anderer, als der junge Graf Adolf, seyn könnte.
    Das Bewußtseyn und zum Theile auch nur
die bloße Vermuthung der Gegenwart eines
Anführers vom Stamme ihrer alten Beherr=
scher befeuerte den Muth aller Bewohner der
Wilstermarsch. Sie murreten jetzt laut, da
sie vorher nur heimlich geklagt hatten, und
legten besonders gegen den dänischen Amt=
mann in Segeberg einen Beweis ab, daß
sie müde wären, die Sclavenfesseln länger
geduldig zu tragen. — Die Bewohner die=
ser Festung und der umliegenden Gegend hat=
ten sich, schon vor Adolfs Ankunft, bey dem

königlichen Amtmanne beschwert, daß sie nicht
nach sächsischen, sondern nach dänischen Rechten gerichtet würden.

„Nie würden wir unsere Festung übergeben haben, und hätten wir uns unter dem
Schutte ihrer Mauern sollen begraben lassen,
wenn nicht der König, euer gnädigster Herr,
uns versichert hätte, daß wir in unsern Rechten und Freyheiten nicht gekränkt werden sollen;" sprach einer der Vornehmsten unter
diesen Unzufriedenen. „Wir zweifeln nicht,
daß der durchlauchtigste König Waldemar sein
königliches Wort nicht zurück nehmen, sondern als König von Dänemark erfüllen wird,
was er uns als Herzog von Schleswig versprach. Es sey euch, ehrenfester Herr, demnach kund gemacht, daß wir fortan den dänischen Gesetzen nicht mehr gehorchen wollen,
sondern die Wiederherstellung unserer Freyheiten verlangen, und Rechtssprüche nach den
Verordnungen und Gewohnheiten unserer Väter." — „Unter euch, ihr Herren!" antwortete der Amtmann; „könnt ihr Recht
sprechen, wie es euch gefällt, ich aber werde nie nach andern Gesetzen, als denen meines Landes richten, und meines gnädigsten
Herrn und Königs tapfere Krieger werden
euch schon Gehorsam lehren, wenn ihr mir
ihn verweigert."

Aufgebracht durch diese Drohung wieder-

hohlten die Hollsteiner ihre Forderung mit
größerem Ungestüme; aber der Amtmann
spottete darüber, und fragte sie höhnisch: Wo
habt ihr eure gepriesenen Rechte? Wohlan,
geht und hohlt sie, daß ich aus ihnen Weis=
heit lerne! — Dieser Aufforderung konnten
die Hollsteiner freylich nicht gemäß handeln,
denn Ecke von Repko hatte damahls zwar
schon angefangen, die sächsischen Rechte zu
sammeln, war aber damit noch nicht so weit
gediehen, um der Welt seinen Sachsenspie=
gel zu männlicher Beschauung vorlegen zu
können. Die verhöhnten Hollsteiner mußten
daher verstummen, und der Amtmann fuhr
fort: „Ich will meinen Hund herhohlen,
der eure Rechte euch vorbellen soll. Jetzt geht
heim, und wenn ihr eure mir unbekannten
Rechte findet, so bringt sie mir. Nach däni=
schen Gesetzen wird Recht und Gerechtigkeit
euch nie entstehen; auch sollt ihr die Billig=
keit des Amtmanns zu Segeberg rühmen,
und gleich jetzt will ich euch einen Beweis
derselben geben, indem ich euch nicht als Em=
pörer strafe, wie ich wohl könnte, sondern
euch erlaube, ein anderes Mahl wieder zu mir
zu kommen, und mir eure Rechte, wenn ihr
welche habt, zu zeigen."

Der Hollsteiner Grimm entbrannte ob
den schmachvollen Reden des Amtmanns.
Unmacht hinderte sie zwar, ihn sogleich da=

für zu bestrafen; aber in allem wurde der
Entschluß fest, sich wegen dieser Beleidigung
zu rächen. Sie eilten nach der Wilstermarsch,
um Eggo und Wergot zu klagen, welchen
Hohn sie hatten erdulden müssen.

„Rathet uns, edle Ritter!" sprachen sie
zu ihnen, „was wir dem Amtmanne sagen
sollen, wenn wir nach seinem Bescheiden nach
ein und zwanzig Tagen wieder zu ihm gehen."

„Das laßt uns bis dahin überlegen, damit wir uns nicht übereilen," gaben die Ge-
fragten zur Antwort. „Aber wahrlich des
Amtmanns Hohn soll ihm nicht ungestraft hingehen! Nein, erfahren soll er, daß freye edle
Männer nicht als Kinder mit sich spielen,
oder als Sclaven sich behandeln lassen."

Kurz nach Adolfs Ankunft in Wilstern
brach der Tag heran, wo die Gehöhnten wieder nach Segeberg gehen, und ihre Schmach
rächen wollten. Ritter Eggo begab sich zu ihnen, und bath sie, ihm die Rache zu über-
lassen. „Ich gehe mit euch, tapfere Brüder
und Waffengenossen," ermunterte er ihren
Muth; „begleitet von einer Schar echter Vaterlandsfreunde, und will dem stolzen Amtmanne zeigen, welches unsere Rechte sind;
und wehe ihm! wenn er uns nicht so begegnet, wie wir edle Männer es verlangen."

Sie zogen gen Segeberg, und ihre Menge, und daß sie bewaffnet erschienen, mach-

te zwar den Amtmann ein wenig bescheide=
ner, aber doch nicht nachgiebiger, als das er=
ste Mahl. — „So lange ihr mir das Buch
nicht zeigen könnt," sprach er zu ihnen, „das
eure Rechte enthält, werde ich fortfahren,
euch nach dänischen Gesetzen zu richten; denn
ihr könntet gar wunderliche Dinge verlan=
gen, wenn ich euch verspräche, die Gewohn=
heiten eurer Väter gelten zu lassen. Da ich
diese nicht kenne, würdet ihr nicht erman=
geln, alles, was euch gefiele, unter dem Vor=
wande, daß es Rechtens und bräuchlichen Her=
kommens sey, von mir zu begehren. Noch
ein Mahl, habt ihr ein Recht, so zeigt es
auf; habt ihr aber keines, so vergeudet die
Zeit nicht mit unnützem Geschwätze!"

„Siehe hier unser Recht!" „rief jetzt der
Ritter Eggo von Sture mit fürchterlicher
Stimme, indem er sein Schwert zog, und es
so kraftvoll schwang, daß sein Sausen in der
Luft dem Amtmanne Furcht erregte. „Dieß
Recht galt, und wird gelten, so lange nicht
der Hollsteiner Muth erstirbt oder ihr Arm
erschlafft; und jener wird leben, dieser stark
seyn, so lange ihr Athem nicht ausgeht."

„Greift den Empörer," schrie der zittern=
de Amtmann, „daß er seinen Frevel mit dem
Leben büße!" — Kaum hatte er dieß ge=
sagt, als Furcht ihn antrieb, zu fliehen. Die
Hollsteiner eilten ihm nach, und der Ritter

Eggo erreichte ihn bald. „So treffe dich
denn die Strafe, die du selbst den Frevlern
bestimtest!" fuhr Eggo fort, und stieß ihm
sein Schwert in die Brust. „Stirb! denn ich
kenne keinen größern Frevel, als freye und
edle Männer zu Leibeigenen herabwürdigen zu
wollen. Indeß der Amtmann röchelnd seine
Seele aushauchte, flohen alle Dänen, um den
Ausbrüchen der entflammten Wuth der Holl=
steiner zu entrinnen, die nun auch nach ihrem
Zufluchtsorte zurück eilten, weil sie befürch=
teten, daß das Gerücht ihrer That mehrere
Dänen herbey rufen möchte.

X.
Auch die heilige Jungfrau nimmt sich der Hollsteiner an.

Ida machte dem Ritter Eggo Vorwürfe we=
gen seiner raschen Handlung. „Eure Hitze,"
sprach sie zu ihm; „hat euch zu früh zu dem
Anfange der Feindseligkeiten verleitet. Die
Geißeln befinden sich noch in Waldemars Ge=
walt, und wirklich sind auch die Hollsteiner
noch nicht genug gerüstet, um der ganzen
Macht der Dänen widerstehen zu können." —
„O, seyd außer Sorgen, edle Vaterlands=
freundinn!" antwortete der Ritter Eggo.
„Sie mag nun anrücken, diese zahlreiche
Macht, um zu erfahren, daß wenige, wenn
Vaterlandsliebe und Liebe zur Freyheit sie

beseelt, über eine Menge Unterdrücker siegen
können. Die wenigen Dänen, die sich in un=
serm Lande befinden, können nichts wider
uns unternehmen; und ehe Waldemar mit
einem Heere herbey kommt, kann ganz Holl=
stein unter den Waffen seyn. Jetzt, tapfere
Brüder!" wendete er sich gegen Wergot und
die übrigen versammelten Edlen, „laßt uns
nicht zaudern, durch Vorsicht uns auf alle
Fälle gefaßt zu machen. „Und was ist es,
das Vorsicht euch zu gebiethen scheint?" frag=
te Wergot. „Wir wollen die Feste Itzehoe zu un=
serm sichern Aufenthalte wählen, "erwiederte
Eggo; „durch uns noch mehr befestigt, werden
wir in diesem Zufluchtsorte nichts zu fürchten
haben." Nicht alle Anwesenden waren mit dem
Ritter Eggo gleicher Meinung; im Gegentheile
glaubten viele, durch die Moräste im Lande
Wilstern mehr geschützt zu seyn, als durch Itze=
hoe's Mauern. Sie beschlossen demnach, diesen
sichern Aufenthalt nicht zu verlassen, indeß die
andern mit dem jungen Grafen und seiner Ge=
liebten, auf Anrathen der Ritter Eggo und
Wergot, nach Itzehoe gingen. Sie verstärkten
die Festungswerke, und schützten sich noch durch
einen rings um die Stadt gezogenen Graben.
Kaum hatten sie diese Arbeit beendigt, als
der Graf Albert von Orlemünde, an der
Spitze aller in Hollstein sich aufhaltenden Dä=
nen und der dem Könige ergebenen Hollstei=

ner, vor Itzehoe erschien. Mit der größten
Emsigkeit ließ Albert einen Wall aufführen,
und über den von den Hollsteinern gemachten Graben eine Brücke schlagen. Schon
sank den Hollsteinern bey dem Anblicke der
überlegenen Dänen der Muth, und diese
freueten sich dagegen, die in der Festung
versammelten Empörer bald in ihre Gewalt
zu bekommen, als eine unvermuthete Begebenheit den Muth der Erstern wieder erhub,
und die Freude der Letztern in Traurigkeit verwandelte. Es war am Tage nach
dem Feste der Geburt der heiligen Jungfrau, als die Dänen über die Brücke zu gehen, und die Stadt zu bestürmen gedachten.
Sie bereiteten sich zum Aufbruche, wurden
aber bald in ihr Lager zurück geschreckt. Die
Störe, aus welcher der um die Stadt gezo-
gene Graben das Wasser erhielt, schwoll
plötzlich so hoch, und strömte mit solcher Gewalt nach dem Graben zu, daß das Wasser
einen Theil der Brücke mit hinweg riß. Die
Dänen eilten, den angerichteten Schaden sogleich wieder auszubessern. Eben waren sie
fertig, da kam ein zweyter Strom, und zerstörte nicht nur die ganze Brücke, sondern
das Wasser trat auch aus, und drang in
das nahe Lager der Dänen, wo es großen
Schaden anrichtete. Indeß die Hollsteiner
über das Zurückweichen der Dänen laut

jauchzten, kam ein Mönch herbey gesprungen,
und schrie laut : „Dankt·Gott und der heiligen Jungfrau, ihr edlen Männer Hollsteins!
Wisset, daß es die heilige Mutter Gottes
war, die uns von den Dänen befreyete. Ich
und alle meine Brüder haben sie in einem
blauen mit Sternen besetzten Gewande über
unserer Stadt schweben gesehen. Drey Mahl
segnete sie mit dem Zeichen des heiligen Kreu-
zes unsere bedrängte Stadt; dann schwang
sie sich wieder empor, und eine Wolke entzog sie unsern Blicken. Noch machte Erstaunen über dieß Wunder uns alle starr; da
drang das Gerücht, das Wasser der beun-
ruhigten Störe hätte die Brücke der Dänen
hinweg gerissen, zu unsern Ohren. Wir
knieten nieder, um der Himmelsköniginn
lauten Dank zu stammeln, und fordern euch
jetzt auf, eure Lob=und Danklieder mit den
unsrigen zu vereinigen." Dank und Jubelgeschrey erfüllte nun die Luft, und alles Volk
eilte, ihrer Befreyerinn Andacht und reiche
Spenden zu opfern. Auch das Andenken des
Tages, an welchem sich das glückliche Ereigniß ergab, wollten die Hollsteiner verewi-
gen. Sie nannten ihn den Bürgertag, und
er behielt diesen Nahmen einige Jahrhun-
derte lang. Dieser glückliche Vorgang vermehrte den Muth der Hollsteiner nicht wenig. Die Mönche und Leichtgläubigen unter

ihnen zweifelten nicht, daß sie auch fernerhin in
ihren Unternehmungen glücklich seyn würden,
da die Heiligen, und auf ihren Befehl die
Elemente sich für sie erklärten. Ritter Eggo,
der bey aller seiner Tapferkeit äußerst leicht=
gläubig war, forderte seine Gefährten auf,
einen Ausfall zu thun, und den erschrockenen
Dänen nachzusetzen. „Furcht und Schrecken,
die sie eingenommen haben, werden uns den
Sieg erleichtern,” setzte er hinzu. Allen An=
dern aber schien dieß zu viel gewagt, da das
Heer des Grafen von Orlemünde wenigstens
sechs Mahl so stark war, als ihr kleines
Häuflein. „Laßt uns vorher,” sprachen sie
zu dem Ritter, „unsern Unglücksgefährten
in der Wilstermarsch von dem Vorgegange=
nen Nachricht geben, und sie auffordern, sich
mit uns zu vereinigen. Dann, Herr Ritter,
obgleich unserer immer noch weniger seyn
werden, als unserer Feinde, wollen wir das
Schwert für unsere Freyheit ziehen, und es
nicht eher wieder in die Scheide stecken, bis
wir sie errungen haben.”

Adolf und Ida freueten sich, daß Eggo
durch die Widersprüche seiner Waffengenos=
sen von der Ausführung seines Vorsatzes ab=
gehalten wurde, weil beyden ihr dem Gra=
fen von Schauenburg gegebenes Versprechen
heilig, und ihre Furcht für die noch immer
nicht befreyeten Geißeln groß war. Um thä=

tiger an der Befreyung derselben arbeiten zu
können, beschloß Ida selbst nach Dänemark
zu gehen, so oft und dringend sie auch Adolf
bath, sich nicht von ihm zu trennen. Als dieser endlich sah, daß er nicht vermögend wäre, ihren Vorsatz zu ändern, begleitete er
sie nebst dem Ritter Eggo nach Kellingdorf,
wo sie die zu ihrer Reise nöthigen Anstalten
treffen wollte. Adolf war entschlossen, seine
Geliebte zu begleiten, und wendete die erste
Zeit, wo er sich mit ihr allein befand, dazu an, ihr diesen Entschluß bekannt zu machen; aber Ida bewies jetzt, daß ihre Vaterlandsliebe wenigstens eben so stark war,
als die Liebe zu Adolfen. „Glaubt mir,
Herr Graf!" versicherte sie ihm, „daß mir
die Trennung von euch schwer fällt; aber
das Beste unsers Vaterlandes erheischt sie,
und ich verdiente nicht, die Geliebte seines
Retters zu seyn, wenn ich dem allgemeinen
Besten dieses Opfer nicht brächte."

„Ihr seyd stärker als ich," antwortete Adolf.
„Nein, ich kann mich nicht von meiner Ida
trennen. Ich begleite dich, Geliebte! denn
unmöglich kann ich dich den Beschwerden einer weiten Reise und den Gefahren Preis geben, die an Waldemars Hofe dir drohen könnten. Meine Liebe, theureste Ida, müßte weniger feurig seyn, als sie ist, wenn ich dich
ohne Schutz sollte abreisen lassen." — „Ihr

irrt," erwiederte Ida, „wenn ihr mich ohne
Schutz glaubt. Die Treue meiner Begleiter
und eigene Vorsicht werden mich schützen. Obgleich meines Adolfs Schutz mir theurer seyn
würde; so gebeut mir doch Pflicht, jetzt willig
darauf Verzicht zu thun, da das Vaterland
seiner noch mehr bedürftig ist. Mir drohen
nicht wie diesem Gefahren, welche von ihm
zu wenden eure Gegenwart so nöthig ist. Der
Dänen Unternehmen wider Itzehoe wird
wahrscheinlich nicht ihr einziges bleiben, und
der Muth der Hollsteiner würde um vieles
vermindert werden, wenn ihr sie verließet. —
„O nein, er würde nicht sinken," entgegnete
Adolf, „da er sich so lange erhielt: und gesetzt, er verminderte sich auch ein wenig; so
würde es uns doch nicht schwer werden, ihn
nach unserer Rückkunft wieder zu entflammen.
Besser daher, die Hollsteiner verlieren auf eine
kurze Zeit einen Theil ihres Muthes, als daß
ich vielleicht auf ewig meine Ida verliere." —
„Schämt euch, Herr Graf!" antwortete Ida
lächelnd, „einer solchen weibischen Furcht,
die keinem Manne ziemt, und am wenigsten
euch, den der Vorsatz durchglühet, den Ruhm
seltner Tapferkeit sich zu erkämpfen. Ich wage
nichts, wenn ich nach Dänemark gehe; ihr
aber wagtet alles. Man würde euch entdecken, vielleicht den Zweck eurer Gegenwart
ahnden, so wie jetzt schon einige den Dänen er-

gebene Hollsteiner euch in der Wilstermarsch
vermuthen; und dann wäre, wenn auch nicht
eure eigene Freyheit, doch die Freyheit Hollsteins und eurer Brüder, wenigstens auf lange
Zeit, bloß ein frommer Wunsch." — Viele
Mühe mußte noch Ida anwenden, Adolfs
ganze Vaterlandsliebe auffordern, und, da
auch dieß fruchtlos war, das als einen Beweis seiner Liebe zu ihr verlangen, was
er seinem Vaterlande schuldig war, ehe sie
ihrem Geliebten den Vorsatz, sie zu begleiten ausreden konnte. — Ida säumte nun nicht
länger, nach Dänemark aufzubrechen. Schon
des andern Tages trat sie ihre Reise an, und
unsern Adolf, so sehr er auch wirklich Held
war, nahm der Schmerz so ganz ein, daß
er sich nur mit Mühe der Thränen erwehren
konnte. Nach einigen Wochen erhielt er einen
Bothen von seiner Geliebten mit der freudi-
gen Nachricht, daß sie den Endzweck ihrer Reise
nach Dänemark nächstens zu erreichen, und
nach wenig Tagen in seine Arme zurück zu
kehren hoffe. Ungeduldig zählte Adolf nun
jede Stunde, und jede derselben verwandelte
sich für ihn in eine Ewigkeit, als er nach vier
Wochen Ida's Zurückkunft noch immer vergebens entgegen sah.

Wie groß mußte demnach seine Freude
seyn, da er nach Verlauf dieser Zeit einen
Eilbothen, den er an seiner Feldbinde sogleich

für einen von Ida's Leuten erkannte, auf Itze=
hoe zusprengen sah. Er eilte ihm entgegen,
voll der süßen Hoffnung, daß Ida selbst ih=
rem Abgeschickten bald nachfolgen werde. —
„Eile," rief er dem Kommenden zu, „dich
deines Auftrags schleunigst zu entledigen."—
Der Bothe, welcher Befehl hatte, den Gra=
fen ohne Zeugen, oder wenigstens nur in des
Ritters Eggo Gesellschaft, zu sprechen, und
nicht weit von sich mehrere Hollsteiner sah,
antwortete dem Grafen: Verzeiht, Herr Rit=
ter, daß ich eurem Verlangen nicht so schnell
gemäß handeln kann; aber so bald ich euch
in eure Wohnung gefolgt bin, werde ich nicht
säumen, eure Neugierde zu befriedigen. —
Adolf war zwar unwillig, daß er seine Un=
geduld noch eine Zeit lang bezähmen mußte,
bestürmte aber doch den Bothen nicht länger,
ob er gleich mit ihm in seine Wohnung mehr
flog, als ging. — Kaum hatten sie sie erreicht,
als der Bothe zu erzählen begann. Wir wol=
len ihm nicht zuhören, sondern unsere Leser
nach Dänemark führen, und Ida selbst han=
deln sehen.

XI.

Hoffnungen schwinden, und neue sprießen hervor.

Zwey Tage nach Ida's Ankunft zu Kopen=
hagen wurde der Bischof Waldemar von
Schleswig seiner Haft zu Söeburg entlassen.

Dieser unruhige Mann, mit welchem wir unsere Leser etwas genauer bekannt machen müssen, hatte sich schon zu Königs Knuts Zeiten einfallen lassen, nach dem dänischen Throne zu streben. Mit den Waffen in der Hand gedachte er seinen Plan auszuführen, aber er mißlang; denn König Knut bekam ihn durch List in seine Gewalt, und bestrafte den herrschsüchtigen Prälaten durch harte Gefangenschaft. Vergebens hatte sich bisher der Papst für seinen bedrängten Sohn verwendet, vergebens die ganze dänische Geistlichkeit um Freylassung eines ihrer vornehmsten Brüder geflehet. König Knut erfüllte ihre Bitten nicht, und sein Nachfolger Waldemar, der überhaupt der Geistlichkeit nicht hold war, schien dazu noch weniger geneigt. — Was der heilige Vater zu Rom und alle seine geistlichen Söhne in Dänemark nicht vermocht hatten, das bewirkte zuletzt in einem zärtlichen Ehestündchen des Königs Gemahlinn, die Königinn Margaretha, die sich durch ihre Frömmigkeit und Milde den Nahmen Dagmar erworben hatte. König Waldemar, über den schöne Damen überhaupt viel Gewalt hatten, konnte den Bitten seiner frommen Gemahlinn nicht widerstehen. Er bewilligte dem Bischof seine Freyheit, deren Verlust er vierzehn Jahre beseufzt hatte, doch erst nach der heiligen Versicherung desselben, bey Stra-

Adolf IV.   H

fe des Kirchenbannes sich in keinem Lande be=
treten zu lassen, das Waldemars Zepter ge=
horcht. — Bischof Waldemar leistete dieß Ver=
sprechen, weil er auf keine andere Art seiner
Haft ledig werden konnte; allein indem er
es leistete, machte er sich gleich den festen
Vorsatz, es nicht zu erfüllen. Kraft tragenden
Amts hatte er schon manchen ehrlichen Mann
der Verbindlichkeit, die er sich durch ein einst ge=
gebenes Versprechen, das ihn nachher gereue=
te, entbunden; jetzt glaubte er den Löseschlüssel
zu seinem eigenen Vortheile gebrauchen zu
dürfen. Sonder Beschwerung seines Gewis=
sens verkleidete er sich daher kurz nach seiner
Befreyung, und kam, mit Rache erfülltem
Herzen, unerkannt und glücklich bey einem
seiner ergebensten Freunde, dem Abte eines
Klosters zu Kopenhagen an. — Unsere Ur=
kunden melden den Nahmen dieses Abtes nicht,
und der Zahn der Zeit hat unglücklicher Weise
auch so gewaltig an dem Nahmen des Klosters
genagt, daß davon nur die letzten fünf Buch=
staben stehen geblieben sind. Nun lassen sich
zwar zu oster leicht K und l suppliren, aber
die voran stehenden Buchstaben getrauten wir
uns nicht zu ersetzen, da wir fürchteten, fal=
sche zu wählen. Noch weniger erlaubt uns
unsere Gewissenhaftigkeit, dem Abte einen
Nahmen zu geben, damit seine Schuld kei=
nen Unschuldigen treffen möge. — Abt Ano=

nymus war wider den König Waldemar nicht
viel weniger ergrimmt, als weiland der Pro=
phet Elisa, da er auf die ihn höhnenden Kna=
ben Bären hetzte. Er hatte nicht nur den hart=
herzigen König mehr als ein Mahl vergebens
um eine milde Spende für sein' Kloster ge=
bethen, sondern ihm sogar aus dem Schatze
desselben einen Beytrag zu Bestreitung der
Kosten seines letzten Feldzugs in Hollstein ge=
ben müssen. Nachdrücklich hatte sich zwar der
fromme Abt diesem kirchenräuberischen Be=
gehren des Königs widersetzt, aber nach der
Drohung, daß er sich selbst nehmen würde,
hielt er für weislich, nachzugeben, weil er
hoffte, den König mit einer geringeren Sum=
me zu befriedigen, als die er wahrscheinlich
dem Klosterschatze rauben würde, wenn er
seine Hände selbst darnach ausstreckte. — Vor=
her schon wider den König aufgebracht, weil
er alle Bitten um Bischof Waldemars Frey=
lassung unerfüllt ließ, wurde der Abt nun
noch mehr erbittert, da es ihm unmöglich war,
den Griff des Königs in den Seckel des Klo=
sters für etwas anders, als Kirchenraub, zu
halten, ob Waldemar ihn gleich zum Besten
des Landes gethan hatte, und sein Eifer ver=
leitete ihn zu dem Vorsatze, den König zu
strafen. — Dem Bischof Waldemar war die=
ser Vorsatz seines Freundes nicht unbekannt
geblieben. Er beschloß, die Stimmung dessel=

ben zu benutzen, und gemeinschaftlich mit ihm
auf Mittel zu denken, wie der für sein Kloster sorgsame Abt den räuberischen König strafen, und er selbst sich für die erduldete Schmach
an ihm rächen könnte. Er machte sich daher
nach Kopenhagen auf, und fand den Abt sogleich willig, zu der Erreichung seines Endzwecks thätig mitzuwirken; nur waren sie
beyde verlegen, auf welche Art dieß geschehen
könnte. Die Frau Deest war es, welche ihnen
endlich die Mittel dazu an die Hand gab. —
Als Ida sich noch in Hollstein befand, grün-
deten sich alle ihre Hoffnungen, die Befreyung
der hollsteinischen Geißeln betreffend, auf das
freundschaftliche Verhältniß, in welchem sie
mit dem Aufseher derselben stand. Ritter Hugo
von Asseberg — so hieß dieser Mann — hatte
einst um die Hand der schönen Ida gewor-
ben, und würde sie erhalten haben, wenn
sie allein schön, und nicht auch reich gewesen
wäre, oder Hugo mit seinen Rittertugenden
auch Reichthum verbunden gehabt hätte. So
aber, da sein ganzer Reichthum in einigen
goldenen Ketten bestand, womit die vorzüg-
lichsten Proben seiner Tapferkeit belohnt worden waren, erlangte er zwar, was Ida selbst
vergeben konnte: ihre Liebe; aber ihre Hand,
worüber ein harter und geiziger Vater geboth, konnte er nicht erhalten. — Ida hatte
damahls kaum das jungfräuliche Alter er-

reiſ, und die der Jugend eigene Leichtigkeit
hatte ſie den Ritter, ſo zärtlich ſie ihn auch
einſt liebte, vergeſſen laſſen, als Herr von
Deeſt um ihre Hand warb, die ihm auch Ida's
Vater nicht verweigerte, weil Herrmann von
Deeſt ein reicher Bannerherr war. So viel
von Ida's Bekanntſchaft mit dem Aufſeher
über die hollſteiniſchen Geißeln. — Ritter
Hugo war nachher nach Schleswig gegangen,
wo er in des Herzogs Waldemars Dienſte
trat, und ſeine Tapferkeit und Treue erwarb
ihm bald des Herzogs Gunſt. Die letztere,
welche dieſer nach mehreren Prüfungen be=
währt erfunden hatte, war die Urſache, daß
Ritter Hugo ſpäter hin der Aufſeher über die
hollſteiniſchen Geißeln wurde; und der Ge=
danke an die Ergebenheit, die er der ſchönen
Ida ſonſt ſo oft auf ewig zugeſchworen hatte,
belebte jetzt in dieſer die Hoffnung, daß ſie
noch nicht erſtorben ſeyn würde, zumahl da
ſie von vielen Bekannten Hugo's gehört hat=
te, mit welcher Wärme er noch immer von
ihr ſpräche. — Auf dieſer Hoffnung alſo ruhte
die Befreyung der hollſteiniſchen Geißeln; doch
wurde ſie bisweilen erſchüttert, wenn Ida an
die Treue dachte, mit welcher Hugo ſeinem
Herrn zugethan war. — Ein Mann, der
nichts zu verlieren hatte, wählte der Ritter
ſich ſelbſt zum Herrn, welchen er wollte, und
Verdienſte leiteten ſeine Wahl. Bisweilen

hatte er sich durch Schein täuschen lassen, und daher einige, deren Panieren er sonst folgte, wieder verlassen; aber keiner derselben konnte ihn einer Untreue zeihen, er müßte ihm denn das zur Untreue angerechnet haben, daß er zuweilen in die Dienste eines Großen über= ging, der der Feind dessen war, welchen Hugo vorher verlassen hatte. Aber ungerecht wäre diese Beschuldigung gewesen; denn Hugo war ein freyer Mann, der bisher noch keinem Treue geschworen, und diesen Schwur nur dem zu leisten sich vorgenommen hatte, den er sei= ner Achtung vollkommen würdig finden wür= de. — Ida wußte, daß er diesen Fürsten jetzt an Waldemar gefunden zu haben glaubte, so wie es ihr nicht unbekannt war, daß seine Treue gegen diesen noch weniger zu erschüt= tern wäre, als gegen alle, für die er vorher gefochten hatte. Dieß schien ihren Erwartun= gen nichts weniger als zuträglich zu seyn; aber aus sehnlichen Wünschen keimen Hoff= nungen, und Hoffnung ist gleich einem Senf= korne, aus dem beynahe sichtbar ein hoher Baum empor wächst. — Ida bestätigte diese schon so oft gemachte Erfahrung. Sie wünsch= te, daß Hugo sich von ihr überzeugen lassen möchte, daß Waldemar seiner Achtung nicht würdig wäre, weil er gegen die Hollsteiner ungerecht und tyrannisch handelte; wünschte ferner, daß er sich zum Besten dieser Be=

drängten, wenn gleich auf Kosten Waldemars, verwenden möchte; und beyde Wünsche bildeten sich bald zu Hoffnungen um.

Diese Hoffnungen glüheten schon damahls
in ihr, als sie dem Grafen von Schauenburg
die Befreyung seiner Söhne so zuversichtlich
zusicherte, und unmittelbar nach ihrer Ankunft
zu Kellingdorf hatte sie den Burgvogt daselbst, einen alten treuen Diener, zu ihrem
Vertrauten gemacht, und ihn gen Koppen-
hagen gesandt, um zu erforschen, ob von
dem Ritter Hugo wohl das zu erlangen wäre, was sie von ihm begehrte. Der Burgvogt kehrte zurück, mit der von dem Ritter
erhaltenen Versicherung, daß er seiner edlen
Frau nichts verweigern würde, wenn es nicht
den Pflichten, die er Gott und seinem Könige schuldig wäre, entgegen stände.

„Nun, edle Gebietherinn!" setzte der Vogt
hinzu; „stehet zwar euer Begehren an den
Ritter Hugo allerdings den Pflichten entgegen, die er seinem Könige schuldig ist; aber
doch zweifle ich nicht, daß ihr keine Fehlbit-
te thun werdet, wenn ihr euch selbst zu ihm
begebt; denn es scheint mir, als wenn der
edle Ritter euch noch ergebener wäre, als
seinem Könige." — Diese treuherzige Versicherung des Alten gab Ida's Hoffnung eine mächtige Stütze, und sie wurde zur Zuversicht erhöhet, als Ida selbst bey dem Rit-

ter Hugo anlangte. Sie hatte ihren Zug nach Kopenhagen so wie den frühern nach Schauenburg, in männlicher Kleidung angetreten. Eine Zofe, ebenfalls verkleidet, und vier treue verschlagene Knappen begleiteten sie. Willens, so lange sie sich in Kopenhagen befände, ihre verbergende Kleidung zu verwechseln, freuete sie sich schon des Erstaunens, das den Ritter Hugo einnehmen würde, wenn er einen Unbekannten endlich als Ida erkannte.

So bald sie das Zimmer des Ritters betreten hatte, sprach sie zu ihm: „Verzeiht, Herr Ritter, daß ein Bekannter unter erborgtem Nahmen euch heimsucht.‟

„Ein Bekannter?‟ fragte Hugo staunend, und schien aus seinem Gedächtnisse aller Bilder deren, die er einst gekannt hatte, hervor zu rufen, um zu sehen, ob sich unter ihnen eins fände, das ein Conterfät des Fremdlings zu seyn schiene, der sich ihm jetzt als ein Bekannter ankündigte. Ida bemerkte diese Musterung, die der Ritter vornahm, so wie es ihr nicht verborgen blieb, daß er vergebens suchte. Sie beschloß daher, seinem Gedächtnisse zu Hülfe zu kommen.

„Sollte sich der Ritter Hugo wirklich nicht entsinnen können,‟ führte sie ihren Entschluß aus, „einst eine Gestalt gesehen zu haben, die mir gliche?‟ — „O ja, ich entsinne mich ohne lange Mühe,‟ antwortete Hugo; „denn diese Gestalt ist mir so theuer, daß sie mir noch immer, wachend und im Traume, vorschwebt. Habt ihr eine Schwester, Herr Ritter?" setzte Hugo hinzu, und ein tief geholter Seufzer wand sich aus seiner Brust hervor. — „Nein," erwiederte Ida; „nie hatte ich eine." — Der Ritter schwieg einige Augenblicke, und häftete seine starren Blicke unverwandt auf den Fremdling; dann fing er wieder an: — „Wäre es möglich! Doch nein, es ist Täuschung; aber eine Täuschung, die nicht größer seyn kann! Und doch, dieser Blick, diese Miene, alles gleicht dem Bilde ganz, das mit unverlöschlichen Zügen in mein Herz gegraben ist, daß ich beynahe nicht zweifeln kann, sein Urbild jetzt vor mir zu sehen. Aber nein, es kann nicht Ida seyn."

„Und doch ist es Ida, Herr Ritter!" endigte die schöne Wittwe jetzt Hugo's Zweifel. „In einem Geschäfte, daß sie keinem andern vertrauen wollte, kommt sie selbst zu euch."

Hugo. O ich segne dieß Geschäft, da es mir das Glück verschafft, die Frau von Deest zu sehen; denn nie hätte ich geglaubt, daß mir dieß je wieder werden würde.

Ida. Und ich werde euch segnen, Herr Ritter, wenn durch euch mein Geschäft ein glücklicher Erfolg bekrönt.

Hugo. Steht dieser bey mir, so seyd dessen im voraus versichert. Eilt, euer Be-

gehren an mich; mir zu nennen denn es
muß wichtig seyn, da ihr euch deßhalb den
Gefahren einer weiten Reise aussetzt!

Ida. Allerdings ist es wichtig! Doch ehe
ich weiter rede, schwört mir vorher Verschwiegenheit mit dem heiligsten Schwure.

Hugo. Ich schwäre sie euch, auf mein
Schwert. Nun, edle Frau, säumet nicht,
zu sprechen.

Ida. Eine Bitte, durch deren Erfüllung
ihr, edler Ritter, mich und viele Tausende
glücklich machen könntet, hat mich zu euch
geführt. Werdet ihr nun sie gewähren?

Hugo. Ohne Säumen, wenn ihre Gewährung in meinen Kräften steht. Denn, daß
die edle Frau von Derst etwas von mir begehren sollte, das meinen Pflichten widersprä-
che, dieser Gedanke ist fern von mir.

Ida. Erlaubt mir, Herr Ritter! ehe ich
fortfahre, vorher die Frage: welche Pflichten
ihr für die heiligsten haltet?

Hugo. Gott zu fürchten und Gutes zu
thun, so viel an mir ist.

Ida. Und dies Gute ohne Ansehen der Person zu befördern, und auch dann es zu üben,
wenn es mit dem Nachtheile eines Mannes verbunden ist, der, ob er euch gleich eurer Achtung
vollkommen würdig scheint, dennoch eines
strafbaren Verbrechens sich schuldig machte;
nicht wahr Herr Ritter?

Hugo. Auch dann. Ohne Ansehen der Person, ohne Rücksicht auf Verhältnisse.

Ida. Und wahrscheinlich würde euch dann die Ausübung des Guten noch angenehmer seyn, wenn ihr zugleich dadurch das Böse, das ein Anderer that, wieder gut machen könntet.

Hugo. Allerdings. Aber, edle Frau, ich bitte euch, quält mich nicht länger durch unbefriedigte Neugier. Sagt an, was ihr befehlt; denn ich brenne vor Verlangen, euer Begehren zu hören, das gewiß wichtig seyn muß, weil ihr ihm eine so lange Einleitung und, gewisser Maßen, eine Ablegung meines Glaubensbekenntnisses voran gehen ließet.

Ida. Ja, Herr Ritter, es ist wichtig; denn von ihm hangt, wie ich schon vorhin sagte, nicht mein Glück allein, sondern das Glück eines ganzen Volkes ab. Bey euch steht es, dieß zu befördern oder zu vernichten. Aber, Herr Ritter, zürnet nicht, daß ich mit meinen Fragen noch nicht zu Ende bin. Noch einige muß ich euch vorlegen.

Hugo. Und ich werde sie alle beantworten, wie Pflicht und Gewissen mir gebiethen.

Ida. Glaubt ihr, daß Gerechtigkeit und Erfüllung seiner Versprechen die ersten Pflichten eines Königs sind?

Hugo. Kann ich das bezweifeln?

Ida. Glaubt ihr ferner, daß Wortbrü-

chigkeit auf einer Seite die Verbindlichkeit
der Verträge auch auf der andern aufhebt?

Hugo. Ihr legt mir sonderbare Fragen
vor, edle Frau, die aber alle leicht zu be=
antworten sind.

Ida. O daß euch die, welche ihr jetzt eben
hören werdet, nicht weniger leicht scheinen
möchte! Darf in solchen Fällen, wenn Ei=
ner einem Andern sein Wort nicht hält, und
dieser Andere nun auch dem einst gegebenen
Versprechen zuwider handelt, ein Dritter sich
für den letzteren erklären?

Hugo. Ohne Scheu. Ihr irrt, edle Frau,
wenn ihr die Beantwortung dieser Frage für
schwieriger haltet, als die Beantwortung der
erstern.

Ida. Wenn aber dieser Mann mit dem,
welcher sein Wort zuerst brach, in einer Ver=
bindung steht, die ihm befiehlt, auf seinen
Vortheil zu sehen, darf er dann auch sich für
die, denen nicht Wort gehalten wurde, er=
klären, wenn hieraus für jenen wesentlicher
Nachtheil erwächst?

Hugo. Die Beantwortung dieser Frage
ist wenigstens so lange schwer, bis ihr euch
ganz deutlich erklärt habt; denn in einigen
Fällen möchte sie mit Ja, in andern mit Nein
zu beantworten seyn. Wahrscheinlich bin ich
der Dritte, von dem ihr sprecht; damit ich
also durch eine voreilige Antwort mein Ge=

wiſſen nicht beſchwere, erlaubt mir zu schweigen, bis ich weiß, was ihr von mir verlangt.

Ida. Aber, Herr Ritter, wo bliebe in den Fällen, in welchen meine Frage mit Nein zu beantworten wäre, die Beförderung des Guten ohne Anſehen der Perſon und ſonder Rückſicht auf Verhältniſſe? -

Hugo. So bald dieſe ein Ja verlangt, kann freylich nicht Nein die Antwort ſeyn. Doch ich bitte euch, laßt uns nicht länger mit Streitfragen quälen, ſondern entdeckt mir lieber, was euer Begehren von mir iſt.

Ida. Ich eile zum Zwecke, und ſchmeich= le mir, daß Ritter Hugo von Aſſeberg, ob er gleich in den Dienſten des Königs Walde= mar ſteht, dennoch ein unparteyiſcher Beur= theiler deſſelben ſeyn wird. Ohne Rückſicht darauf, ob Waldemar befugt war oder nicht, den wackern Grafen Adolf von Land und Leu= ten zu verjagen, wollen wir jetzt nur auf ſein ſpäteres Betragen gegen die Hollſteiner bli= cken. Er verſprach ihnen ihre Rechte und Frey= heiten nicht zu kränken, und kränkt ſie doch jetzt täglich durch ſeine Befehlshaber und Amt= leute. Die hollſteiniſchen Rechte und Freyhei= ten ſind dahin, und Gewalt geht vor Recht. Ihr ſelbſt, edler Ritter, habt ſchon ein Ur= theil gefällt, nach welchem die Hollſteiner nicht länger verbunden ſind, ihr dem Könige

von Dänemark gegebenes Versprechen zu er=
füllen; denn gewiß wird es euch nicht in den
Sinn kommen, jetzt ein anderes Urtheil zu
sprechen, da euer Herr und König der wort=
brüchige Theil ist.

Hugo. Nein, edle Frau! ohne Scheu
sage ich euch, daß es ungerecht von meinem
gnädigsten Gebiether wäre, wenn er sein kö=
nigliches Wort unerfüllt ließe. aber ohne Zwei=
fel ist ihm verborgen, was seine Leute in Holl=
stein thun.

Ida. Nichts weniger, Herr Ritter! Der
bedrängten Holsteiner Klagen drangen schon
oft zu Waldemars Throne, und ob er gleich
den Klagenden milder begegnete, so ließ er
ihnen doch eben nicht mehr Gerechtigkeit wi=
derfahren, als der Amtmann zu Segeberg.
Oft, Herr Ritter, habt ihr mir gesagt, daß
ihr nur Fürsten dienet, die ihr eurer Ach=
tung für würdig hieltet; sprecht jetzt aufrich=
tig, ob Waldemar, nach dem, was er ge=
gen Holstein that, der Achtung eines Man=
nes, wie ihr, noch würdig seyn kann?

Hugo. Nein, wenn es wirklich so ist,
wie ihr sagt. Ehe wir weiter sprechen, er=
laubt mir dieß zu erforschen; und hat man
euch nicht falsch berichtet, so verlasse ich un=
gesäumt Waldemars Dienste, und eile nach
Schauenburg, um dem Paniere des Grafen
Adolfs zu folgen. Verzeiht daher, daß ich

euch sogleich verlasse. Gefällt es euch, so bleibt
in meiner Wohnung, wo ihr, bey meiner
ritterlichen Ehre versichere ich es euch, so si=
cher als verborgen leben könnet.

Der Ritter ging, und Ida hatte nun kei=
nen Zweifel mehr, daß sie ihre Absicht voll=
kommen erreichen würde. Die Freude, wel=
che sie hierüber empfand, machte ihr die zwey
Stunden, welche sie auf den Ritter warten
mußte, weniger lang. Jetzt kehrte Hugo zu=
rück, und auf seinem Gesichte mahlte sich
Unwille.

„Ja, man hat euch die Wahrheit berich=
tet, und ich habe mich in Waldemar ge=
täuscht," rief er bey seinem Eintritte der Frau
von Deest zu. „Mein Entschluß ist genom=
men: ich ziehe mit euch gen Hollstein, und
begebe mich in die Dienste des Grafen Adolfs."

Ida. Die Hollsteiner werden sich freuen,
Herr Ritter, einen tapfern Mann mehr un=
ter sich zu haben. Habt ihr dem Könige schon
bekannt gemacht, daß ihr ihn verlassen wollt?

Hugo. Nein, aber bald wird es ge=
schehen.

Ida. Ich bitte euch, zaudert noch ein we=
nig damit, und laßt euch gegen den König
von eurem Entschlusse so wenig, als von mei=
nem Hierseyn, etwas merken, damit ihr vor=
her der guten und gerechten Sache der Holl=
steiner Vortheil schaffen könnet.

Hugo. Kann ich das, ohne die Treue gegen den König von Dänemark zu verletzen, so werde ich nicht anstehen, alles, was in meinem Vermögen steht, zum Besten der Hollsteiner zu thun; aber treubrüchig zu werden, dazu würde selbst eine Ida mich nicht bereden können. Doch dieß wird auch ihre Absicht nicht seyn; denn wie kann ein Engel Böses wollen?

Ida. Es gibt Fälle, Herr Ritter, wo etwas, das in anderen Fällen bös und tadelnswürdig wäre, gut und löblich werden kann; und sollte es in solchen Fällen nicht Pflicht seyn, etwas Böses zu thun, um dadurch viel Gutes zu bewirken? Ihr befindet euch in einem solchen Falle. Treubrüchig zu werden ist sträflich; aber für euch kann es jetzt verdienstlich werden.

Hugo. Ich bitte euch, edle Frau, sprecht nicht weiter, damit sich die Achtung nicht vermindert, die ich bisher für euch hatte.

Ida. Das soll hoffentlich nicht geschehen, wenn ihr mich frey von allen Vorurtheilen anhört. Ihr habt vielleicht dem Könige von Dänemark Verbindlichkeiten, da euch im Gegentheile bloß die Ritterpflicht, Bedrängten beyzustehen, zu den Hollsteinern hinzieht, dennoch aber bin ich von euch versichert, daß diese heilige Pflicht mehr Verbindlichkeit für euch hat, als das Verhältniß, in welchem ihr mit Waldemar steht. Ihr seyd es, der Hollsteins Glück gründen kann, und ich hoffe, daß ihr es thun werdet, obgleich das Mittel dazu eure Strenge wenigstens Anfangs für eine Verletzung der Treue gegen Walde= mar halten möchte."

Hugo. O so beschwöre ich euch, edle Frau, nennt mir dieß Mittel nicht; denn mein Herz empört sich wider alles, was selbst in der weite= sten Entfernung Untreue heißt.

Ida. Wenigstens, Herr Ritter, bitte ich euch, mich zu hören, und kühlen Überlegun= gen Raum zu geben; und dann, erst nach lan= ger, reiflicher Prüfung, sagt mir euer Urtheil und euren Entschluß." — Sie erzählte ihm nur alles, was bisher in Schauenburg und Hollstein vorgegangen war, und setzte dann hinzu: „Würde es strafbar seyn, die holl= steinischen Geißeln mit List in Freyheit zu setzen?"

Hugo. Für euch wäre es nicht strafbar, aber für mich; und fast beginne ich zu fürch= ten, daß ihr Willens seyd, euch meiner hier= bey zu bedienen, und daß dieß die Absicht eurer Reise nach Kopenhagen war.

Ida. Sie war es; und sollte sie vereitelt werden? Ohne eure Mitwirkung, Herr Rit= ter, ist es mir unmöglich, meinen Zweck zu erreichen; und ohne desselben Erreichung bleibt Hollsteins Freyheit und sein und mein

Adolf IV.   I

Glück ein frommer Wunsch; denn weder Graf
Adolf noch die Hollsteiner wollen das Ver=
derben zwölf edler, schuldloser Jünglinge zur
Grundlage desselben machen.

Hugo. So laßt sie harren, bis nach acht
Jahren die Geißeln frey gegeben werden.

Ida. Aber sollte die Verhüthung des Elen=
des, unter dessen Last die Hollsteiner bis da=
hin seufzen müßten, nicht die Sünde abbüßen,
die ihr durch eure Untreue gegen Waldemar
beginget, wenn nähmlich Untreue in solchen
Fällen Sünde seyn kann?

Hugo. Wenn auch Böses in gewissen
Verhältnissen Veranlassung zu allgemeinem
Guten werden kann, so ist doch gewiß der,
welcher es beging, nicht minder strafbar.

Ida. In Wahrheit, Herr Ritter, eure
Grundsätze sind allzu strenge. Ihr habt, so lange
ihr lebt, schon viel Gutes gethan; aber für=
wahr alles dieß Gute wäre ein Schatten ge=
gen das, was ihr bewirken würdet, wenn ihr
mit den Geißeln, die sich unter eurer Aufsicht
befinden, nach Hollstein oder Schauenburg
flüchtetet.

Hugo. Vaterlandsliebe führt euch irre.
Thäte ich, wozu ihr mich auffordert, so mach=
te ich mich eines Verbrechens schuldig, dessen
tausendster Theil nicht einmahl durch das

wenige Gute, das ich vielleicht bisher that, aufgewogen würde. Ich flehe euch, sucht mich nicht zur Sünde zu verleiten; wisset aber auch, daß es vergebens seyn würde, wenn ihr es wirklich wolltet. Noch nie konnte meine Treue gegen den, welchem ich sie gelobte, erschüttert werden; auch jetzt soll sie nicht wanken, und wenn ihr mir einen Thron, noch mehr, wenn ihr eure Hand, mir wahrlich werther als ein Thron, zum Lohne meiner Untreue böthet!

Oft wiederhohlte Ida ihre Bitte, suchte das, was Hugo als eine Untreue ansah, von einer so schönen Seite darzustellen, daß Tausende an seiner Stelle nicht gezaudert haben würden, im Glauben: eine der edelsten Handlungen zu begehen, dieser Untreue sich schuldig machen, zumahl wenn die Verführerinn eine Ida gewesen wäre, die alle ihre Reitze aufboth, um ihre Überredungsart noch wirksamer zu machen. Aber Hugo stand fest wie ein Fels, und Ida sah sich endlich genöthigt, auf andere Mittel zur Erreichung ihres Endzwecks zu denken, da ihre auf Hugo's Vermittelung gegründete Hoffnung nach einigen Tagen ganz vereitelt wurde. — Sie sann, und konnte nichts ersinnen — als eines Tages Walther, ihr Leibknappe und zugleich der

vornehmste unter ihren Vertrauten, in ihr
Zimmer trat. — „Freuet euch, edle Frau!"
rief er mit Ausdruck gleicher Empfindung aus;
„ich habe eine Entdeckung gemacht, die uns
sehr ersprießlich seyn kann, und euch eine neue
gute Aussicht zu Erlangung eurer Absicht gewährt, da Ritter Hugo die Erfüllung eurer
Bitten so hartnäckig verweigert. — „Sprich
ohne Zaudern"; forderte Ida den Angekommenen auf; „eben war mein Mißmuth über
meine gescheiterte Hoffnung aufs höchste gestiegen." — „Meine Andacht zu verrichten,"
fuhr der Knappe Walther fort, „ging ich in
das *** Kloster, wo ich im Chore unter den
Mönchen einen Mann erblickte, der niemand
anders, als mein ehemahliger Herr, der Herr
Bischof von Schleswig seyn kann. Sein Gesicht kam mir gleich beym ersten Anblicke bekannt vor; aber lange dauerte es, ehe ich mich
überreden konnte, den hochwürdigen Bischof
Waldemar in der Kutte eines gemeinen Mönchs
zu vermuthen. Ich verwendete kein Auge von
der mir bekannt scheinenden Gestalt; endlich
fiel es mir mit einem Mahle auf, daß sie dem
Bischof Waldemar gliche wie ein Ey dem
andern, und nun ging mir plötzlich ein Licht
auf. Schon zu meiner Zeit war der Abt ein
sehr vertrauter Freund des Bischofs, und jetzt

wird die Übereinstimmung ihrer Gesinnun-
gen wahrscheinlich noch größer seyn, da sie
auch in Absicht des Hasses gegen den König
Waldemar überein stimmen. Der Abt ist ein so
geschworner Feind desselben, als der Bischof;
und ihr, edle Frau, werdet euren Zweck gewiß
nicht verfehlen, wenn ihr euch diesen beyden
geistlichen Herren entdeckt, und sie zu Mitar-
beitern macht. Es sind beyde gar unternehmende Herren, die mit Freuden das Mittel
annehmen werden, das ihr ihnen anbiethet,
um sich an dem Könige zu rächen."—— „Du
schwärmst, ehrlicher Walther!" gab Ida ihrem
Diener zur Antwort; „wie sollte Bischof Waldemar in dieß Kloster gekommen seyn?" „Das
kann freylich nur er allein euch beantworten;"
erwiederte Walther; „aber was er darin macht,
das kann ich mir leicht enträthseln. Er wird
mit dem Abte gemeinschaftlich auf Rache sinnen, und daher nicht wenig Vergnügen haben,
wenn ihr ihnen die Mühe, länger zu sinnen,
erspart. Ich kenne den Herrn Bischof so genau, als vielleicht keiner ihn kennt, und dachte gleich, daß er es dem Könige von Dänemark so wenig ungerochen würde hingehen
lassen, daß er ihn vierzehn ganzer Jahre im
Kerker schmachten ließ, als daß er sein Versprechen, des Königs Lande zu meiden, er-

füllen würde. Doch hört mich weiter! Als ich
aus dem Kloster zurück nach meiner Heimath
kehrte, fragte ich den Bruder Pförtner: Wie
heißt der ehrwürdige Vater, der im Chore
gleich neben dem Herrn Abte stand? Es war
ein dicker freundlicher Herr, mit einer etwas
langen Nase." „Suno," antwortete der Pförtner, und setzte hinzu: „er ist erst seit vier Tagen in unserm Kloster, und ein alter Freund
von unserm hochwürdigen Vater." Ich mußte nun, was ich wissen wollte, und lebe und
sterbe darauf, daß der ehrwürdige Vater Suno und der hochwürdige Bischof Waldemar
eine Person sind, und ihr, edle Frau, werdet
dieß eben so wenig bezweifeln, wenn ihr alle
Umstände so genau erwägt, als ich. Seit acht
Tagen ist der Bischof seiner Haft entlassen.
Da er ganz in geheim reisen mußte, kann
er leicht zu der Reise von Sdeburg nach
Kopenhagen vier Tage gebraucht haben. Nun
bedenkt ein Mahl, edle Frau, ob es wahrscheinlich ist, daß an eben dem Tage ein Mann
in dis Kloster gekommen seyn sollte, der genau so aussieht, wie Bischof Waldemar, und
wie er ein alter Freund des Abtes ist, wenn
dieser Mann nicht der Bischof Waldemar selbst
gewesen wäre?" — „Du weißt deine Vermuthung wenigstens sehr wahrscheinlich zu ma-

chen, lieber Walther!" erwiederte Ida; „aber
was nützte es uns, wenn Suno wirklich Waldemar wäre? — „Weiter nichts edle Frau;"
fuhr Walther fort, „als daß in kurzer Zeit die
hollsteininischen Geißeln so frey seyn würden,
als ihr und euer ergebener Knecht; denn
Bischof Waldemar, sollt ihr wissen, ist ein
Mann, der selbst beynahe unmöglich schei-
nende Dinge möglich machen kann, und
dem es daher nicht schwer werden wird,
dem Könige Waldemar und dem Ritter Hugo dazu die hollsteinischen Geißeln listiger
Weise zu rauben. Erlaubt mir nun, euch sonder Zurückhaltung zu sagen, was ich eurem
und dem hollsteinische Besten für diensam er-
achte."— „Sag an, guter Walther," entgegnete Ida; „und bist du von deinem Plane
nicht vielleicht allzu sehr eingenommen, daß
er nur dir allein diensam und ausführbar
scheint, so werde ich keinen Augenblick säumen, ihm gemäß zu handeln."— „Ihr begebt euch," ließ Walther seinen Rath hören,
„in's Kloster, begehrt mit dem Vater Suno,
oder auch mit dem Abte zu sprechen, kündigt
euch ihnen als einen von den Dänen verjagten hollsteinischen Ritter an, und werdet von
ihnen freundlich empfangen. Seyd ihr erst
mit ihm allein, dann sagt ihr dem Vater

Suno, daß ihr wüßtet, wer er wäre, und entdeckt ihm euch nun auch selbst. Das Übrige werdet ihr nun schon selbst besser einzurichten wissen, als ich euch zu rathen im Stande bin." — "Schade nur," wendete Ida ein, "daß wir, ehe es zu dieser nähern Erklärung kommt, schon Gefahren zu befürchten haben. Du weißt es, Walther, daß ich nicht furcht= sam bin; aber mich öffentlich für einen von den Dänen verjagten Hollsteiner auszugeben, das scheint mir doch zu viel gewagt, weil dieß leicht zur Folge haben könnte, daß man auf mich, als einen, der aus Rache mit schädli= chen Anschlägen schwanger ginge, genau Acht gäbe; und dieß könnte mich wenigstens Verdrießlichkeiten aussetzen, wenn es auch nicht, wie leicht zu befürchten wäre, meinen ganzen Plan vereitelte." — "Eure Furcht ist unnöthig, edle Frau!" nahm Walther das Wort wieder. "Öffentlich als ein hollsteini= scher Verbannter aufzutreten, wollte ich euch selbst nicht rathen; aber bey dem Bischofe Wal= demar und bey seinem Freunde, dem Abte, könnt ihr euch ohne Scheu so nennen; denn sie werden euch nicht verrathen, und euch, wie ich schon gesagt habe, gleich Anfangs freundlicher aufnehmen, als ohne dieß geschehen würde. Allein damit ihr ganz unbesorgt seyn

könnt, will ich, wenn ihr befehlt, vorher in
das Kloster gehen, und euch von dem Bischofe
Waldemar ein Schreiben bringen, worin
er euch zu einem Besuche einladen, und euch
zugleich Verschwiegenheit geloben soll. Ich
habe sonst immer gedacht, es würde euch zu
nichts nützen, daß ihr so gelehrt seyd; aber
jetzt ist es doch wirklich gut, daß ihr lesen
könnt. Morgen, edle Frau, gehe ich in das
Kloster."

XII.

Ritter Hugo hält Ablaßbriefe für kraftlose Beruhigungsmittel nagender Gewissen.

Gleich nach seiner Ankunft im Kloster bekam Walther den Abt zu sprechen, der ihn
auch, ohne zu säumen, zum Bruder Suno
führte. So bald sie in des Abts Zelle getreten waren, fragte Walther diesen, ob sie
ganz unbelauscht sprechen könnten; und als
er Ja zur Antwort erhielt, redete er den
verkleideten Bischof auch sogleich als Bischof
an. Waldemar ließ ihn zwar Anfangs hart
an, weil er glaubte, daß Walther sich vielleicht in den Diensten eines seiner Feinde
befinden könnte; aber die wiederhohlten Versicherungen desselben, daß seine Gebietherinn die Frau von Deest sey, die so hohe
Ursache hätte, als der Bischof, mit dem Könige Waldemar unzufrieden zu seyn, und

die Erinnerung an Walthers Ehrlichkeit und
Treue, wovon er in Waldemars Diensten
zahllose Proben abgelegt hatte, bewogen
diesen endlich, sich nicht länger vor ihm zu
verbergen. — Der Knappe ging nun wei=
ter, als seine Gebietherinn ihm den Auftrag
gegeben hatte, und versicherte den Bischof,
daß sie ihm Gelegenheit geben wollte, den
König Waldemar für die ihm zugefügten Be=
leidigungen zu bestrafen; doch ohne ihm zu
entdecken, worin diese Gelegenheit eigent=
lich bestände. Der Bischof fing nach und nach
an, mit seinem ehemahligen Diener sehr
vertraut zu sprechen, und erfüllte seine Bit=
te, ihm ein Schreiben an die Frau von
Deest mitzugeben, sogleich, wenn schon der
Abt ihn ermahnte, vorsichtiger zu handeln,
und einem Manne nicht allzu viel zu trauen,
der, ob er ihn gleich vor vierzehn Jahren
treu und ehrlich befunden hätte, doch seit
der Zeit leicht der größte Schelm geworden
seyn könnte. Waldemar that sogar noch mehr,
als Walther von ihm verlangte, indem er
der Frau von Deest in seinem Einladungs=
schreiben nicht nur Verschwiegenheit, sondern
auch Mitarbeitung an ihrem Plane versprach.
— Frohlockend überbrachte Walther sein
Schreiben der Frau von Deest, und forder=
te sie auf, ihm sogleich nach dem Kloster zu
folgen. Sie säumte auch um so weniger,

dieß zu thun, da Ritter Hugo, bey dem sie
sich noch immer aufhielt, und ihm ein an=
genehmer Gast war, ob sie gleich nicht von
der Befreyung der hollsteinischen Geißeln
mit ihm sprechen durfte, sich nicht zu Hau=
se befand. — Freudig machte Ida sich auf
den Weg, und eben so freudig empfing sie
der Bischof und der Abt, theils weil sie nun
hofften, ihre Rache bald befriedigen zu kön=
nen, theils auch weil die Furcht des letz=
tern, daß alles, was Walther gesagt hatte,
vielleicht bloß leeres Vorgeben gewesen seyn
könnte, um den Bischof in eine Falle zu
locken, nach und nach auch den erstern ein=
nahm. So bald sie des Abts Zelle erreicht
hatten, riefen beyde der Frau von Oeest
ein lautes, frohes Willkommen zu. Der
Bischof fragte sie sogleich, was ihr Begeh=
ren wäre, und Ida, die aus dem bisheri=
gen Betragen desselben bereits gesehen hat=
te, daß es keiner Zurückhaltung gegen ihn
bedürfe, schritt ohne lange Einleitung eilends
zu ihrem Zwecke. — „Ich komme, hoch=
würdiger Herr,” sprach sie, „euch um Bey=
hülfe zur Ausführung eines patriotischen
Plans anzuflehen. Graf Adolf von Hollstein
war ja sonst euer Freund, und ich hoffe,
daß das Unglück, das euch beyde betroffen
hat, eure freundschaftlichen Empfindungen
gegen ihn nicht vermindert haben wird.

Bischof Waldemar. Wäre der wacke-
re Adolf nie mein Freund gewesen, so hätte
er doch jetzt gerechte Ansprüche auf meine
Freundschaft: denn ich verweigere sie keinem
Unglücklichen. Kann ich daher etwas thun,
das ihm frommet, so seyd versichert, edle
Frau, daß es unverweilt und mit wahrem
Vergnügen geschehen wird.

Der Abt. Auch von mir nehmt gleiche
Versicherung. Zwar kenne ich den Herrn
Grafen nicht persönlich; aber von je her
war es mir Seelenwollust, Bedrängten nach
meinen besten Kräften beyzustehen.

Der Bischof. Mir war dieß ebenfalls
immer heilige Pflicht; und gegen den Grafen von Hollstein wird ihre Erfüllung mir
um so süßer seyn, da er nicht nur mein
Freund, sondern auch mein Unglücksgefähr-
te ist, und über dieß die Freundschaft, die
er mir einst bewies, der erste Grund zu seinem Unglücke war.

Ida. O wie segne ich den Gedanken, zu
euch, hochwürdige Herren, zu gehen, da
nun durch eure menschenfreundliche Vermittelung Hollsteins Glück aus seinen Trümmern wieder neu hervor steigen wird!

Der Bischof. Und wie innig würde es
mich freuen, wenn ich zum Glücke dieses
mir so theuren Landes etwas beytragen könnte! Glaubt es mir, liebe, fromme Toch-

ter, daß ich in meinem Kerker heiße Thränen geweint habe, als ich erfuhr, daß König Waldemar sein schweres Joch den Nacken der edlen Hollsteiner aufgeladen hätte.

Ida. Ihr würdet Blut geweint haben,
wenn euch die Schmach bekannt geworden
wäre, die die Edelsten unter ihnen von harten
unedlen Männern, welche Waldemar zu
ihren Peinigern gesetzt hatte, erdulden mußten; und wenn ihr gewußt hättet, daß alle
seine Versprechungen, die Hollsteiner im Besitze ihrer Freyheiten und Rechte nicht zu
kränken, leere Worte waren, deren Waldemar nicht eins erfüllete. — Sie erzählte
ihnen nun den Vorfall mit dem Amtmanne
zu Segeberg, und noch einige andere Beyspiele der dänischen Bedrückungen, und endigte mit dem Vorsatze, den sie sich genommen hätte, ihr seufzendes Vaterland seiner
Fesseln zu entledigen.

Der Bischof. Dafür wird euch Gott
segnen, edle Frau, und euch einst im Him-
melreiche einen Platz unter Abrahams Schooß-
kindern geben.

Ida. Gefiele es ihm nur auch, sein Ge-
deihen zur Ausführung meines Vorsatzes zu
geben! denn ich bin ein schwaches Weib,
das für sich selbst nichts vermag, und bisher
waren alle meine Bemühungen, von Männern Unterstützung zu erhalten, wenigstens

größtenTheils vergebens. Zwar gelang es mir,
in dem edlen Sohne des Grafen Adolfs den
Entschluß zu entzünden, sein Vaterland und
väterliches Erbe den Dänen wieder zu entreißen; allein er vermag beynahe so wenig,
als ich, da sein allzu sorgsamer Vater seinem Unternehmungsgeiste Fesseln angelegt
hat. — Sie erzählte nun die Geschichte ihres Aufenthalts in Schauenburg, die wir
nicht zu wiederhohlen brauchen, und endigte mit den Hoffnungen, die sie auf die Mitwirkung des Ritters Hugo gegründet hatte.
— „Auch gelang es mir ferner,“ endigte sie
ihre lange Rede, in welcher sie der Bischof
und sein Freund öfters unterbrachen, „den
Ritter Hugo für die gerechte Sache der Hollsteiner einzunehmen; aber zu dem Entschlusse, durch die Flucht mit den Geißeln nach
Hollstein den Grund zur Freyheit dieses Landes zu legen, konnt’ ich ihn nicht vermögen.
Er gestand mir, daß er den König hinfort
seiner Achtung nicht mehr für würdig hielte,
glaubte aber, der strafbarsten Treulosigkeit
sich schuldig zu machen, wenn er meine Bitten erfüllte, und alle meine Worte, durch
welche ich ihm zu beweisen suchte, daß das
unmöglich bös seyn könnte, wodurch so viel
Gutes gegründet würde, wenn es auch in
andern Verhältnissen unrecht wäre, waren in
den Wind geredet.“

Der Abt. Was meint ihr, edle Frau, wenn ich ein Mahl zu dem Ritter ginge, ihm das Übertriebene feiner Gewiſſenhaftigkeit zeigte, und fein vorlautes Gewiſſen zu beruhigen ſuchte.

Jda. Ich erkenne euer freundſchaftliches Erbiethen mit Dank; aber die Annahme deſſelben würde zu weiter nichts nützen, als euch einen vergebenen Weg zu machen. Zwar will ich verſuchen, ob es einen Eindruck auf den Ritter machen würde, wenn ihr ihm, kraft eures Amtes, wegen einer That, die er für Sünde hält, ob ſie gleich edel wäre, Ablaß verſprächet; allein ich fürchte, mein Verſuch wird gewiß mißlingen.

Der Biſchof. Nun, edle Frau, ſäumt nicht länger mir zu entdecken, wodurch ich das Glück der Hollſteiner befördern könnte. Bey allem Streben darnach kann man ſo wenig Gutes thun, daß man haſtig jede Gelegenheit erhaſcht, die ſich dazu darbiethet.

Jda. Ihr habt viele Freunde in Kopenhagen, hochwürdiger Herr! wäre es nicht möglich, durch einen oder einige derſelben die Befreyung der hollſteiniſchen Geißeln auf irgend eine Art zu bewirken?

Der Biſchof. Ja, ich habe hier viele Freunde; aber der Herr Abt iſt der einzige, der mein Hierſeyn weiß; denn in den jetzigen verderbten Zeiten darf man ſich ſelbſt

nicht allen vertrauten Freunden anvertrauen,
um nicht Gefahr zu laufen, daß man von ih=
nen verrathen wird. Es wird mir daher schwer
werden, euremBegehren gemäß zu handeln;
doch laßt uns deßhalb noch nicht verzagen. Es
gefalle euch, vorher noch zu versuchen, ob es
nicht vielleicht euch oder dem Herrn Abte ge=
lingen sollte, des Ritters Hugo allzuzartes
Gewissen zu besänftigen. Mißlingt er, so
kommt wieder zu uns. Ich will die Zeit bis
dahin anwenden, in Verbindung mit dem
Herrn Abte darüber nachzudenken, ob es
nicht möglich wäre, euer patriotisches Ver=
langen zu erfüllen.

Ida ging, und Ritter Hugo, welcher un=
ruhig geworden war, als er sie nach seiner Zu=
rückkunft nicht in seiner Wohnung gefunden
hatte, freuete sich, da sie jetzt in sein Gemach
trat. — „Gut, daß ihr wieder kommt! rief
er ihr entgegen; „euer langes Ausbleiben
hatte mir beynahe Sorgen gemacht, weil kei=
ner eurer Diener mir zu sagen wußte, wo=
hin ihr gegangen wäret.“ — Ich war ausge=
gangen, ”antwortete Ida, „um zu hören, ob
das, was ihr für Sünde haltet, wirklich Sün=
de sey oder nicht. Zwey der vornehmsten und
frömmsten Geistlichen im Königreiche, waren's,
denen ich mein Bedenken sagte; zwar versteckt,
aber doch so deutlich, daß sie völlig so ent=
scheiden konnten, als wenn ich ihnen alles

erzählt hätte, was ich seit einigen Tagen mit
euch gesprochen habe.

Hugo. Nun, und was sagten diese from=
men Männer?

Ida. Was ich nach meiner wenigen Ein=
sicht schon längst gesagt habe. Einer von ih=
nen erboth sich sogleich, mir einen Ablaßbrief
für euch mitzugeben, versicherte aber auch,
daß ihr desselben nicht bedürftet, weil das,
was falscher Wahn euch als Unrecht vorstellt,
eine der edelsten Handlungen wäre. Reuigen
Sündern, setzte er hinzu, ertheile ich Ablaß,
aber edlen Männern meinen apostolischen Se=
gen zu ihrem Unternehmen. Diesem edlen
Manne, von dem ihr mir sagt, gebe ich mei=
nen besten Segen; und der, von dem mir
die Macht zu segnen wurde, wird ihn wahr
machen.

Hugo. Ich zweifle nicht, daß der Mann
so sagte; denn es gibt der Geistlichen genug,
denen Segen und Ablaß für klingende Mün=
ze feil ist. Einer von diesen Unwürdigen war
sonder Zweifel auch dieser fromme Vater,
der mich zum treulosesten Verräther machen
wollte. Wisset aber, edle Frau, daß, so ver=
ehrungswürdig mir auch Religion und ihre
Diener sind, ich dennoch alle Theile dersel=
ben, woraus man Handelsartikel macht, so
wenig schätzen kann, als diejenigen, welche
diesen Handel treiben. So lange ich hier auf

Adolf IV.   K

dieser Erde wandle, ist mein Gewissen mein
Richter; einst wird es Gott werden. Außer
diesen beyden Richtern erkenne ich in geistli=
chen Dingen keinen; und Handlungen, von de=
nen mein Gewissen mir sagt, daß sie strafwür=
dig wären, kann kein Ablaßbrief, kein Se=
gen eines Geistlichen, und wäre es der hei=
lige Vater zu Rom selbst, unsträflich machen.

Weil Ida sah, daß die strengen Grund=
sätze des Ritters sich durch nichts mildern lie=
ßen, eilte sie des andern Tages zur Zeit, da
der Ritter bey dem Könige war, wieder zu
ihren geistlichen Helfern. Sie benachrichtig=
te sie von ihrem mißlungenen Versuche, und
fragte dann, ob sie so glücklich gewesen wä=
ren, etwas zur Erreichung ihrer Absicht zu
erdenken.

Der Abt. Ja, edle Frau, es ist mir
gelungen; doch kann ich nichts unternehmen,
wenn es euch nicht möglich ist, die jungen
Grafen und ihre Unglücksgenossen in mein
Kloster zu bringen.

Ida. Ich zweifle, ob ich dieß vermögend
seyn werde, da der Ritter Hugo seine Treue
so weit treibt, daß er mir nicht einmahl er=
laubt, die jungen Grafen zu sprechen.

Der Bischof. Eurem Walther wird es
nicht schwer werden, er müßte denn neben
dem treuen und ehrlichen Diener nicht mehr
der verschlagene Mann seyn, der er sonst war

Ida. Ich danke euch, hochwürdiger Herr, für diesen guten Rath. Ja, der listige Walther wird vielleicht können, was ich nicht vermögend bin.

Der Bischof. Hoffentlich um so eher, da er von uns erfahren soll, auf welche Art es zu bewerkstelligen wäre. Der Herr Abt wird meiner geistlichen Tochter sagen, welchen glücklichen Einfall er zu Hollsteins Besten gehabt hat.

Der Abt. Kuldmann, der wahrscheinlich auch euch bekannte Wahrsager aus Schonen, hält sich seit einigen Tagen in meinem Kloster auf, und wird auch wohl noch einige hier verweilen. Sagt demnach eurem Walther, daß er die jungen Grafen bereden soll, mit ihren Gefährten in mein Kloster zu kommen, um von Kuldmann sich weissagen zu lassen, ob sie bald in ihr Vaterland zurück kehren, und einer der ersten Beherrscher desselben werden würde. Kommen sie, so sind sie in wenig Augenblicken frey. Unser Kloster liegt, wie ihr wißt, nicht weit vom Hafen, zu dem wir unbemerkt durch eine Hinterthür gelangen können; und eure und Hollsteins Wünsche, so wie die meinigen und die des Herrn Bischofs, sind erfüllt, wenn die hollsteinischen Geißeln zur Zeit des Abends, wenn Finsterniß ihre Flucht erleichtert, in unser Kloster kommen.

Der Bischof. Überlaßt es übrigens Wal=
thern, ob er den jungen Grafen von dem,
was wir mit ihnen vorhaben, etwas zu sagen
für gut befindet, oder nicht. Daß sie aber in
jedem Falle verbergen müssen, worüber sie
von dem Seher Auskunft verlangen, und
daß ihr uns wenigstens einen Tag vorher die
Zeit bestimmen laßt, um welche wir sie
erwarten können, damit schon, wenn sie kom=
men, ein schnell segelndes Boot im Hafen
bereit liege, bedarf wohl keiner Erinnerung.

Innig dankte Iva den geistlichen Herren,
und eilte nun in ihre Wohnung zurück,
um ihren Walther in seiner Rolle zu unter=
richten. Der ehrliche Diener freuete sich im
höchsten Grade, daß er bey der Befreyung
Hollsteins eine so wichtige Person werden soll=
te. Schon des andern Tages gelang es sei=
ner List, im Verborgenen mit den jungen
Grafen zu sprechen. Auf welche Art ihm aber
dieß glückte, und wo er mit ihnen sprach,
davon können wir aus Mangel sicherer Nach=
richten nichts melden. Er suchte dadurch ih=
re Aufmerksamkeit auf sich zu ziehen, daß er,
nachdem er sie lange Zeit mit starren Blicken
betrachtet hatte, dem ältern zurief: „Wohl
mir! nun will ich freudig sterben; denn ich
habe den künftigen Beherrscher Hollsteins ge=
sehen!” — — „Bist du ein Seher, ehr=
licher Alter,” wendete sich Bruno zu ihm,

„oder ein wahnsinniger?"— „Gott sey Dank,
keines von beyden," antwortete Walther;
„aber ein Seher von großem Rufe war es,
der euch mir nach einem Blicke in die Zu=
kunft als Hollsteins künftigen Regenten nann=
te." — „Bis jetzt hat es den Anschein noch
nicht, als ob seine Weissagung eintreffen wür=
de," erwiederte Bruno mit einer Gleichgül=
tigkeit, worüber Walther erstaunte. Er glaub=
te, frohes Entzücken würde sich augenblicklich
auf seinem Gesichte mahlen; aber kein Zug
desselben veränderte sich. Walthers fröhliche
Mähre machte so wenig Eindruck auf ihn,
daß er, ohne sich weiter um den Verkündiger
derselben zu bekümmern, weiter gegangen
seyn würde, wenn sein Bruder Conrad ihn
nicht zurück gehalten hätte. — — „Darfst
du entdecken," wendete sich dieser zu Wal=
thern, „wer der Seher war, der meinem
Bruder diese frohe Aussicht in die Zukunft
eröffnete?"— „Es war der berühmte Pro=
phet Kuldmann," antwortete Walther; „und
wenn es euch, edle Grafen und Herren, ge=
fällt, könnt ihr aus seinem eigenen Munde
hören, was ich euch sagte. Bescheidet mich
daher an einen Ort, wo ich euch, ohne Furcht
belauscht zu werden, sprechen kann." —
„Komm, Bruder," fing Bruno unwillig an,
„und laß dich nicht von einem Manne be=
thören, der mir, ungeachtet seiner Versiche=

rung des Gegentheils , wirklich wahnsinnig
scheint. ” — „Wollte nur Gott, daß ihr so
wenig muthlos wäret, als ich wahnsinnig!”
sprach Walther, den die Gleichgültigkeit des
jungen Grafen noch mehr verdroß, als der in
Absicht seiner geäußerte Verdacht.

Conrad kehrte sich nicht an die Ermahnung
seines Bruders, sondern sprach zu Walthern:
„Komm morgen zur Zeit, wenn die erste Mes-
se gelesen wird, in den Dom , wo du mich
finden wirst. ” — Walther schied von ihm,
und verkündigte seiner Gebietherinn mit Frohlocken , wie glücklich er gewesen wäre. Um
die bestimmte Zeit machte er sich nach dem
Dome auf, wo Conrad schon seiner wartete.
Dieser erwarb sich durch wenig Worte Walthers Zutrauen so vollkommen, daß er ihm
den ganzen Plan entdeckte, den man mit ihm
vorhatte. — — „Ihr, gnädiger Herr, ”
schloß Walther seine Rede, „verzeihet einem
alten Manne seine Freymüthigkeit — scheint
mir ein verständiger und weiser junger Herr,
dem man ein Geheimniß so sicher anvertrauen
kann, als einem Manne von reifern Jahren;
eurem Herrn Bruder aber theilt es nicht mit,
wenn der Rath eines eurem Hause ergebenen
Mannes etwas bey euch gilt. Laßt ihn bey dem
Glauben , daß Kuldmann ihm weissagen soll,
wenn eure Freyheit euch lieb ist ” — „Ich
danke dir für den Beweis deiner Ergeben-

heit, guter Alter!" erwiederte Conrad; —
„doch ich hätte auch ohne deinen Rath dein
mir mitgetheiltes Geheimniß meinem Bruder
nicht entdeckt; denn mein Bruder sehnt sich nach
dem Besitze Hollsteins so wenig, als nach sei=
ner Freyheit, da sich alle die Wünsche auf die
Tonsur, und, so Gott und der heilige Vater
in Rom will, dereinst ein Mahl auf einen
Bischofsstab beschränken." — „So sucht ihn
nur wenigstens zu bereden," bath Walther,
„daß er euch nach dem Kloster begleite, und
befehlt mir, wenn ich wieder hierher kommen
soll, um von euch den Tag zu vernehmen,
wenn ihr dahin zu gehen gedenkt." — „Genau
kann ich dir diesen nicht bestimmen," entgeg=
nete Conrad, „da ich nicht weiß, wie lange
Zeit nöthig seyn wird, ehe mein Bruder sich
entschließt. Am besten, du kommst alle Mor=
gen hierher, bis du mich triffst, und ich hof=
fe, du wirst nicht böse werden, wenn du auch
etliche Mahl vergebens gehen solltest." —
„Nein gewiß nicht, gnädiger Herr," schloß
Walther, indem er sich auf dem Heimwege
wieder von dem Grafen trennte; „glaubt mir
daß ich für eure und Hollsteins Freyheit mit
Freuden ins Feuer ginge." — — Zwey
Tage ging Wahlther vergebens; am dritten
fand er den Grafen Conrad. Weil aber einer
von Waldemars Leibknappen ihn begleitete,
konnte er Walthern weiter nichts sagen, als:

morgen. — — Walther eilte nun sogleich nach Hause, und von da nach dem Kloster, damit die Väter desselben die nöthigen Anstalten treffen könnten, und am Abende des andern Tages machte sich Ida mit ihren Dienern nach dem Kloster auf; und kaum waren sie daselbst angekommen, als auch die hollsteinischen Geißeln anlangten. — Ida kündigte ihnen ihre Freyheit an. Alle Jünglinge jauchzten laut; nur Bruno blieb gleichgültig. Ohne Säumen wurden sie nun durch die verborgene Thür, die nach dem Hafen führte, gebracht; aber wie sehr erschraken sie, als sie, nachdem sie kaum einige Schritte gegangen waren, eine Menge Gewapneter erblickten, die sie sogleich umringten. Walther und seine Begleiter zogen ihre Schwerter; aber die Menge der Gegner war zu groß, um etwas wider sie ausrichten zu können. Der ehrliche Walther wurde getödtet, zwey seiner Begleiter verwundet, und alle Übrigen nach der Stadt geführt, wo Bischof Waldemar, der Abt und Ida mit ihren Begleitern sogleich in ein Gefängniß gebracht wurden. Bruno's Schwatzhaftigkeit war Schuld an diesem Unglücke. Kaum hatte ihn Conrad beredet, nach dem Kloster zu gehen, als er diesen Entschluß seinem Schooßfreunde, einem von Waldemars Leibknappen, bekannt machte. — „Ich,” setzte er hinzu, „würde nicht

hingehen, aber mein Bruder ließ mir nicht
eher Ruhe, bis ich es ihm versprach. Er hat
den Mann, der mir Kuldmanns Weissagung
zuerst kund machte, nachher verschiedene Mahl
im Dom gesprochen, und ist von der schönen
Hoffnung, die mir der Wahrsager gemacht
hat, so eingenommen, daß er Tag und Nacht
davon spricht. — Bruno endigte zwar damit, daß er seinen Freund bath, von dem,
was er ihm gesagt hatte, keinem Menschen
etwas zu entdecken, und dieser versprach
ihm dieß auch heilig, eilte aber von ihm
weg sogleich zu dem Könige, um durch Mit-
theilung des ihm entdeckten Geheimnisses
sich Vergrößerung der Gnade desselben zu
erwerben. Waldemar lobte ihn wegen seiner
Treue, und befahl ihm, wo möglich, zu erfahren zu suchen, wer der Mann wäre, der dem
jungen Grafen Koldmanns Weissagung bekannt gemacht hätte. Der Edelknappe begleitete deßhalb den Grafen Conrad nach dem
Dome, wo er Waltheren sah, und ihm auf
seinem Heimwege nachschlich, um seine Wohnung zu erfahren. —

Waldemar hatte indessen den Seher zu
sich entbiethen lassen, welchen er bey seiner
Ankunft fragte: „ Habt ihr, heiliger Mann,
dem ältern Sohne des Grafen von Schauenburg geweissagt, daß er einst über Hollstein
herrschen würde? ” — „ Nichts weniger,

durchlauchtigſter König und Herr!" antwor=
tete Kuldmann; ich, der ſich wenig um Welt=
händel und um das, was an Höfen vorgeht,
bekümmert, höre jetzt das erſte Wort von
dem Grafen von Schauenburg und ſeinem
Sohne." — — „Habt ihr es geſagt,"
fuhr Waldemar fort, ſo läugnet nicht aus
Furcht vor meinem Zorne; denn nur dann
wird er euch treffen, wenn ihr läugnet, und
ich erfahre nachher, daß ihr die Wahrheit
verhehltet. Glaubt nicht, daß ich deßwegen
nachſichtiger gegen euch ſeyn würde, als ge=
gen jeden andern, weil das Volk euch als ei=
nen Propheten ehrt." — — „Verhehle ich
die Wahrheit, gnädigſter Herr," erwiederte
Kuldmann, „ſo weiche die Gabe der Weiſ=
ſagung von mir, die mir durch Gottes Gna=
de geworden iſt." — Der König von Däne=
mark, welcher ſchon vorher geglaubt hatte,
daß man einen Anſchlag auf die holſteiniſchen
Geißeln gemacht hatte, weil es ihm verdäch=
tig ſchien, daß ein Unbekannter dem Grafen
Bruno Kuldmanns Weiſſagnng verkündigte,
zweifelte nun nicht länger hieran, zumahl da
ihm des Abts feindſelige Geſinnungen gegen
ihn bekannt waren. Er entließ den Seher,
nachdem er ihn bey ſeinem Leben Verſchwie=
genheit gebothen hatte. — Kuldmann ver=
ſprach ſie ihm, und handelte auch ſeinem Ver=
ſprechen gemäß; denn als Biſchof Waldemar

und der Abt, welchem sein Ruf zum Könige Unruhe gemacht hatte, ihn fragten, was
dieser von ihm begehrt hätte, versicherte er
sie, daß er ihm hätte verkündigen müssen,
wie lange er noch leben, und wie es einst
nach seinem Tode, im Reiche aussehen würde. — Kurz nach Kuldmanns Entlassung
berichtete Bruno's Schooßfreund dem Könige, daß der Mann, welcher dem jungen
Grafen von Kuldmanns Weissagung Nachricht gegeben hätte, sich in des Ritters Hugo Wohnung aufhielte. — Waldemar gab
Befehl, daß funfzig Gewapnete sich bereit
halten sollten, um das Kloster zu umringen,
so bald sie dazu befehligt würden; und dieß
geschah, als der Edelknappe die Nachricht
brachte, daß die hollsteinischen Geißeln den
Weg dahin angetreten hätten.

Nach der Erzählung dessen, was Ida's
Plan vereitelte, kehren wir wieder zu dieser
zurück. —

Mit Verzweiflung ringend hatte sie die
Nacht verklagt; jetzt brach der Tag heran,
und kurz nach dessen Anbruche traten einige
Richter in Ida's Gefängniß. Ida konnte nicht
läugnen, daß sie die hollsteinischen Geißeln
hatte entführen wollen, suchte aber doch durch
die Versicherung, daß ihre Absicht gewesen
wäre, einen der unter ihnen befindlichen jungen Grafen zu bereden, daß er sich zum Haup-

te der mißvergnügten Hollsteiner aufwerfen
möchte, die Richter von weiterer Nachfor-
schung abzuhalten, um zu verhüthen, daß
ihr eigenes Unglück nicht auch ihren geliebten Adolf träfe.

Das Schrecken des Ritters Hugo, als er
die ganze Nacht vergebens auf die Zurückkunft seiner Freundinn wartete, war unbeschreiblich, und konnte nur von dem übertroffen werden, das ihn einnahm, da er mit
anbrechendem Morgen die fürchterliche Neuig-
keit hörte, man hätte sich vergangene Nacht
sechs aufrührischer Hollsteiner bemächtigt, welche die Geißeln hätten entführen wollen. So
bald er sich ein wenig von seinem Schrecken
erhohlt hatte, eilte er zum Könige, um für
Ida und ihre Gefährten Gnade zu erflehen;
denn daß diese die sechs gefangenen Hollsteiner wären, schien ihm unbezweifelt gewiß. — —

So viel er auch sonst über den König vermochte, so wenig erreichte er dieß Mahl seinen Zweck. Waldemar war so zornig, als
Hugo ihn noch nie gesehen hatte, und es be-
durfte vieler Mühe, ehe der Ritter sich von
dem Verdachte des Mitwissens, welchen der
König gegen ihn äußerte, rechtfertigen konnte. Von seinen Bitten für Ida und ihre Gefährten wollte Waldemar Anfangs gar nichts
hören. — „Schmählicher Tod,” rief er

mit Ausdruck des größten Zorns, „sey die ge=
rechte Strafe aller dieser Landesverräther!"
Nach und nach gelang es dem Ritter doch,
die Wuth des Königs ein wenig zu besänfti=
gen; nur war es ihm unmöglich, das zu er=
halten, was er wünschte. — Milderung der
Strafe war alles, wozu er den König bewe=
gen konnte. Ida sollte nicht sterben, ihren
Frevel aber mit ewiger Gefangenschaft büßen,
und ihre Gefährten frey seyn. Dieß Urtheil,
das alle Bitten des Ritters nicht mildern
konnten, wurde der jammernden Ida ange=
kündigt, und sie noch an dem nähmlichen Ta=
ge nach Söeburg abgeführt. Ihren Bedien=
ten wurde die Freyheit angekündigt; keiner
aber wollte Gebrauch davon machen, son=
dern alle mit ihrer verehrten Gebietherinn le=
ben und sterben. Auf ihr dringendes Verlan=
gen änderten zwar die drey Knappen, wel=
che Walthern überlebt hatten, ihren Ent=
schluß; aber unerschüttert blieb Ida's Kam=
merfrau bey demselbem. Einer der Knappen
eilte nach Hollstein; die andern blieben bey
dem Ritter Hugo, weil dieser ihnen Hoff=
nung machte, Idas Freyheit vielleicht doch
noch von dem Könige zu erflehen.

XIII.

Auch zu Anfange des dreyzehnten Jahrhunderts bewies der liebe Mond sich schon als ein Freund der Liebenden.

Wir wagen es nicht, den Eindruck zu beschreiben, den die Nachricht von dem Unglücke seiner geliebten Ida auf Adolf machte. Der peinigendste Schmerz raubte ihm Muth, Bewußtseyn und Entschlossenheit auf einige Zeit; so bald sie aber wiederkehrten, wurde der Entschluß fest in ihm, nach Dänemark zu gehen, um seine Ida zu befreyen. — Er machte ihn sogleich dem Ritter Eggo kund, dessen Beyfall er aber nicht erhielt. — „Wozu dieß nutzlose und gefahrvolle Unternehmen, gnädiger Herr?" — antwortete ihm Eggo. „Kann irgend jemand die Freyheit der edlen Frau von Deest bewirken, so ist es der Ritter Hugo von Asseberg; und daß dieser es thun wird, wenn es ihm möglich ist, das hat er durch das, was er bisher für sie that, bewiesen. Ich bitte euch, gebt euch nicht den größten Gefahren Preis, da ihr, wenn ihr ihnen auch entkämet, nicht den geringsten Nutzen von eurer Reise nach Dänemark haben könnt." — — „Keinen," erwiederte Adolf bitter, „als daß ich die Frau von Deest befreyen würde." — „Hätte diese Hoffnung die geringste Wahrscheinlichkeit," wendete

Eggo ein, „so würde es mir nicht in den Sinn kommen, euch, Herr Graf, von eurem Vorsatze abzuhalten. Ihr selbst werdet mir dieß zugeben müssen, daß eure Gegenwart in Dänemark nuzlos, in Hollstein hingegen nöthig ist, wenn ihr kalt und ohne Leidenschaft darüber nachdenkt. Was dem Ritter Hugo unmöglich ist, könnt ihr noch weniger möglich machen; und den Hollsteinern würde der Muth wieder entsinken, wenn sie sich ihres geliebten Anführers beraubt sähen. Ihr wißt, daß sie zu euch aufsehen, als zu ihrem Retter. O ich bitte euch, entzieht ihnen diesen trostreichen Aufblick nicht! Täuscht sie nicht in ihren Hoffnungen, und — verzeiht meiner Kühnheit — bedenkt, daß ihr eurem Vaterlande noch mehr schuldig seyd, als der Frau von Deest. Ihm müßt ihr euch erhalten; und die Sorge für eure Erhaltung verbiethet euch, nach Dänemark zu reisen.“
„Glaubt mir, Herr Ritter,“ sprach Adolf mit Feuer, „daß ich von dem, was ich meinem Vaterlande schuldig bin, mich lebhaft durchdrungen fühle; aber wahrlich, der Frau von Deest bin ich noch mehr schuldig, und meine Pflicht gebiethet, die Retterinn Hollsteins zuerst, dann Hollstein selbst zu retten.“ — — „Könntet ihr das erste,“ erwiederte Eggo, „so würde ich euch selbst auffordern, nach Dänemark zu gehen; al-

lein, noch ein Mahl muß ich es euch wiederhohlen, gelingt es dem edlen Ritter Hugo
nicht, die Frau von Deest zu befreyen, wie
könnte es euch gelingen? Seyd versichert,
gnädiger Herr, daß ich für diese edle Frau,
welcher Hollstein so viel schuldig ist — denn
danken wir euch nicht ihr? — mich willig
in den schrecklichsten Kerker der Festung Söeburg bringen ließe; wisset aber auch, daß
meine Pflicht mir gebiethet, euch nach allen
meinen Kräften von der Ausführung eures
Vorsatzes zurück zu halten, da mir beynahe
keine Hoffnung übrig bliebe, euch jemahls
wieder zu sehen, wenn ihr nach Dänemark
ginget; denn man würde euch bald ausspä-
hen; und das größte Glück, das euch dann
widerfahren könnte, wäre die Erlaubniß,
in einem gemeinschaftlichen Gefängnisse mit
der Frau von Deest eure Freyheit und eures
Vaterlandes Unglück zu beseufzen."— —
„Ich zweifle nicht," nahm Adolf das Wort
wieder, „daß der Ritter von Asseberg für
die Freyheit der Befreyerinn unsres Vaterlandes alles thun wird, was er vermag; aber
gesteht selbst, Herr Ritter, wie wenig läßt
sich von diesem Manne erwarten, da seine
Treue gegen den König Waldemar ihm sonst
nichts, als Bitten, erlauben wird! und dürfen wir uns die Erfüllung derselben nur mit
einem Scheine der Wahrscheinlichkeit ver-

sprechen? Mir hingegen steht es frey, alle
möglichen Mittel anzuwenden, um die Frau
von Deest auf irgend eine Art zu befreyen,
es sey nun durch List, Gewalt, Bestechung
ihrer Wächter, oder durch was, es sonst im=
mer wolle."

Unmöglich war es dem Ritter Eggo, die=
se Gründe, welche Adolfs Vorsatz befestigt hat=
ten, zu widerlegen, und eben so unmöglich,
ihn durch Bitten von der Ausführung dessel=
ben zurück zu halten. Er vereinigte sich mit
Wergot und einigen andern Edeln, welche
ihre Bitten mit den seinigen verbanden, und
endlich, was sie durch diese nicht bewirken
konnten, durch die Vorstellung zu erreichen
hofften, daß vielleicht in Adolfs Abwesen=
heit die Hollsteiner einen andern zu ihrem
Anführer erwählen, und so ihr Land zwar
den Dänen, aber auch zugleich dem Grafen
Adolf entreißen könnten. —

Auch hierdurch wurde Adolf zu keiner An=
derung seines Entschlusses vermocht. Seine
Liebe war zu feurig, um einer andern Lei=
denschaft neben sich Raum zu lassen. Er dachte
jetzt nicht an Hollsteins Besitz; denn sein ein=
ziger Gedanke war Ida. Zur Zeit der Mitter=
nacht stieg er mit dem treuesten seiner Knap=
pen zu Pferde, und flog gen Dänemark. —
So bald sie Kopenhagen erreicht hatten, sand=
te er seinen Kurd zum Ritter Hugo von

Adolf IV.   L

Asseberg, und ließ sich ihm als Ritter Ethel=
dred ankündigen, der aus England käme,
und an den Ritter von einem seiner alten Be=
kannten und Waffengenossen einen Auftrag
hätte. Kurd kam bald wieder zurück, und Adolf
freuete sich, daß er den Ritter Hugo getrof=
fen hatte, und dieser ihn sogleich zu sich ein=
laden ließ. Er eilte zu ihm; und kaum be=
fand er sich mit ihm allein, als er zu ihm
sprach: „Ihr seyd mir als ein edler Mann
bekannt, Herr Ritter, und im Vertrauen auf
eure Rechtschaffenheit stehe ich nicht an, euch
ein Geheimniß zu entdecken, von dessen Ver=
schweigung meine Sicherheit, vielleicht mein
ganzes Leben abhangt.‟

Hugo. Ihr ehrt mich mit eurem günsti=
gen Zutrauen, Herr Ritter. Seyd versichert,
daß ich desselben nicht unwürdig bin. Ge=
heimnisse, die mir anvertrauet wurden, sind
mir heilige Schätze, die mir durch nichts ent=
rissen werden können.

Adolf. Wisset demnach, daß ich kein
englischer Ritter, sondern Graf Adolf von
Schauenburg bin, von dem die Frau von
Deest euch vielleicht schon gesagt hat.

Hugo. Nicht die Frau von Deest allein,
sondern das öffentliche Gerücht hat mir so
viel Gutes von euch, Herr Graf, gesagt, daß
ich euch schon längst mit der vollkommensten
Achtung verehrt habe. Wahres Vergnügen

wird es mir machen, wenn ich nun, da ich
das Glück habe, eure persönliche Bekannt=
schaft zu machen, euch thätige Beweise dieser
Achtung geben kann.

Adolf. Ich komme, Herr Ritter, euch
um Rath und Beyhülfe in einer schweren Un=
ternehmung zu bitten.

Hugo. Beyder könnt ihr in so weit ver=
sichert seyn, als die Pflichten, welche mir ge=
gen meinen König und Herrn obliegen, sie
nicht verbiethen werden. Da ihr mich dem
Rufe nach kennt, Herr Graf, so werden meine
Grundsätze euch vielleicht auch nicht unbe=
kannt seyn. Ich bitte euch daher im voraus,
verlangt nichts von mir, das ihnen entgegen
seyn könnte.

Adolf. Ihr verkennt mich, Herr Ritter,
wenn ihr wirklich glaubt, daß ich dieß thun
würde. Doch zweifle ich nicht, daß eure Freund=
schaft für die Frau von Deest euch auffordern
wird, euch mit mir zu Erreichung des End=
zwecks zu verbinden, welcher mich nach Dä=
nemark führte. Er betrifft die Befreyung die=
ser edlen Frau. Doch ihr erriethet dieß wahr=
scheinlich schon, so bald ich meinen Nahmen
nannte.

Hugo. Getroffen, Herr Graf! auch kann
ich euch nicht verhehlen, daß ich, als ich die=
sen schätzbaren Nahmen hörte, sogleich ähn=
liche Stürme auf meine Treue gegen den Kö=

nig Waldemar vermuthete, wie ich schon von
der Frau von Deest aushalten mußte. Die
Versicherung, welche ihr mir so eben gabt,
vermindert diese Furcht, und ihr werdet mir
ein um so mehr willkommener Gast seyn, wenn
ihr meine Treue nicht antastet.

Adolf. Die Hoffnung, welche ihr einst
der Frau von Deest machtet, daß die Holl=
steiner ihre tapfersten Anführer durch euch um
einen vermehrt sehen würden, wird also wohl
unerfüllt bleiben?

Hugo. Nein, gnädiger Herr! jetzt schon
verehre ich euch als meinen künftigen Herrn;
und so bald es mir gelungen ist, von dem Kö=
nige von Dänemark die Freylassung der Frau
von Deest zu erflehen, begleite ich diese edle
Vaterlandsfreundinn nach Hollstein, um für
die Wiedererlangung der Freyheiten und Rech=
te der wackern Bewohner dieses Landes zu
fechten. Es eher zu thun, hält mich bloß
Freundschaft und Sorgfalt für die Frau von
Deest zurück; denn seit ich erfahren habe,
wie König Waldemar gegen die Hollsteiner
handelt, bin ich der Achtung, die ich sonst
diesem in vieler Rücksicht wirklich großen
Fürsten zollte, nicht mehr fähig; und einem
Manne zu dienen, den man nicht ehrt, ist
eine Last, deren Bürde mir nur Freundschaft
für die Frau von Deest erleichtert.

Adolf. Aber Herr Ritter, dürfte ich mich

nicht mehr, als bloßer Bitten für die Be=
freyung derselben, schmeicheln?

Hugo. Nein, gnädiger Herr, weil ich
durch alles andere treulos gegen den König
von Dänemark handeln würde; und so lange
ich noch nicht aus den Diensten desselben ge=
treten bin, kann nichts mich vermögen, meine
ihm schuldige Treue zu verletzen. Mein Grund=
satz ist, daß ich zwar als ein frey geborner
Mann dienen kann, welchem Fürsten ich will,
dennoch aber, selbst zu der Zeit, wo mein
Entschluß, die Dienste dessen, bey dem ich
mich eben befinde, zu verlassen, schon reif
ist, nichts unternehmen darf, das ihm nach=
theilig wäre, wenn gleich daraus für den,
den ich bereits für meinen Herrn erwählt
habe, ein Vortheil erwüchse. Diesem Grund=
satze, gnädiger Herr, habe ich von jeher ge=
mäß gehandelt, und dieß werde ich auch jetzt
und ewig thun.

Leider lag in diesem Grundsatze wenig Tröst=
liches für den Grafen Adolf: doch hoffte er,
ihn vielleicht noch einiger Maßen mildern zu
können, sah sich aber in seiner Hoffnung ge=
täuscht. Der Ritter Hugo wich nicht von sei=
ner Strenge, und bath den Grafen zu schwei=
gen, so bald er anfing, von Mitteln zu spre=
chen, welcher er sich zu Ida's Befreyung be=
dienen wollte. — „Ihr seyd nicht zu tadeln,
gnädiger Herr, ihr mögt euch zur Erreichung

eures Endzwecks Mittel wählen, welche ihr
wollt; aber ich bitte euch, verbergt sie vor mir,
damit ihr mich nicht einem peinigenderen
Kampfe zwischen Achtung für euch, und Treue
gegen den König Waldemar aussetzt. Diese
gebôthe mir, dem Könige eure Anschläge zu
entdecken, oder wenigstens selbst sie zu hinter-
treiben; jene verbiethet mir das. Thut daher,
was ihr wollt, gnädiger Herr! nur macht mich
nicht zum Mitwissenden eurer Unternehmungen." — „Daß ihr nicht in die Flucht der
hollsteinischen Geißeln willigtet, zu welcher
die Frau von Deest euch aufforderte, das,
Herr Ritter," antwortete Graf Adolf, „wunderte mich nicht; denn als Mann von fester
Treue konntet ihr es nicht: aber verzeiht mir,
wenn ich diese Treue für zu weit getrieben
halte, da sie euch nicht erlaubt, zum Besten
der Frau von Deest etwas mehr zu thun,
als Bitten zu wiederhohlen, die der unerbitt-
liche Waldemar nie erhört. Sagt selbst, Herr
Ritter, was gewinnt der König von Dänemark durch die Einkerkerung der Frau von
Deest, oder was würde er durch ihre Befreyung verlieren?" — „Ich beschwöre euch,
gnädiger Herr," entgegnete Hugo, „sprecht
von allen diesen Dingen nicht mehr mit mir.
Es ist möglich, daß ich zu strenge bin; aber
meine Grundsätze gebiethen mir Strenge; und
wehe dem Manne, der seinen Grundsätzen

entgegen handelt! Um Ida's willen, mit
Scham gestehe ich es euch, habe ich schon-
öfters gewünscht, daß die meinigen milder
seyn möchten." — —- Adolf konnte einen
gewissen Unwillen gegen den strengen Ritter
nicht unterdrücken. Er wurde mißmuthig, und
dieser Mißmuth vermehrte sich dadurch, daß
er in Dänemark keinen einzigen Freund hatte,
dem er sich hätte anvertrauen, und ihn zum
Mitarbeiter an seinem Plane machen können.
Einst, als dieser Mißmuth ihn mit seiner ganzen Schwere drückte, trat sein Kurd zu ihm,
und verkündigte ihm mit großer Freude, daß
er einen glücklichen Einfall gehabt hätte, dessen
Gemäßhandlung die Befreyung der Frau von
Deest vielleicht erleichtern könnte. Adolf forderte seinen Knappen auf, diesen Einfall ihm
eilends mitzutheilen. — — „Ich dächte, gnädiger Herr," befolgte Kurd diesen Befehl,
„ihr ginget zu dem Abte, der der Frau von
Deest so treulich beystand. Um sich an dem
Könige zu rächen, ersinnt er vielleicht einen
Plan, wie ihr eure Absicht erreichen könnt."—
Adolf fand diesen Einfall sehr gut, bedauerte
aber nur, daß er nicht auszuführen seyn würde, weil den Abt ohne Zweifel ähnliche Strafe, als die Frau von Deest, getroffen hätte.
„Sie sollte ihn treffen," antwortete Kurd;
„aber die Bitten der gesämmten Geistlichkeit
und der frommen Königinn Dagmar befrey-

ten ihn davon. Diese war es auch, die dem
Bischofe Waldemar zum zweyten Mahle seine
Freyheit verschaffte. Da beyde so lange ver=
gebens bitten mußten, wird die Rachbegierde
des Abts sich ohne Zweifel noch mehr ver=
mehrt haben." — — Adolf ging also zu
dem Abte, welchem er sich ohne Gefahr ent=
decken zu können glaubte. Der Abt versprach
sogleich, ihm nach allen Kräften beyzustehen,
und freute sich, daß es ihm hier nicht schwer
werden würde. — „Mein Bruder," sprach
er, „ist Prior im Marienkloster zu Söeburg.
Ihm könnt ihr euch nicht nur mit voller
Sicherheit anvertrauen, sondern auch seiner
thätigsten Vermittlung gewärtig seyn. Sendet
euren Knappen morgen wieder zu mir, gnä=
diger Herr! bis dahin will ich ein Schreiben
verfassen, und meinen Bruder darin auffor=
dern, alles anzuwenden, um die edle Frau
von Deest zu befreyen. Um vor möglicher Ent=
deckung noch sicherer zu seyn, ziehet als Pil=
ger nach Söeburg, und sprecht gleich im Ma=
rienkloster ein. Dieß Kleid wird euch vor al=
len Nachforschungen sichern."

Der Abt hatte auch die Gefälligkeit, den
Grafen und seinen Knappen ein wenig in der
Rolle zu unterrichten, die sie als Pilger spie=
len mußten. Des andern Morgens sagte Adolf
dem Ritter Hugo Lebewohl, und eilte in das
Kloster, wo er nebst seinem Knappen über

die Rüstung ein Pilgerkleid zog, seinen Helm
in der Pilgertasche verbarg, und nun die
Wanderschaft nach Söeburg antrat. — Son=
der Abenteuer und Gefährde langten sie
daselbst an, und freuten sich der freundschaft=
lichen Aufnahme, welche ihnen widerfuhr.
Sueno, der Prior des Marienklosters, mach=
te dem Grafen die schönste Hoffnung zu
Erreichung seines Endzwecks.

„Sehet hier diesen Thurm, sprach er zu
ihm,” nachdem er ihn an ein Fenster geführt
hatte; „in seinen Mauern befindet sich ver=
muthlich die, welche ihr sucht, weil es wahr=
scheinlich die Dame ist, die mich vor eini=
gen Tagen zu sich rufen ließ. Die Gefange=
nen, welche sich in diesem Thurme befinden,
werden weniger hart gehalten, als dieß ge=
wöhnlich bey andern der Fall ist, und unter
den Gütern dieses Lebens sind Freyheit und
Trennung von ihren Lieben beynahe die ein=
zigen, deren Verlust sie beklagen müssen.”
— „Glück für uns!” antwortete Adolf;
es wird uns daher um so leichter werden, die
Frau von Deest in den Besitz dieser entbehr=
ten Güter zu setzen. Aber wie kam es,
ehrwürdiger Herr, daß ihr die Bekannt=
schaft dieser edlen Frau machtet?” — „Das
war ich eben im Begriffe euch zu sagen,” fuhr
der Prior fort. „Vor einiger Zeit kam eine
Jungfrau in unser Kloster, mit der Bitte,

daß einer der Väter desselben in das Ge=
fängniß kommen möchte, um ihre Gebie=
therinn zu trösten und aufzurichten. Der Ein=
gang dahin ist uns unverwehrt; nur zu dem
Bischofe Waldemar durfte keiner unserer
Väter kommen, weil der Aufseher über die
Gefangenen fürchtete, daß christliche Liebe
vielleicht einen verleiten möchte, mit dem
Bischofe die Kleider zu verwechseln, diesen
entwischen zu lassen, und sich statt seiner
dem Zorne des Königs Preis zu geben. Die
Väter unsers Klosters, sollet ihr wissen,
gnädiger Herr, haben von je her in dem
Rufe der Frömmigkeit und Aufopferung für
Andere gestanden, und daher jener Argwohn."
— „Und ihr wart so gütig, und ginget selbst
hin?" unterbrach Adolf den Prior, weil er
fürchtete, er möchte seine Versicherung mit
Beweisen belegen, und zum zweyten Mahle
von dem abkommen, was er hatte sagen
wollen. Überhaupt wünschte er, daß der wortrei=
che Mann nicht so viele fremde Dinge in sei=
ne Rede mischen möchte. "— „Nein, Herr
Graf!" erwiederte der Prior; „Krankheit
hinderte mich hieran. Ich sendete den Bru=
der Jakob, welchen ihr bey eurer Ankunft
in meiner Zelle sahet, zu der edlen Frau.
Nachdem er sie eine Zeit lang durch die Trö=
stungen der Religion aufgerichtet hatte, ka=
men sie auch auf unser Kloster zu sprechen.

Die edle Frau erkundigte sich nach den Su=
perioren desselben, und erfuhr vom Bruder
Jakob, daß ich der Bruder des Abts des
*** Klosters zu Kopenhagen wäre. Sie äu=
ßerte nun sogleich den Wunsch, mich zu spre=
chen, um, wie sie sehr gütig hinzu setzte,
dem Bruder eines Mannes, dem sie viele
Verbindlichkeiten schuldig wäre, ihre Ach=
tung zu beweisen. So bald meine Krankheit
mich verlassen hatte, eilte ich hin. Die Da=
me sagte mir, daß sie eine Hollsteinerinn wä=
re, und daß sie meinen Bruder in Kopen=
hagen hätte kennen lernen, und ihm jetzt
noch für eine wichtige Gefälligkeit, welche
er ihr erwiesen hätte, innig dankte, obgleich
durch einen unglücklichen Zufall die gute Ab=
sicht, die er zu ihrem Besten gehabt hätte,
vereitelt worden wäre. Weiter sagte sie mir
dieß Mahl nichts, forerte mich aber auf,
bald wieder zu ihr zu kommen, um ihr Herz
ganz vor mir ausschütten zu können. Ich ver=
sprach es, wurde aber bisher durch mancher=
ley Verrichtungen abgehalten, mein Verspre=
chen zu erfüllen; aber morgen, gnädiger
Herr, wird es unausbleiblich geschehen. Ich
will erforschen, ob diese edle Dame, wie ich
beynahe nicht bezweifle, die Frau von Deest
ist; und ist sie es, so laßt uns dann nach=
denken, auf welche Art wir ihr die Freyheit
wieder verschaffen können."

Adolf bath den Prior, wenn sie es wäre,
ihr nichts davon zu entdecken, daß er sich
in seinem Kloster befände, und begab sich
dann zur Ruhe, nachdem er vorher seinen
getreuen Kurd an seiner Freude und an seinen schönen Hoffnungen hatte Theil nehmen
lassen. Ohne Schlaf warf er sich auf seinem
Lager herum, so gut dieß auch die Sorgfalt der Klosterleute zubereitet hatte; denn er
beschäftigte sich zu ganz mit seiner Ida, als
daß Schlaf den Gedanken an sie hätte ver-
treiben können. Sehnsuchtsvoll harrte er dem
Anbruche des Morgens entgegen, und als
er endlich heran gedämmert war, schuf seine
Ungeduld die Zeit, welche noch bis zu der
Stunde verfließen mußte, die der Prior,
dem freylich keine Ida den Schlaf von dem
weichen Lager scheuchte, zu dem Besuche
bey der edlen Hollsteinerinn bestimmt hatte,
zu einer Ewigkeit um. Endlich verfloß sie;
der Prior ging, und erfüllte die Bitte, bald
wieder zurück zu kommen, welche Adolf ihm
nachrief.

Adolf wartete seiner indessen an der Klo-
sterpforte; und kaum erblickte er den Prior,
als er ihm mit den Worten: Nun, ehrwürdiger Herr, welche Nachricht bringt ihr mir?
entgegen lief.

„Bezähmt eure Neugierde noch,” raun-
te ihm der Prior in das Ohr, „bis wir mei-

ne Zelle erreicht haben, damit ihr euch nicht
verrathet."

Adolf war wegen dieses Aufenthalts un=
zufrieden; um ihn zu verkürzen, eilte er so
schnell, daß er sich schon längst vor des Priors
Zelle befand, als dieser wohl genährte Prä=
lat ihm endlich keichend nachfolgte. — „Lauft
ihr doch," rief er dem Grafen jetzt zu, in=
dem er mit ihm in seine Zelle trat, „als
ob ihr dem Tode entfliehen wolltet."

Adolf. Nein, hochwürdiger Herr, ich
eilte, als ob die Pforten des Paradieses vor
mir eröffnet wären.

Der fromme Prior schüttelte sein Haupt
über dieß sündliche Gleichniß, und seine
Augen schossen Bannstrahlen auf den Frev=
ler. Zwar bestrafte er ihn nicht mit Wor=
ten; aber daß er noch immer zauderte, sei=
ne Ungeduld zu befriedigen, war für den
liebenden Adolf die empfindlichste Strafe.
Er fuhr daher fort: „O ich bitte euch, quält
mich nicht länger durch folternde Neugier!
War es Ida, die ihr neulich spracht?"

Der Prior. Wenn die Frau von
Deest also heißt, so war sie es.

Adolf. O Bothe des Himmels! fühlt
meine Freude und meinen heißen Dank in
dieser feurigen Umarmung!

Der Prior. Fürwahr, Herr Graf, die
Ausbrüche eurer Freude, sind für die, welche

um euch sind, mit Lebensgefahr verknüpft.
Erst ersticktet ihr mich beynahe, weil ich euch
über meine Kräfte nacheilen mußte; jetzt droht
euer Dank von neuem, mich zu ersticken.

Adolf. Verzeiht; aber heftige Leiden=
schaften können auch nicht anders, als heftig,
sich äußern. Es war also wirklich Ida?

Der Prior. Ja, ja doch. Soll ich es
euch mit einem Eide bekräftigen?

Adolf. O nein! aber freudige Both=
schaften hört man gern mehr als ein Mahl.

Der Prior. In Wahrheit, Herr Graf,
eure Freude ist so unmäßig, daß ich fürchte,
sie wird euch tödten, wenn es uns gelingt,
die Frau von Deest ihrer Haft zu entledigen.

Adolf. Seyd ohne Sorgen, ehrwür=
diger Herr! sie würde mir nur einen Vor=
geschmack der Seligkeit gewähren.

Der Prior. Hört auf, Herr Graf, eure
weltliche Empfindungen mit heiligen Dingen
zu vermischen.

Adolf. O ehrwürdiger Vater, Freude und
Liebe vermögen nicht jedes Wort abzuwägen.
Doch laßt uns jetzt auf Mittel sinnen, durch
welche die Befreyung der Frau von Deest zu be=
wirken wäre.

Der Prior. Obgleich die Freyheit der
Gefangenen in diesem Thurme groß ist, so wird
uns doch die Befreyung der Frau von Deest

schwer werden, da sie, so wie alle ihre Un=
glücksgefährten; sehr genau bewacht wird.

Adolf. Die Menge der Hindernisse wird
meine Freude noch vermehren, wenn sie über=
stiegen sind; und daß ich sie glücklich übersteig=
gen werde, ist meine zuversichtliche Hoffnung.
List und Gold, Herr Prior, öffnen den Weg
durch verschlossene Thore und durch Wachen.
Durch sie kann man alle Hindernisse besiegen.

Der Prior. Der Himmel gebe, daß eure
Hoffnungen euch nicht täuschen! Doch hoffent=
lich wird sein Segen euch nicht entstehen, wenn
ihr ihn zu eurem edlen Unternehmen erfleht.

Adolf. Seyd versichert, daß ich dieß schon
gethan habe. Jetzt erlaubt mir, meinen Knap=
pen an unsern Überlegungen Theil nehmen
zu lassen; denn ich hoffe, daß seine erfinde=
rische Verschlagenheit uns gute Dienste lei=
sten wird.

Der Prior. Um so besser, gnädiger Herr!
Drey sind mehr, als zwey.

Kurd wurde gerufen, und ihm von der Ent=
deckung, die der Prior gemacht hatte, Nach=
richt gegeben. „Ich habe dich rufen lassen,”
setzte Adolf hinzu, „um mit uns gemeinschaft=
lich zu sinnen, was nun weiter zu thun wäre.”

Kurd. Ich danke euch, gnädiger Herr,
für euer gütiges Zutrauen, und hoffe, euch
beweisen zu können, daß ich desselben nicht
würdig bin. Ehe sich aber von der Befreyung

der Frau von Deest etwas Bestimmtes sagen läßt, muß mein gnädiger Gebiether sie
vorher besuchen. Die Lage ihres Kerkers wird
ein Mittel an die Hand geben, wie sie aus
demselben gerissen werden könne.

Adolf. Dein Rath ist ganz gut, ehrlicher
Kurd, wenn ihm nur nicht die Möglichkeit
der Ausführung fehlte.

Kurd. Ihr irret, gnädiger Herr! Mit
Hülfe des Herrn Priors wird sie nichts weniger, als schwer, seyn.

Der Prior. Schon oft, Herr Graf, gab
ich euch die Versicherung, daß ich zu Erreichung eures Endzwecks alles thun würde, was
in meinen Kräften steht und die Heiligkeit
meines Standes erlaubt. Ich wiederhohle sie
jetzt noch ein Mahl.

Adolf. Und ich danke euch von neuem für
diese freundschaftliche Versicherung. Nun, lieber Kurd, tritt mit deinem Anschlage hervor.

Kurd. Ihr könnt die Frau von Deest oh-
ne Gefahr sehen und sprechen, wenn es dem
Herrn Prior gefällt, euch in dem Kleide seines
Ordens mit sich zu nehmen.

Adolf. Ein glücklicher Einfall! Ihr werdet doch so gütig seyn, Herr Prior, mir die
Ausführung desselben zu erlauben?

Der Prior. (Nachdenkend und unentschlossen.)
Kaum, Herr Graf, darf ich meine Einwilligung zu dieser Entweihung des hei-

ligenKleides unſres Ordens geben.Doch es ſey,
da der Gebrauch ,den ihr davon machen wollt,
eine lobenswürdige Abſicht hat. Weil es aber
dennoch gewiſſermaßen Entweihung dieſes heiligen Gewandes iſt, ſo werdet ihr, zur Reini-
gung von dieſer Sünde, dem Bilde der Schuz-
heiligen meines Kloſters ein neues Gewand
von goldnem Zeuge machen laſſen.

Adolf. Von dem ſchwerſten, den ich erhalten kann. Auch ſollen Perlen und Edelſtei-
ne das Gewand noch köſtlicher machen. Nun,
ehrwürdiger Herr, erlaubt mir die Bitte, unſern Plan ſo bald nur immer möglich auszuführen. Wir gehen doch heute noch zur Frau
von Deeſt?

Prior. Heute nicht, Herr Graf! aber morgen, ehe der Mittag heran kommt. So lange werdet ihr eure Ungeduld ſchon bezügeln
können.

So ſchwer dieß auch dem Grafen wurde,
mußte er ſich dennoch dem Willen des Priors fügen ; denn alle ſeine Bitten konnten dieſen nicht
vermögen, heute dazu noch mit ihm in Ida's
Kerker zu gehen. — Von dem Grafen ſehn-
lich herbey gefleht, rückte endlich des andern
Tages die Zeit heran, wo er ſeine Ida wieder ſehen ſollte. Gern wäre er nun in ihren
Kerker geflogen; aber der ſchwere Körper ſeines Gefährten nöthigte ihn ganz langſam dahin zu gehen. Als ſie dem Thurme nahe wa-

Adolf IV.   M

ren, bath ihn der Prior, sich zu mäßigen, und
versicherte, man dürfte im Lesen der Geber=
denschrift nur wenig geübt seyn, um zu erra=
then, was ihn in Ida's Kerker führe. Adolf
suchte so viel als möglich zu verhindern, daß
seine Mienen keine Verräther seiner Empfin=
dungen werden möchten; aber diese Empfin=
dungen waren zu lebhaft, als daß es ihm ganz
hätte gelingen sollen. Der Prior war so ge=
fällig, an seiner Statt spähend umher zu bli=
cken, und versicherte ihn, indeß der Kerker=
meister Ida's Kerker aufschloß, daß sie bis
hierher gekommen wären, ohne Aufmerksamkeit
auf sich zu ziehen. Der Kerkermeister ließ die
geistlichen Herrn eintreten, fragte, wenn er wie=
derkommen sollte, und schloß dann die Thür
hinter ihnen zu. — Der Prior verbeugte sich
gegen Ida, sprach aber nicht eher, bis er die
Fußtritte des Kerkermeisters auf der Treppe
wiederhallen hörte, weil er fürchtete, es frü=
her nicht ohne Gefahr zu können. — „Will=
kommen, hochwürdiger Herr!" endigte jetzt
Ida die Stille; „nehmt meinen vollkommensten
Dank, daß ihr schon wieder kommt, eure lei=
dende Tochter zu trösten."— „Und wäre ich
euch nie willkommen gewesen, so würde ich es
doch gewiß jetzt seyn," antwortete der Prior
lächelnd, „da ich euch einen Tröster mitbringe,
der euch besser wird trösten können als ich
und alle Väter meines Klosters."

Adolf warf nun sein Ordenskleid ab, und stand in seiner Rüstung vor Ida. Die Gegenwart des frommen Klostermannes konnte ihn nicht zurück halten, seine Geliebte zu umschließen, und sie feurig an seine Brust zu drücken. Meine Ida! war alles, was Adolf, und mein Adolf! alles, was Ida zu sagen vermochte.

Habt ihr, theure Leser, jemahls die Wonne gefühlt, welche Liebenden beym Wiedersehen durch jede Nerve bebt, und ihr seyd fähig, sie eurem Gedächtnisse zurück zu rufen; so könnt ihr euch eine lebhafte Vorstellung dessen machen, was Adolf und Ida jetzt empfanden. Wir aber wagen nicht es euch zu schildern, da solche Empfindungen über jede Schilderung erhaben sind.

Der Prior war so menschenfreundlich, für die Sicherheit unserer Liebenden zu wachen. Er lauschte an der Thür, um zu vernehmen, ob vielleicht auch jemand an der äußern Seite derselben lauschte. Endlich dauerten ihm Adolfs und Ida's wiederhohlte Umarmungen, und ihre zärtlichen Versicherungen unverwandelter Liebe zu lange. — „Endet Herr Graf!" sprach er daher zu Adolfen; „ihr scheint vergessen zu haben, daß ihr nicht hierher kamt, der Frau von Deest Versicherung eurer Liebe zu geben, sondern ihr zu verkündigen, daß ihr nach Södung gekommen wäret, um

sie zu befreyen, und daß ihr euch jetzt in die=
sem Kerker befändet, um zu erforschen, ob
seine Lage zu ihrer BefreyungsHoffnung macht.
Vor allen Dingen bitte ich euch, das Or=
denskleid wieder anzulegen, denn die Frau von
Deest weiß nun, wen es verbirgt, und wir
könnten doch, bey aller meiner Vorsicht, über=
rascht werden. Mein zweyter Rath wäre, daß
ihr euch leiser sprächt und küßtet, als bisher."

Des Priors erstem Rathe handelte Adolf
sogleich gemäß; den zweyten ließen Freude
und Liebe ihn bisweilen vergessen, und der
Prior fand für rathsam, ihn öfters zu wie=
derhohlen. — Die Liebenden sprachen nun
von Ida's Befreyung und von den Freuden,
die dann ihrer warteten; aber an die Mittel,
durch welche sie zu bewerkstelligen wäre, dach=
ten sie vor vieler Freude nicht. Der Prior be=
wies sich auch hier als ihr theilnehmender
und sorgfältiger Freund. — „Hier," rief
er, nachdem er nach der Reihe um die Fen=
ster des Thurms herum gegangen war, und
vor dem, welches nach dem Kloster zu ging,
stehen blieb — „hier wäre es hoffentlich
nicht schwer, zu entkommen. Um die Zeit
der Mitternacht geht hier niemand vorüber,
und ihr habt dann nicht weit in mein Klo=
ster, zu welchem euch eine verborgene Thür
den Eingang öffnen soll. Bey mir erhohlt ihr
euch eine Zeit lang, und verlaßt dann des

andern Tages das euch gewiß schreckliche Sdeburg auf immer. Ihr, edle Frau, zieht die
Pilgerkleider an, in welchen der Knappe des
Herrn Grafen in mein Kloster kam, und
Kurd muß sich dann noch so lange darin auf-
halten, bis ich ihn euch mit Sicherheit nach-
schicken kann." — „O der wird wohl
entkommen," erwiederte Ida, und stellte
sich neben dem Prior an das Fenster; —
„aber wie ist es mir möglich, von dieser
schwindelnden Höhe hinab zu kommen, wenn
auch meine Flucht durch die eisernen Stäbe
vor dem Fenster nicht noch mehr erschwert
würde?" — „Schwer ist sie allerdings,
aber nichts weniger als unmöglich," tröstete der Prior die zagende Ida. „Durch Feilen verschafft ihr euch einen freyen Ausgang
durchs Fenster, und auf einer Strickleiter
steigt ihr hinab in die Arme eures Geliebten.
Mit etlichen Feilen werde ich euch morgen
schon versehen. Ihr arbeitet dann in Gesellschaft mit eurer Dienerinn alle Nächte von
der Mitternachtsstunde an, bis drey oder vier
Stunden nachher, und so bald ihr mit eurer
Arbeit so weit gekommen seyd, daß ihr die
durchgefeilten Stäbe vollends zerbrechen könnet, will ich euch auch eine Strickleiter bringen. Freylich wird euren zarten Händen diese ungewohnte Arbeit schwer werden; aber
die Hoffnung, die Freyheit, dieß edelste unter

den irdischen Gütern bald wieder zu erlangen,
wird euch Stärke geben." — „Unablässig
werde ich feilen," versicherte Ida, „und
wenn auch Blut von meinen Händen tröffe"
„Laßt euch nur nicht von eurem Eifer übereilen," — erwiederte der Prior; denn auch bloßer Zufall könnte eure Arbeit verrathen; und
dann wäre alle Rettung unmöglich: darum
rathe ich euch, ja nie früher zu beginnen,
oder später zu enden, als um die Zeit, welche
ich euch genannt habe." — „Aber wie,
hochwürdiger Vater," sagte Ida, „wie soll
ich diese Zeit so genau wissen?" — „Der
Mond sey euer Merkmahl!" gab der Prior
zur Antwort; „ wenn er gerade über der
Spitze des Klosterthurms steht, fangt ihr
an; und wenn er sich hinter diesen Baum,
dem Thurme zur Rechten, verbirgt, hört
ihr auf. In vierzehn Tagen — und so lange
kann der Mond euch zum Zeichen dienen
— werdet ihr vermuthlich mit eurer Arbeit
zu Ende seyn." — „O noch eher!" rief
Ida; „denn meine treue Maria wird mich
gewiß thätig unterstützen." — „Das werde ich, edle Frau!" versicherte Maria.

„Ihr habt zwar jetzt weniger zu befürchten, daß ihr belauscht würdet," fing der Prior
wieder an, „als wenn in den Gefängnissen
unter dem Eurigen auch Gefangene seufzten;
aber doch vergeßt nie alle mögliche Vorsicht

zu gebrauchen. Umwindet deßhalb die eisernen Stäbe mit Tüchern, und feilt ganz langsam, damit das Geräusch nicht gehöret wird;
denn es ist besser, ihr erhaltet eure Freyheit
etliche Tage später, als daß ihr sie auf ewig
verlieret; und dieß Schicksal würde euch unvermeidlich treffen, wenn man euer Vorhaben
und eure nächtlichen Arbeiten entdeckte." —

Ida versprach, sich in allem nach den Vorschriften des Priors zu richten, und dieser
war nun so gefällig, seinen Posten wieder an
der Thür zu nehmen, um das liebende Paar
die Freuden des Wiedersehens und den Vor-
geschmack ihres künftigen Glücks in Sicherheit genießen zu lassen. Er blieb so lange stehen, bis er glaubte, daß der Kerkermeister
bald wieder kommen würde; dann bath er den
Grafen, sich bis zu seiner Ankunft mit Marien zu beschäftigen, und er selbst fing mit der
Frau von Deest mit lauter Stimme ein Gespräch von geistlichen Dingen an. Bald nachher kam der Kerkermeister. Ida und ihre Kammerfrau dankten den geistlichen Vätern für
ihren tröstlichen Zuspruch, und bathen sie,
bald wieder zu kommen. — Sie versprachen
es, und gingen.

„Das wird euch Gott vergelten, hochwürdiger Herr," sprach der Kerkermeister zu dem
Prior, indem er ihm nachfolgte, „daß ihr
die edle Frau aufzurichten sucht. Die Beschäf-

tigungen meines Berufs haben mich hart gemacht; aber, ich schwöre es euch, mein Herz thut mir wehe, so oft ich die edle Frau sehe. Sie ist so gut und wacker, und doch so unglücklich." — „Auch ich kann ihr mein Mitleid nicht versagen, ob sie es gleich als Landesverrätherinn nicht verdient," antwortete der Prior. — „Mit Gunst, hochwürdiger Herr!" begann der Kerkermeister eine Rechtfertigung der Frau von Deest; „jeder rechtschaffene Däne muß sie freylich als eine Landesverrätherinn betrachten; aber kein Billigdenkender kann sie tadeln, daß Liebe zu ihrem Vaterlande mächtiger in ihr war, als Treue gegen die Dänen." — „Gut," sprach der Prior zu Adolfen, als der Kerkermeister von ihnen geschieden war; „gut, daß ich diesen Mann ein wenig ausforschte. Er kann uns vielleicht nützlich werden."

Viele Mühe kostete es dem Prior, als er sich des andern Morgens nach dem Gefängnisse aufmachte, um die versprochenen Feilen zu überbringen, ehe er den Grafen bewegen konnte, zurück zu bleiben. „Ihr habt eure Mienen zu wenig in eurer Gewalt," sprach er zu ihm, „als daß sie nicht an euch zu Verräthern werden könnten; und vielleicht haben wir es bloß der Parteylichkeit des Kerkermeisters für die Frau von Deest zu verdanken, daß sie euch nicht gestern schon verriethen. Ver=

geßt nicht, daß aufmerksamere Beobachter und
strengere Richter in dem Gefängnisse sind, als
dieser Mann, und ihr daher alle Vorsicht anwenden müsset, damit euer Plan nicht endeckt
wird. Handelt als ein Mann, und seht die
Frau von Deest nicht wieder, bis sie auf der
Strickleiter zu euch herab eilt."

Ida küßte vor Freuden die Hand des Priors,
als er ihr die Feilen gab. Er empfahl ihr noch
ein Mahl alle Regeln der Vorsicht, zu deren
Befolgung er sie schon gestern aufgefordert hatte; dann ging er, und Ida flehte sehnsuchtsvoll die Nacht herbey. Sie erschien endlich;
aber der Mond verzog noch lange, ehe er seinen Wandel bis über die Spitze des Klosterthurms fortsetze. Jetzt hatte er dieß Ziel erreicht, und nun begann Ida mit ihrer Maria
ihre Arbeit mit rüstigen Händen. Eilf Nächte
hatten sie gefeilt, eilf Nächte lang so oft und
sehnsuchtsvoll nach dem lieben Monde geblickt,
als vielleicht keine ihrer spätern Schwestern,
zur Zeit des Siegwartismus, zu diesem heiligen keuschen Freunde der Liebenden aufsah;
da verkündigte Ida dem Prior, welcher sich
alle Tage nach dem Fortgange ihrer Arbeit
erkundigte, mit Frohlocken, daß sie künftige
Nacht gewiß damit zu Ende kommen würden.
„Morgen also, hochwürdiger Herr!" setzte
sie hinzu, „morgen kommt ihr, und bringt
eine Strickleiter mit euch, um euer Werk zu

vollenden; und wenn dann übermorgen kaum angebrochen ist, danke ich euch in euerm Kloster für meine durch euch erhaltene Freyheit." — Bisher war es dem Prior gelungen, den Grafen von Ida's Kerker zurück zu halten, ob er ihn gleich, so oft er dahin ging, begleiten wollte; durch nichts aber war er zu bewegen, den Vorsatz, die Strickleiter seiner Geliebten selbst zu bringen, zu ändern. — „Erlaubt mir immer, Herr Prior!" bath er, „euch begleiten zu dürfen. Ich habe Ida's Kerker, als ich darin war, zu wenig aufmerksam betrachtet, um mich desselben lebhaft erinnern zu können; und ich möchte gern durch diese Zurück= erinnerung das Glück meines künftigen Lebens noch mehr erhöhen." — „Ida wird ihn euch so genau beschreiben können," wendete der Prior ein, „daß ihr nicht nöthig habt, ihn selbst noch ein Mahl zu sehen." — „O ich bitte euch, hochwürdiger Vater!" wiederhohlte Adolf seine Bitte, „vergönnet mir immer, euch zu begleiten. Ich will so ruhig und so sorgfältig auf meiner Huth seyn, daß der größ= te Herzenskündiger nichts Verdächtiges an mir gewahr werden sollte." —

„Es sey, Herr Graf!" — gab der Prior etwas unwillig zur Antwort; — „euer ist die Schuld, wenn das Ende unsers Unter= nehmens nicht so glücklich ist, als der Anfang war." —

Adolf folgte demnach dem Prior nach dem Gefängnisse. „Hier, Geliebte!” sprach er zu seiner Ida, und überreichte ihr die Strickleiter, „hier bring' ich dir den Weg zur Freyheit. Laßt uns jetzt sehen, wo du die Strickleiter befestigen kannst.” — „Hier an eurem Bette macht sie fest!” ließ der Prior seinen Rath hören; „dann werft ihr sie hinab; ihr könnet euch ihr ohne Furcht anvertrauen.” — Ida trat jetzt an das Fenster. Sie sah hinab, und seufzte.

„Nun, edle Frau!” sprach der Prior lächelnd zu ihr; „geht euch vielleicht der Abschied von diesem Aufenthalte nahe?” — „Mir graust vor der Höhe, die ich hinab klimmen muß,” erwiederte Ida. — „O Gott, wenn mein Fuß glitte! Ich weiß nicht, hochwürdiger Herr, was es ist, daß sich meiner jetzt mit einem Mahle bange, furchtvolle Gedanken bemächtigen, da ich doch vorher voll Hoffnung und hohen Muthes war. O Gott, wenn dieß eine Vorbedeutung seyn sollte, daß unsere Hoffnung nun, da wir beynahe im Hafen zu seyn glaubten, scheitern würde!” —

„Seyd ohne Sorgen,” — tröstete sie der Prior. „Ihr dürft die Furcht, die euch einnimmt, nicht als Vorbedeutung eines unglücklichen Ausgangs ansehen, da sie die unmittelbare Folge des Blickes ist, den ihr in die Tiefe warft. Er war es, der eure Furcht

rege machte." — „Verbanne diese Furcht,
theuerste Ida," setzte Adolph hinzu, „ und
beruhige dich; denn du sollst nicht selbst den
gefahrvollen Weg von dieser Höhe hinab
betreten. Nein, dein Adolf wird dich ihn lei=
ten! Ich, als ein Rittersmann, den man
auf Sturmleitern auf= und absteigen lehrte,
werde auch auf der Strickleiter sicherer fußen
können, als du. Wirf daher um Mitternacht
die Leiter hinab, damit ich herauf eilen und,
dich im Arme, wieder hinunter fliegen kann."
— „Ein gefahrvolles, sehr gefahrvolles
Unternehmen!" seufzte Ida.— „Nichts we=
niger, als dieß," versicherte sie Adolf.
„ Hat meine Ida nicht gesehen, wie schnell
geübte Ritter in der schwersten Rüstung, in
der Rechten das Schwert, das Schild in der
Linken, die Sturmleitern hinauf eilen?" —
„Bittet Gott mit mir, meine Lieben!"
fing der fromme Prior wieder an, „daß
er eure Füße bewahret." — Noch sprachen
sie, als sie die Fußtritte des Kerkermeisters
hörten. Alle zitterten, weil ihnen die Zeit
im Gespräche, von dem wir freylich nur ei=
nen Theil angeführt haben, zu geschwinde
verflossen war, und sie daher fürchteten, daß
sie entdeckt worden wären. Das Schrecken,
welches sich auf ihren Gesichtern mahlte,
hätte allerdings des Kerkermeister Verdacht
erregen können; aber ihm kam kein Verdacht

wider die frommen Brüder des Marienklosters in den Sinn. Er begleitete sie an die
Pforte des Gefängnisses, und freudig, sich
vergebens geängstigt zu haben, kehrten sie
wieder nach dem Kloster zurück.

Als die Mitternacht nahe war, machten
der Prior, Adolf und sein Knappe sich auf,
zum letzten Mahle die Hand an ihr Werk
zu legen. Der Prior und Kurd harrten an
der verborgenen Thür des Klosters, und
Adolf eilte nach dem Thurme, der den Gegenstand seiner Liebe und seiner Wünsche
verbarg. Er schwang ein weißes Tuch, das
er seiner Ida als Zeichen, woran sie ihn erkennen sollte, genannt hatte, damit sie nicht
einen andern zufällig Vorüberwandelnden
für ihn ansähe. Ida ließ die Leiter hinab,
und in wenigen Augenblicken befand Adolf
sich in ihren Armen. „Gott sey gelobt!”
rief er aus; „bald wird meine Ida frey
seyn!” — „O Adolf!” erwiederte Ida,
„ich kann die fürchterlichen Ahndungen, die
mich quälen, nicht verbannen. Nicht eher
wird mein Herz ruhig schlagen, bis wir
uns in Hollstein freuen werden, daß wir so
vieles Ungemach glücklich überstanden.” —
Adolf vergaß über den Bemühungen, seine
Geliebte zu trösten, daß jedes Zaudern ihm
gefährlich werden könnte, bis endlich Maria
ihn erinnerte, daß schnelle Flucht das beste

Mittel zur Beruhigung ihrer Gebietherinn
wäre. Kaum hatte sie geendet, als ein
fürchterlicher Lärm zu aller Ohren drang.
„Gott, was ist das?” — rief Ida, und
sank ihrer Maria in die Arme. Adolf blickte
zum Fenster hinaus. „Wir sind verloren!”
rief er; „der ganze Platz vor dem Thurme
wimmelt von Gewapneten.” Indem er
noch redete, hörten sie die eiserne Thür des
Kerkers klirren, und der Kerkermeister trat
mit einigen Knechten herein. Flucht war
unmöglich. Vier Knechte mit gezückten
Schwertern bewachten die Thür, und zwey
andere, welche von den vor dem Thurme
Versammelten auf der Strickleiter herauf gestiegen waren, verwehrten dem unglücklichen
Adolf durch das Fenster zu entkommen, wenn
er es auch hätte wagen wollen, dem Tode,
womit ihn die unten stehenden Gewapneten
droheten, in die Arme zu laufen. Man bemächtigte sich seiner, und fesselte ihn, und
die ohnmächtige Ida traf, nebst ihrer Kammerfrau, das nähmliche Schicksal. — Ida
würde vielleicht glücklich entkommen seyn,
wenn Adolf mit der Flucht mehr geeilt, und
seine Tröstungen verspart hätte, bis er mit
seiner Beute in Sicherheit gewesen wäre;
aber indeß er sich bemühete, sie zu trösten,
zog ein Trupp Reiter vorüber, welche Waldemar aufgebothen hatte, um die Dänen

in Hollſtein eilends zu verſtärken, und die,
um den Ort ihrer Beſtimmung geſchwinder
zu erreichen, einen Theil der Nacht zu Hülfe
genommen hatten, und jetzt eben in Söeburg eintrafen. Der Himmel war heiter,
und der eben aufgegangene Mond ſchien
hell. „Dort oben,” rief einer der Reiſigen,
„büßt die verrätheriſche Frau, welche uns
Hollſtein wieder zu entreißen gedachte, ihren
Frevel. Aber ſehet doch, was hangt da zum
Fenſter herab?” —

Er eilte näher hinzu, und fuhr dann fort:
„Gut, daß wir nicht einige Augenblicke ſpäter kamen, ſonſt würde das unternehmende
Weib ſich in Freyheit geſetzt haben! Sehet
hier die Strickleiter, auf der ſie ihrer Haft
zu entrinnen hoffte. Laßt uns ein wenig verweilen, damit wir eine Eroberung machen, ehe
wir nach Hollſtein kommen; denn wir thun in
Wahrheit ein verdienſtlicheres Werk, wenn
wir die Frau von Deeſt an der Ausführung
ihres Vorhabens hindern, als wenn wir ihren Landsleuten die Feſte Itzehoe wieder ab-
nähmen.” — Daß dieß geſchah, und daß
der Erfolg der Erwartung der Reiſigen gemäß
war, wiſſen unſere Leſer bereits.

XIV.
Liebe ſtärker als Ehrgeiz.

Entſetzen hatte ſich des Priors und Kurds

bemächtigt, als sie die Reisigen bey dem Klo=
ster vorüber ziehen sahen, und es erreichte den
höchsten Grad, da sie bemerkten, daß sie vor
dem Thurme hielten. Schon vorher war der
Prior unzufrieden gewesen, daß Adolf so lan=
ge sich im Innern des Thurms aufhielt; jetzt,
indeß Kurd Klagelieder über das Unglück sei=
nes Herrn anstimmte, rief er zornig aus:
„Sein ist die Schuld!" Er ging hierauf in
sein Kloster zurück, und Kurd näherte sich den
Reisigen, um den Ausgang von dem Schick=
sale Adolfs zu erfahren. — Bey allem Un=
glücke war es ein Glück für diesen, daß der
Befehlshaber der Feste Sdeburg, der zugleich
die oberste Aufsicht über den Thurm hatte,
in welchen man die Staatsverbrecher kerker=
te, menschenfreundlich dachte, und sich stren=
ge nach den Gesetzen des Ritterstandes rich=
tete. Gefesselt wurde Adolf am Morgen zu
ihm geführt; so bald aber der Ritter Nielß
Eske — so hieß der Befehlshaber zu Sde=
burg — aus dem mit Hermelin gefütterten
Scharlachmantel, welchen Adolf über seiner
Rüstung trug, auf den Stand des Gefange=
nen schloß, befahl er, ihn los zu fesseln.

„Ihr tragt doch diesen Mantel mit Rech=
te?" fragte der Ritter Niels.

„Mit so vielem Rechte, als irgend ein
Mann in der Christenheit," antwortete Adolf.

„So werde ich euch," erwiederte Ritter

Niels, „auch eurem Stande gemäß behan=
deln, in so fern mir die Strenge, welche ge=
gen einen Staatsverbrecher meine Pflicht ist,
dieß erlaubt. Jetzt, Herr Ritter, sagt an,
wie euer Nahme, und welches euer Vater=
land ist.”

Adolf. Ethelred, der erste, England,
das zweyte.

Niels. Und der Nahme eurer Burg?

Adolf. Den weiß bis jetzt nur Gott allein. Ich bin der jüngste Sohn meines Hauses, der kein Eigenthum hat, als ein Schwert.

Niels. So sagt mir, aus welchem Hause ihr stammt.

Adolf. Ich glaube, Herr Ritter, daß
euch dieß ganz gleichgültig seyn kann; und
wäre es euch dieß auch nicht, so werdet ihr
mir dennoch verzeihen, wenn ich euch diese
Frage nicht beantworte.

Niels. Das steht bey euch, Herr Ritter!
Ich werde dann aber auch nach meiner Pflicht
handeln, und euch für einen Landstreicher halten, der sich unrechtmäßiger Weise mit dem
Ehrenzeichen schmückte, das ihn ziert.

Adolf. (mit stolzer Kälte) Ich bin in eurer
Gewalt; ihr könnt mit mir machen, was
euch gut dünkt; aber den Nahmen meines
Hauses und manches andern, das ihr vielleicht noch von mir zu wissen begehrt, werdet ihr mir durch keine Folter auspressen. Ich

N

bin kein Verbrecher, Herr Ritter! denn sich wieder in den Besitz seines Eigenthums setzen zu wollen, das ein anderer uns raubte, ist kein Verbrechen.

Niels. Deutlicher, Herr Ritter! ich verstehe euch nicht.

Adolf. Die edle Frau von Deest ist mein Eigenthum; euer König raubte mir sie. Kann ein Gerechter mich tadeln, daß ich dem Könige von Dänemark seinen Raub wieder entreißen wollte?

Niels. Ihr gebt vor, ein englischer Ritter zu seyn, und doch ist eure Dame eine Deutsche?

Adolf. Nimmt euch das Wunder, Herr Ritter? Mit Herzog Heinrich dem Löwen ging ich als Knappe nach Deutschland; Herrmann von Deest wurde mein Freund, und ich folgte seinem Panier. Als er bey der Feste Lauenburg blieb, sprach er zu mir: „Schütze meine Gattinn; ich vermache sie dir zu deinem Eigenthume." Die Wittwe des Herrn von Deest bestätigte nachher die Worte ihres sterbenden Gatten, und der Priester würde unsere Hände schon längst zusammen gegeben haben, wenn nicht dringende Geschäfte mich auf einige Zeit in mein Vaterland gerufen hätten. Vor einigen Wochen traf ich wieder in Kellingdorf ein, wo ich erfuhr, daß Frau von Deest sich in Dänemark befände. Und nun entscheide eure Gerechtigkeit, ob ich anders handeln konnte, als ich wirklich handelte!

Niels. Ist eure Aussage wahr, so wird eure Schuld wenigstens vermindert.

Um die Wahrheit oder Falschheit von Adolfs Aussage zu erfahren, wurde nun Ida verhört, und ihre Aussage stimmte mit der ihres Geliebten vollkommen überein, da sie vorher mit einander zu Rathe gegangen waren, durch welches Vorgeben sie vielleicht die Strafe, die sie befürchteten, mildern könnten. Zum Glücke hatte Adolf an den Nahmen gedacht, unter welchem er zuerst in Dänemark aufgetreten war, und mit Hülfe Mariens, die unter den Dreyen die Gelassenste, und ihrer Sinne noch am meisten mächtig war, entstand hieraus das Gewebe von Wahrheiten und Unwahrheiten, das Adolf seinem Richter mittheilte.

Adolf wurde wieder vor den Ritter Niels Esse geführt. „Ich bedaure euch, Herr Ritter!" sprach dieser zu ihm, „daß ihr eine Landesverrätherinn zu eurer Geliebten gewählt habt."

Adolf. Und ich bitte euch, Herr Ritter, lästert eine Frau nicht, die der Achtung jedes Unparteyischen würdig ist. Keine Landesverrätherinn, nein, ein Weib, dessen Nahme einst neben dem Nahmen eines Brutus —wenn ihr, Herr Ritter, diesen edlen Römer kennt — in den Geschichtsbüchern gläu-

N 2

zen wird, ist die Frau von Deest. Eine Eh-
rensäule verdient sie, da sie Muth genug hatte, Hollsteins Befreyerinn zu einer Zeit,
wo beynahe in den Herzen aller Männer der
Muth erstorben war, werden zu wollen.

Niels. Bedenkt, Herr Ritter, daß ihr
vor einem getreuen Lehnsträger und Diener
des Königs von Dänemark steht, der euch
nicht länger ohne Ahndung anhören darf.
Doch ich will nicht ahnden, was ihr sagtet,
und kündige euch sogar eure Freyheit an,
wenn ihr gelobt, des Königs, meines gnädigen Herrn, Lande zu meiden.

Adolf. Das soll geschehen, Herr Ritter,
wenn die Frau von Deest zugleich ihre Freyheit erhält.

Niels. Nie kann sie diese erhalten. Ewi-
ge Gefangenschaft ist für eine Landesverrätherinn wahrlich noch zu gelinde Strafe! Auch
euch könnte ich nicht frey lassen, wenn ihr
mir jenen Schwur nicht leistetet.

Adolf. Den kann ich euch nicht leisten,
so lange die Frau von Deest sich noch in der
Haft der Dänen befindet; denn meine ihr ge-
schworne Treue befiehlt mir, für ihre Freyheit mein Leben willig zu wagen.

Niels. Ihr habt die Wahl, Herr Ritter!
entweder frey unter jenem Schwure, oder mit
der Landesverrätherinn in ein Gefängniß ge-
kerkert zu seyn. Ich behandle euch nicht mit

der Strenge eines Richters, sondern mit der
Nachsicht eines Menschenfreundes, der eurer
Jugend Handlungen und Reden verzeiht, die
er einem Manne von reifern Jahren nicht verzeihen würde, und den die Rücksicht, daß ihr,
Trotz eurer Jugend, ein tapferer Mann seyd,
wie wenigstens euer Stand und die goldenen
Ketten, welche euch zieren, zu beweisen scheinen, wahrlich milder gegen euch macht, als
sein Amt ihm gebeut. Um ganz als Freund,
nicht als Richter an euch zu handeln, sey es
euch vergönnt, eure Geliebte noch ein Mahl
zu sehen; denn ich weiß, Herr Ritter, welch
Kleinod eine Dame einem wackern Ritter ist.
So bald ihr dann wiederkehrt, und mir den
Schwur, den ich von euch begehre, auf euer
Schwert schwört, seyd ihr frey.

Adolf. Ich erkenne eure Menschenfreund=
lichkeit, Herr Ritter! aber warum wollt ihr
sie nicht vollkommen machen? Warum nicht
auch der Frau von Deest die Freyheit gewähren, wenn ich mich für sie verbürge, daß sie,
so wenig als ich, die Lande des Königs, eures Herrn, jemahls wieder betreten soll?

Niels. Verlangt keine Unmöglichkeiten!
Die Frau von Deest noch ein Mahl zu sehen,
ist alles, was ich euch verstatten kann.

Mit dem festen Vorsatze, ihn ohne Ida
nicht wieder zu verlassen, ging Adolf in den
Kerker zurück. — „Ist man so grausam

auch euch die Freyheit verweigern zu wollen?" fragte ihn Ida. — Adolf erzählte ihr, unter welchen Bedingungen sie ihm angeboten worden wäre, und setzte dann hinzu: „Was ist Freyheit, ohne Ida? Mein Entschluß steht unerschüttert: ich lebe mit dir, Geliebte, im Kerker, da ich in Freyheit ohne dich leben müßte." — Umsonst stellte Ida ihm das Schwärmerische und Tadelnswürdige dieses Entschlusses vor; umsonst erinnerte sie ihn an die Pflichten, die er seinem Vaterlande schuldig wäre. Adolf versicherte sie dagegen, daß ihre Befreyung die erste dieser Pflichten wäre, und daß diese ihm hoffentlich, wenn er auf einige Zeit Theil an ihrem Gefängnisse nähme, leichter gelingen würde, als außer demselben, weil er sich von den frommen Brüdern des Marienklosters, und von dem menschenfreundlichen Kerkermeister Unterstützung und thätige Mitwirkung verspräche. — Adolf ließ sich also wirklich durch Liebe zur Ausführung eines tollen Vorsatzes verleiten. Er, den ein nagender Kummer quälte, daß Hollstein nicht sein war, vergaß jetzt das Land, um sich mit seiner geliebten Ida einzukerkern.

Seine Hoffnungen einer baldigen Befreyung schlugen fehl; denn er bekam die Väter des Marienklosters so wenig zu sehen, als den menschenfreundlichen Kerkermeister. Man hatte diesen so wohl, als jene, in Verdacht, daß sie der Frau von Deest zu ihrer Flucht behülflich hätten seyn wollen, und verwehrte daher beyden den Eingang in ihren Kerker. Um den Gefangenen das Entkommen ganz unmöglich zu machen, wurde auch Marien nicht mehr erlaubt, auszugehen, welches ihr vorher, obgleich jederzeit von einem Gefangenwärter begleitet, verstattet worden war, so wie nach einiger Zeit sogar einem andern Kerkermeister der Eintritt in Adolfs und Ida's gemeinschaftliches Gefängniß untersagt wurde. — Die Bedürfnisse der Gefangenen wurden ihnen durch eine in die Thür gemachte Oeffnung gereicht; und so lebten sie, abgesondert von aller übrigen menschlichen Gesellschaft, beynahe aller Hoffnung zur Flucht beraubt. Zwar bemerkten sie, daß der Prior des Marienklosters bisweilen mitleidsvoll zu ihnen hinauf blickte, so wie sie zuweilen fremde Männer gewahr wurden, deren auf ihren Kerker gerichtete Blicke nicht weniger mitleidsvoll waren; aber dieß war auch aller Trost, der ihnen wurde.

Die Geschichte meldet nicht, ob Adolf späterhin seinen zu raschen Vorsatze bereuete, oder ob Ida's Liebe ihm den Verlust seiner Freyheit und Hollsteins ersetzte; nur so viel berichtet sie, daß ein gemeinschaftlicher Kerker ihn und seine Geliebte sieben Jahre lang

von der übrigen Welt trennte. — Der treue
Kurd, so wie der Ritter Eggo von Sture und
Wergot von Sibransdorf, beschlossen, sie ih=
rer Haft zu entledigen, und hielten sich deß=
halb lange in Söeburg auf, um zu versu=
chen, ob dieß nicht durch irgend eine List
möglich wäre; aber alle angewendete Mühe
war vergebens, und sie liefen sogar einige
Mahl Gefahr, auch ihre Freyheit zu ver=
lieren.

Traurig kehrten sie daher nach Hollstein
zurück, wo sie aber neue Aufforderungen zur
Trauer erhielten. Vielen der im Lande Wil=
stern versammelten Vaterlandsfreunde entsank
der Muth, als sie die Bothschaft von dem
Unglücke vernahmen, das ihrem erwählten
Anführer begegnet war, und ein großer Theil
von ihnen bezog die Schlösser und Burgen
wieder, aus denen sie die Bedrückungen der
Dänen und der Haß gegen dieselben verjagt
hatten. Graf Albert gab sich indessen alle
Mühe, die Hollsteiner sich geneigter zu ma=
chen. Er geboth den Amtleuten, bey ihren
Rechtssprüchen auf die vaterländischen Rechte
und Gewohnheiten der Hollsteiner Rücksicht
zu nehmen, und bewies sich vorzüglich gegen
Hamburg, diese vornehmste Stadt des Lan=
des, sehr gütig, indem er den Bewohnern
derselben ihre von den hollsteinischen Gra=
fen aus dem schauenburgischen Hause erhal=

tenen Freyheiten bestätigte, und sich beson=
ders gegen das Erzstift und die übrigen geist=
lichen Stiftungen mild und freygebig zeigte.
Hierdurch gewann er die Herzen der Geist=
lichen, die aus Dankbarkeit sich bestrebten,
ihm auch die Herzen der übrigen Hollsteiner
zu gewinnen.

Eggo und Wergot bemüheten sich dagegen,
die in der Wilstermarsch Zurückgebliebenen
dem Grafen Adolf treu zu erhalten, und ver=
sicherten sie, daß es seiner Klugheit, verbun=
den mit dem Prior Sueno, der aus Rache
gegen den König Waldemar ihm völlig er=
geben wäre, gewiß gelingen würde, bald zu
ihrer Rettung herbey zu eilen. Diese Hoffnung
hielt noch mehrere in der Wilstermarsch zu=
rück; als aber schon Jahre verflossen wa=
ren, und sie noch immer unerfüllt blieb, da
wurden der mit den Dänen unzufriedenen
Hollsteiner immer weniger. Zwar glimmte
der Funke der Unzufriedenheit noch in den
Busen vieler unter ihnen; aber sie verbargen
sie wenigstens, um ihre Lage nicht noch mehr
zu verschlimmern. — Endlich waren sieben
Jahre seit Adolfs Verhaftnehmung verflossen;
da rückte Kaiser Otto der Vierte, um sich an
dem Könige von Dänemark zu rächen, daß
er ihn verlassen, und die Partey seines Geg=
ners, Friedrichs des Zweyten, ergriffen hätte,
vor Hamburg, und umschloß diese Stadt mit

starker Heereskraft. Die Hamburger öffneten
ihm die Thore nach kurzer Belagerung, weil
sie befürchteten, daß der Kaiser seine Drohung,
die Stadt mit Feuer und Schwert zu verheeren, erfüllen möchte. Auch waren sie längst
der dänischen Herrschaft müde, und die Aufforderungen ihrer geistlichen Väter, dem Könige von Dänemark und seinem Statthalter
auch im Herzen treu zu seyn, hatten wenig
Eindruck auf sie gemacht, zumahl da viele
unter ihnen der Meinung waren, daß Graf
Albert die Summen, welche er mit freyge-
biger Hand den Kirchen und Klöstern spen-
dete, den Bürgern wieder abzupressen suche.
Frohes Herzens gelobten alle Hamburger,
dem deutschen Reiche, von dem der Waffen
Gewalt sie abgerissen hatte, fortan ewig treu
zu bleiben. — So bald die Nachricht von
Hamburgs Belagerung zu den Ohren der
Ritter Eggo und Wergot kam, hofften diese,
daß jetzt der Zeitpunct gekommen wäre, wo
sie den Grafen Adolf, und dann mit ihm gemeinschaftlich ihr Vaterland befreyen könnten. Beyde hatten von dem Prior Sueno die
Versicherung erhalten, daß er ihnen, wenn
irgend ein Mahl ein Kriegszug den größten
Theil der wehrhaften Männer von Söeburg
entfernt hätte, ungesäumt davon Nachricht
ertheilen würde; jetzt konnten sie eine solche
Entfernung mit Recht vermuthen. Sie eilten

daher zu allen, welche sie als wahre Vater=
landsfreunde kannten, und forderten sie auf,
sich einstweilen zu rüsten, und für die Herbey=
schaffung des zu einer Seeunternehmung wi=
der Söeburg nöthigen Geldes zu sorgen. Sie
fanden viele Unterstützung, und Ritter Eggo
ging nun nach Travemünde, das nur von
Hollsteinern besetzt war, weil die Dänen wi=
der den Kaiser Otto im Felde standen, um
die Bewohner dieser Feste für den Grafen
Adolf einzunehmen. Seine Absicht gelang ihm
vollkommen, und er erwartete nun nur noch
einen Brief vom Prior Sueno, damit er zur
Ausführung seines Plans schreiten könnte. —
Schon hatten sich alle Hollsteiner, die an der
Unternehmung der Ritter Eggo und Wergot
Theil nehmen wollten, in Travemünde ver=
sammelt; da kam die Nachricht, daß Ham=
burg vom Könige Waldemar mit einem mäch=
tigen Heere belagert würde; und an dem
nähmlichen Tage langte ein Brief vom Prior
Sueno an, worin er meldete, beynahe alle
wehrhaften Männer hätten Söeburg verlassen,
um ihrem Könige vor Hamburg zu folgen.
Er eilte, seinen Waffengenossen die frohe
Mähre bekannt zu machen, und noch in der
nähmlichen Nacht begaben sie sich auf die
Schiffe, die zu ihrem Empfange schon bereit
lagen. Sie nahmen einige Paniere, die sie
nach dem Muster der dänischen hatten ma=

chen laſſen, mit ſich, verſahen ſich mit Feld=
binden, wie ſie die Dänen trugen; und ſo
bald ſie das hohe Meer erreicht hatten, leg=
ten ſie dieſe an, und ſteckten däniſche Flaggen
auf ihre Schiffe. Ein friſcher Wind begün=
ſtigte ihre Fahrt. Ebenfalls zur Nachtzeit
ſtiegen ſie bey Söeburg ans Land, und die
Thore der Feſte wurden ihnen ungeweigert
geöffnet. So bald Wergot und Eggo ſich
nebſt fünf hunderten ihrer Begleiter in der
Feſtung ſahen, wendeten ſie ſich an den Be=
fehlshaber derſelben, den Ritter Niels Eske,
und ſagten ihm, daß ſie keine Dänen, ſondern
engliſche Ritter und Waffengenoſſen des Rit=
ters Etheldred wären, die ſich aus Freund=
ſchaft für ihn gerüſtet hätten, um ihn und
ſeine Geliebte zu befreyen. „Ihr, Herr Rit=
ter,” ſetzte Eggo hinzu, „ſo wenig als ir=
gend einer von den Bewohnern Söeburgs,
habt etwas von uns zu befürchten, wenn
ihr uns den Ritter Etheldred und die edle
Frau von Deeſt ſogleich ausliefert; ſo ihr
uns aber die, welche wir ſuchen, verweigert,
werden unſre Schwerter ſo lange würgen,
bis kein Menſch uns mehr verhindern kann,
Etheldreds Kerker zu erbrechen.”

Tollkühnheit wäre es von dem Ritter Eske
geweſen, wenn er mit den wenigen Kriegs=
knechten, die bey ihm zurück geblieben waren,
ſich fünf hundert wohl bewaffneten Kriegern

hätte widersetzen wollen, zumahl da von ih=
nen zu vermuthen war, daß sie tapfer und
muthvoll seyn würden, weil sie sich sonst zu
keiner so gefahrvollen Unternehmung, als
sie wagten, entschlossen haben könnten. Er bath
die Ritter, ihm in das Gefängniß zu folgen, und
sie thaten es mit der nöthigen Vorsicht.

Unwissend was in der Stadt vorging,
hörten jetzt Adolf und Ida die Thür ihres
Kerkers öffnen, und in einem Augenblicke
war ihr Kerker mit Gewapneten angefüllt,
an ihrer Spitze Eggo und Wergot, welche
dem Grafen zuriefen: „Ihr seyd frey, Herr
Ritter Etheldred! euren Waffengenossen in
England ließ der Gedanke, euch, den Ta=
pfersten unter ihnen, in schmählicher Haft zu
wissen, nicht länger rasten.”

Bey allem Erstaunen, in welches sie durch
diese unerwartete Befreyung gesetzt wurden,
hatten doch Adolf und Ida Gegenwart des
Geistes genug, um sich nicht zu verrathen.
Aus Furcht, daß vielleicht ihre Befreyung
durch ein widriges Ungefähr zum zweyten
Mahle verhindert werden könnte, eilten sie,
ohne sich so viel Zeit zu nehmen, ihren Be=
freyern zu danken, aus ihrem Kerker hinaus
und jetzt erst sanken sie den Rittern Eggo und
Wergot in die Arme, und sagten ihnen den
heißesten Dank.

„Dankt nicht für etwas, das unsere Pflicht

war," erwiederten die Ritter; „aber laßt uns zu Schiffe eilen, damit uns kein Augenblick ungenützt entflieht." — So bald sie die Schiffe erreicht hatten, verkündigten die Ritter ihren Befreyeten, daß jetzt auch ihrem Vaterlande gerechte Hoffnung zur Befreyung glänze, und Adolfs und Ida's Freude wurde durch diese Nachricht noch erhöhet. — Eben so glücklich und auf die nähmliche Art, wie die Schiffe Travemünde verlassen hatten, langten sie daselbst wieder an. — Eilends verließen nun Adolf und Ida nebst ihren Befreyern Travemünde, um sich mit den in der Wilstermarsch Zurückgebliebenen zu vereinigen, und den Kampf für die Freyheit zu beginnen; aber noch hatten sie diesen Zufluchtsort der Mißvergnügten nicht erreicht, als sie erfuhren, daß Kaiser Otto wieder in sein Land zurück gegangen wäre, und Hamburg Waldemars ganzer Macht nicht lange würde widerstehen können. Ein großer Theil der Hollsteiner fing von neuem an zu zagen, und deren, welche Muth behielten, waren zu wenige, um sich dem mächtigen Waldemar, bey allem Muthe und aller Freyheitsliebe, mit Hoffnung eines glücklichen Erfolgs entgegen stellen zu können. Noch mehreren entsank der Muth, da Hamburg nach einer lange dauernden Belagerung gezwungen wurde, sich zu ergeben, und Adolf, Ida, Eggo,

und Wergot mußten alles anwenden, damit
er nicht alle verließ.

Adolf und seine Geliebte hatten jetzt noch
größere Ursache, sich verborgen zu halten, als
jemahls, da jede Entdeckung, wenigstens die
letztere, mit Verlust der Freyheit bedrohete.
So sehnlich auch ihr Wunsch war, ihrem Vaterlande zu leben; so wenig war es ihnen
möglich, ihn zu erfüllen. Sie mußten nur der
Liebe leben. Ida wurde Adolfs Gattinn; aber
Kummer, ihre übrigen Wünsche unerfüllt zu
sehen, störte beyde im Genuße der Freuden,
die zärtliche Liebe ihnen darboth.

Muth und Vaterlandsliebe schien in dem
Herzen aller Hollsteiner, nur wenige ausge-
nommen, ganz erstorben zu seyn; denn sie
wagten es selbst damahls nicht, einen Versuch zu machen, um das dänische Joch abzuwerfen, als König Waldemar, aufgemuntert
und begleitet von dem Grafen Albert von
Orlemünde, nach Liefland schiffte, um die
heidnischen Bewohner desselben mit gewaff-
neter Hand zum Christenthume zu bekehren,
und nebenbey sein Land zu vergrößern, obgleich beynahe alle Männer, die Waffen tragen konnten, aus frommem Eifer ihrem Könige folgten. Erst einige Jahre nachher belebte ein Vorfall, den die nächsten Kapitel herbey führen und erzählen werden, den Muth
der zagenden Hollsteiner wieder.

XV.

Geschichte des Grafen von Schwerin und seiner
Bertha.

Graf Heinrich von Schwerin hatte schon
längst das Gelübde gethan, nach Palästina
zu wallfahrten, um zur Eroberung des heiligen Landes auch das Seinige beyzutragen.
Der Zwist, in welchem er einige Jahre lang
mit seinem Lehnsherrn, dem Könige Waldemar von Dänemark, lebte, verhinderte die
Erfüllung seines Gelübdes; und als jener
Zwist endlich beygelegt, und das freundschaftliche Verhältniß, in welchem der Graf mit
dem Könige stand, wieder hergestellt worden
war, verhinderten Liebe und Eifersucht, was
vorher Furcht, nach seiner Wiederkunft sein
Land vielleicht in eines andern Händen zu
sehen, verhindert hatte.

Kurz vor der Beylegung seiner Streitigkeiten mit dem Könige von Dänemark hatte
Graf Heinrich sich vermählt, und Bertha, so
hieß seine junge Gemahlinn, war so reizend,
daß Graf Heinrich an ihrer Seite seines Gelübdes vergaß.

Die Züge ins heilige Land wurden be-
kanntlich von den Päbsten erdacht, um so
wohl die Macht der christlichen Fürsten Eu-
ropens zu schwächen, als auch auf ihre Kosten das Eigenthum des heiligen Petrus zu

vergrößern. Die Geistlichen jedes Landes rich=
teten sich nach der Handlungsweise der heili=
gen Väter zu Rom, und fanden, so wie diese,
ihren Vortheil dabey. Fromme Fürsten, Gra=
fen und Edle versetzten öfters einen Theil ihrer
Besitzungen an Klöster und Stifte, um zu
Bestreitung der Unkosten, die mit einem Zu=
ge nach Palästina verknüpft waren, das nö=
thige Geld zu erhalten, und sahen sich dann
öfters außer Stand gesetzt, die Pfänder wie=
der einzulösen.

Die Kreuzzüge dienten also der Geistlich=
keit nicht nur zu der Vergrößerung ihrer geist=
lichen Gewalt, sondern auch zur Vermeh=
rung ihrer irdischen Größe. Die heiligen
und frommen Vätter suchten sie daher immer
allgemeiner zu machen, entlockten reuigen
Sündern oder Bedrängten das Versprechen,
wider die Saracenen zu ziehen, jene, um für
ihre Sünden zu büßen, diese, um dafür, daß
sie ihren Drangsalen glücklich entronnen wa=
ren, Gott durch Fechten zum Besten der heili=
gen Kirche thätig zu danken, und wachten dann
sorgfältig darüber, daß solche Versprechen
pünctlich erfüllt wurden. Doch wir kehren von
dieser Ausschweifung zurück zu dem Grafen
Heinrich.

Als Graf Albert von Orlemünde, auf Be=
fehl des Königs Waldemar, in das Land des
Grafen von Schwerin gefallen war, hatte

Adolf. VI.   O

dieser die ganze Geistlichkeit seines Landes aufgefordert, um vom Himmel Befreyung von
seinen Feinden zu erstehen. Die Gebethe der
frommen Väter schienen nicht brünstig genug
zu seyn; denn Graf Heinrich hatte sich und
sein Land schon längst ihrer Fürbitte empfoh-
len, als Graf Albert das letztere noch immer
verwüstete. Heinrich wiederhohlte daher seine
Bitten an die Geistlichkeit, und forderte vorzüglich seinen Beichtvater auf, sich für ihn bey den
Heiligen zu verwenden. Der Beichtvater versprach dieß, ließ sich aber vorher vom Grafen von Schwerin versprechen, daß er, so bald
sein Gebeth die Dänen aus dem Lande gejagt
haben würde, gen Jerusalem ziehen wollte. ―
Bald, nachdem Graf Heinrich dieß Versprechen geleistet, und der Beichtvater sein Gebeth begonnen hatte, verließ der Graf von
Orlemünde mit seinen Kriegern die Grafschaft
Schwerin, und Heinrichs Beichtvater erman-
gelte nicht, dieß für sein Werk auszugeben,
obgleich alle Bewohner des klagenden Landes
sagten, Graf Albert wäre heim gekehrt, weil
er nichts mehr zu rauben gefunden hätte. ―
Öfters ermahnte nun der fromme Beichtiger
den Grafen Heinrich, sein Gelübde zu erfüllen; aber der Graf, den vor den Beschwerden grauete, denen er sich auf dem heiligen
Zuge aussetzen mußte, suchte dasselbe unter
dem Vorwande, daß er aus Furcht vor dem

Könige von Dänemark und vor dem Werk-
zeuge seiner Rache, dem Grafen von Orlemünde, sein Land nicht verlassen dürfe, immer weiter hinaus zu setzen, versprach aber
heilig, so bald er von diesen Feinden nichts
mehr zu befürchten haben würde, seinem Gelübde nachzukommen. Der fromme Mann
vermochte zwar nicht, diesen Grund zur Ab-
haltung aus dem Wege zu räumen, wiederhohlte aber dennoch seine Ermahnungen so
unablässig, daß dem Grafen Heinrich bange
wurde, so bald er ihn nur von weitem sah.

Am Tage, als er seine Bertha heim führte,
erfuhr der Graf von Schwerin, daß während
seiner Abwesenheit sein Beichtiger das Zeitliche gesegnet hätte, und der Graf empfand über
die Nachricht, daß er dieses ungestümen Mah-
ners entledigt worden wäre, so viele Freude,
als da er einst erfuhr, der Graf von Orlemünde hätte sein Land wieder verlassen. Er
erwählte den Vater Nicolaus an seiner Statt,
von welchem er hoffte, daß er weniger strenge
seyn würde, weil der Graf ihm versprochen
hatte, alles anzuwenden, damit er nach dem
Tode seines Abtes der Nachfolger desselben
werden möchte. Dieß Versprechen half auf einige Zeit; aber bald trat Vater Nicolaus mit
ähnlichen Ermahnungen hervor, als womit
sein Vorfahrer den Grafen gequält hatte;
denn kaum war der friedliche Vertrag des Gra-

sen mit dem Könige von Dänemark zu Stan=
de gekommen, als Vater Nicolaus den er=
sten dringend zur Erfüllung seines Gelübdes
ermahnte. — Dem Grafen blieben jetzt keine
Entschuldigungen mehr übrig; denn daß der
strenge Beichtiger Liebe zu seiner Gattinn
als eine solche gelten lassen würde, bezweifelte
er mit Rechte, und nannte sie daher auch nicht.
Er suchte ihn also durch Versprechungen, die
er nicht zu halten gedachte, zu beruhigen.
Wenn der Frühling anbräche, versprach er
seinen Zug anzutreten; aber der Frühling brach
an, und Graf Heinrich rüstete sich noch im=
mer nicht zu seinem Zuge. In Summa: es
waren schon fünf Jahre seit Graf Heinrichs
Vergleiche mit dem Könige von Dänemark
vergangen, und sein Gelübde war noch so we=
nig erfüllt, als vorher. Bald hielt ihn einiges
Übelbefinden, ein Vorgeben, das gewöhnlich
sein Ansehen Lügen strafte, bald Krankheit
seiner Gattinn, bald ihre nahe Niederkunft
ab. — Oft schon hatte ihn Vater Nicolaus
alles Ernstes gestraft, daß er durch solche
nichtige Dinge sich an der Erfüllung einer so
heiligen Pflicht hindern ließe, und sich sogar
nicht entblödete, Unwahrheiten zu erdenken,
um nur einen Vorwand zu haben. Er bath
ihn, sein Gewissen hierdurch nicht noch mehr
zu beschweren, und sagte ihm ganz unver=
hohlen die Zweifel, welche er wider seine

vorgegebene Krankheiten hatte. Er drohte, ihn als einen verstockten Sünder von der Gemein-schaft mit der Kirche auszuschließen, und, als auch dieß nicht fruchten wollte, mit einem Bannbriefe, den er von dem Erzbischofe von Cöln auswirken würde. — Diese Drohung hatte vor der Hand weiter keinen Nutzen, als daß Graf Heinrich über seinen Beichtvater ergrimmte; doch als er erfuhr, daß der Bann-brief von Cöln wirklich angekommen wäre, entschloß er sich endlich zu dem längst ver-sprochenen Zuge. Er ließ den Vater Nicolaus zu sich entbiethen, und begann mit ihm fol-gende Unterredung.

Heinrich. Ich will mein Herz vor euch ausschütten, ehrwürdiger Vater! doch wünsch-te ich wohl, daß ihr mich mit so vieler Milde anhörtet, als ich sonst von euch gewohnet war.

V. Nicolaus. Daß ich sehr milde gegen euch bin, Herr Graf, könnt ihr schon daraus ermessen, daß ich zu euch komme, ob ihr gleich ein Gebannter seyd; aber verlangt nicht zu viel von mir; denn ihr sollt wissen, daß ich euch gar nicht anhören darf, wenn ihr mir nicht sagt, daß ihr euch zu dem Zuge ins heilige Land zu rüsten beginnt, und ihr ihn in wenig Tagen anzutreten gedenkt. Jetzt habt ihr noch Zeit zu eurem Entschlusse; denn bis jetzt—dankt es meiner Vermittelung, Herr Graf! ist der Bannbrief noch nicht bekannt gemacht.

Heinrich). Daß ich den Zug gewiß antreten werde, versichere ich euch theurer, als ich es je that, und schwöre es euch bey meiner ritterlichen Ehre. Ob aber schon in wenig Tagen, kann ich unmöglich bestimmen. Hört die wahre und erste Ursache, warum ich mich meines Gelübdes bisher nicht entledigte. Zwar drohet der Graf von Orlemünde nicht mehr, mir mein Eigenthum zu rauben; aber ich habe noch andere Räuber zu fürchten.

B. Nicolaus. Unnöthige Furcht! ihr habt ja mit allen euren Nachbarn Frieden.

Heinrich. Auch fürchte ich nicht, daß sie in mein Land fallen; aber die Furcht, daß sie mir in meiner Abwesenheit ein Kleinod, das mir wenigstens eben so theuer ist, als Schwerin, zu rauben trachten werden, kann ich nicht unterdrücken.

B. Nicolaus. So nehmt dieß Kleinod mit euch, wenn es möglich ist.

Heinrich. Das ist nicht möglich, weil es dann Gefahren anderer Art bedrohen würden. Es ist meine Gattinn; und Liebe zu ihr, so wie die Furcht, daß ein Anderer mich ihres Besitzes berauben möchte, waren es, welche mich bisher von dem Antritte meines gelobten Zugs zurück schreckten.

. B. Nicolaus. Ihr habt kein gutes Zutrauen zu euren Nachbarn; aber hoffentlich werdet ihr doch nicht alle, die ihr kennt, für

Ehebrecher halten? Wollt ihr demnach eure Frau Gemahlinn nicht mit euch nehmen, welches ihr immer thun könntet, denn die Frau Gräfinn wäre ja nicht die erste Dame, welche sich den Beschwerden eines Kreuzzugs unterwürfe, so übergebt sie der Obhut eines eurer Freunde, dem ihr sie ohne Gefahr anvertrauen könnt.

Heinrich. O wenn ich nur unter meinen Freunden einen solchen wüßte!

V. Nicolaus. Da ihr jetzt mit dem Könige von Dänemark völlig wieder ausgesöhnt seyd, wem könntet ihr euer Land und eure Frau Gemahlinn zu sicherer Huth empfehlen, als diesem gewaltigen und achtungswürdigen Könige? Reist ohne Kümmerniß, Herr Graf! ich selbst will Sorge tragen, daß König Waldemar an seinem Hofe eurer Frau Gemahlinn einen gefahrlosen Aufenthalt gönnt.

Heinrich. Und glaubt ihr, ehrwürdiger Vater, daß meine Bertha an Waldemars Hofe wirklich sicher seyn wird?

V. Nicolaus. Wenigstens vor Gewalt, wovor in unsern verderbten Zeiten jede schöne Dame sich zu fürchten hat. Vor Verführung und Nachstellungen wird der König von Dänemark eure Frau Gemahlinn freylich nicht schützen können; aber wider diese kann sie Tugend schützen: und besitzt ein Weib diese nicht, so wird sie ihrem Mann untreu, wenn er sie auch nie von seiner Seite ließe.

Heinrich. Nein, dieser mächtigen Schü= herinn bin ich mir von meiner Gattinn be= wußt, und sie bedarf nur Schutz wider öf= fentliche und heimliche Gewalt. Wird sie die= sen Schutz bey dem Könige von Dänemark finden?

V. Nicolaus. So gewiß, als ihr, gnädiger Herr, Vergebung eurer Sünden finden werdet, wenn ihr euch endlich zu dem längst gelobten heiligen Zuge entschließt.

Heinrich. Und ihr, ehrwürdiger Vater, wolltet den König Waldemar selbst dazu be= wegen, daß er sich meines verlassenen Wei= bes annähme?

V. Nicolaus. Das will ich, gnädiger Herr, und ich bin überzeugt, daß die Er= füllung meiner Bitte mir nicht entstehen wird.

Heinrich. O so bitte ich euch, macht euch auf, gen Dänemark zu ziehen; und so bald ihr wiederkehrt und mir des Königs Versicherung überbringt, daß er meine Gat= tinn schützen und schirmen will, werde ich meinen Zug in das heilige Land ungesäumt antreten.

V. Nicolaus. Ihr macht neue Aus= flüchte, Herr Graf! aber ich bin müde, mich von euch täuschen zu lassen. Ihr habt die Wahl, und beginnt entweder euren Zug, oder sehet euch in wenig Tagen von allen den Eurigen verlassen, die euch, den Gebannten, fliehen werden, wie es guten Christen ziemt. So bald ihr abgereist seyd, ist mir dieß das wichtigste, daß ich mich nach Dänemark auf mache, und ihr könnt gewiß versichert seyn, daß König Waldemar der Gemahlinn seines getreuen Lehnmannes seinen Schutz nicht versagen wird.

Heinrich. Ich schmeichle mich desselben; aber warum, ehrwürdiger Vater, wollt ihr mir die Beruhigung nicht geben, mit welcher ich dann mein Land verlassen würde, wenn das, was jetzt bloß Hoffnung ist, Überzeugung seyn würde? Ich beschwöre euch, geht nach Dänemark! In wenig Tagen könnt ihr ja schon zurück kommen, und dann sollt ihr mich, dieß schwöre ich euch auf mein Schwert, zum Aufbruche in völliger Bereitschaft finden.

Der Vater Nicolaus ließ sich endlich bewegen, dem Wunsche des Grafen gemäß zu handeln, und er hatte nicht nöthig, viele Überredungen anzuwenden, um von dem Könige Waldemar, was er verlangte, zu erhalten. Waldemar war schönen Damen hold, und freuete sich, die reizende Gräfinn Bertha, die das Gerücht ihm als eine der schönsten genannt hatte, an seinem Hofe zu sehen. Mit der freundlichen Versicherung, daß es ihm ein Vergnügen

te, seinem guten und getreuen Lehnsmanne
eine Gefälligkeit zu erzeigen, entließ der König den Vater Nicolaus, der mit dieser fröhlichen Mähre nach Schwerin heim kehrte,
und den Grafen Heinrich, wirklich wider
seine Erwartung, zum Aufbruche gerüstet
fand.

Die Furcht vor dem Banne hatte den Grafen Heinrich bewogen, wozu er keine Lust
hatte, und wovon seine Gemahlinn mit Thränen ihm abrieth. Sie wußte, daß der Tren-
nungskuß, welchen Weiber von ihren nach
Jerusalem ziehenden Männern erhielten, so
oft der letzte gewesen war, und fürchtete daher, daß sie vielleicht gleiches Schicksal be-
treffen würde. Als sich demnach Graf Heinrich am Abende vor dem Trennungstage mit
seiner Gattinn, letzte, flossen ihr die Thränen
gleich Bächen, aus den blauen Augen, die
Rosenwangen herab. Graf Heinrich tröstete
sie, so gut er vermochte; da aber Trost ihm
schwer wurde, denn auch ihm drohte der
Schmerz das Herz zu brechen, hatte er sich
den Vater Nicolaus zum Gehülfen hohlen
lassen, dessen tröstlicher Zuspruch jedoch wenig Eindruck auf die klagende Bertha machte. — Lange hatten sie schon geweint, geklagt und getröstet, als Graf Heinrich endlich mit einem Troste hervor trat, den er
immer noch verborgen hatte, weil er mit dem

Gedanken an den Tod verbunden war, und er diesem qualvollen Gedanken, der seine Gattinn ohnehin schon folterte, nicht gern durch etwas mehrere Stärke geben wollte. Endlich faßte er doch Muth, und begann: „Es gibt böse Menschen, liebe Bertha, die ihr Vergnügen darin finden, Andere zu quälen. Es können daher auch einige auf deine Unkosten sich dieses verabscheuungswürdige Vergnügen machen wollen, indem sie dich durch erdichtete Nachricht von meinem Tode peinigendem Schmerze Preis gäben. Wenn also irgend jemand von meinem Hinscheiden dich überreden wollte, so glaube ihm nicht, wenn er dir nicht zum Beweise der Wahrheit meinen Siegelring mitbringt. Zwar kennst du ihn schon, liebes Weib; aber sieh ihn noch ein Mahl ganz genau an, damit du nicht getäuscht werden kannst.” — Er zog ihn vom Finger, zeigte ihn seiner Gattinn, und sprach dann zum Vater Nicolaus: „Hier, ehrwürdiger Vater, betrachtet den Zeugen meines Todes auch. Ich hoffe, daß ich sein nicht bedürftig seyn werde ; glaube aber doch, mich auf alle Fälle gefaßt machen zu müssen.” — „O endet, mein theurer Gemahl! bath Bertha, mit einer Stimme, die durch Schluchzen beynahe unhörbar gemacht wurde; „der bloße Gedanke an euren Tod zerreißt schon mein blutendes Herz.”

Schon verkündigte der Hahn den anbre=
chenden Morgen; da ermahnte der Vater Ni=
colaus den Grafen und seine Gemahlinn,
sich zur Ruhe zu begeben, um sich zur Reise
zu stärken; aber keins von ihnen folgte sei=
nem Ermahnen. — „Was soll ich auf dem
Lager,” sprach Bertha, „da Ruhe mich
flieht?” und ihr Gemahl setzte hinzu: Nein,
kein Augenblick soll mir unbenutzt dahin
schwinden, so lange ich noch an meiner Ber=
tha Seite leben kann.” — — So letzten sie
sich, bis der helle Tag anbrach; da erinner=
ten den Grafen Heinrich die wieheruden Rosse
im Burghofe, daß es Zeit zum Aufbruche
wäre, und ein Knappe trat herein, und ver=
kündigte, die Rittersleute und Reisigen,
welche den Grafen begleiten wollten, harre=
ten seiner; auch stehe die Sänfte schon be=
reit, welche die Gräfinn nach Dänemark
bringen sollte. — — „Wir kommen gleich,”
sprach der Graf, und der Knappe ging; aber
lange mußten noch die Rittersleute warten,
und lange schlugen die muthigen Rosse auf
das Pflaster des Burghofs, ehe Heinrich und
Bertha erschienen; denn wenn sie einen Schritt
gegangen waren, blieben sie stehen und um=
armten sich, gingen dann wieder einen Schritt,
und umarmten sich wieder. Endlich waren sie
bis in den Burghof gekommen; da riß Graf
Heinrich sich aus den Armen seiner Bertha,

und Schmerz erlaubte ihm kaum, ihr das letzte Lebewohl zu sagen.

Heinrich schwang sich auf sein Roß; Bertha stieg in die Sänfte, beyde bothen alle ihre Kräfte auf, um ihren zurückbleibenden Dienstleuten ein Lebewohl zuzurufen, die ihnen dafür, viele auch mit einer durch Thränen gedämpften Stimme, Glück und Heil wünschten, und nun ging der Zug zur Pforte der Burg hinaus, wo er sich trennte. — „Lebt wohl, meine theure Gemahlinn, bis ich nach kurzer Zeit euch wieder in die Arme schließe!" rief Graf Heinrich, und wendete sich nun rechts, da der Zug seiner Gemahlinn sich links wenden mußte. — „Lebt wohl!" rief Bertha, und bog sich zur Sänfte hinaus, um ihren Gemahl noch so lange, als möglich, zu sehen. — Endlich entzog die Krümmung des Weges Heinrichen den nachfliehenden Blicken seiner Gattinn; und nun verhüllte sie ihr Gesicht in ihren Schleyer, und aller Zuspruch des Vaters Nicolaus, den der Graf gebethen hatte, seine Gemahlinn zu begleiten, konnte den Fluß ihrer Thränen nicht hemmen.

XVI.
Fortsetzung.

Als die Gräfinn Bertha von Schwerin in Kopenhagen anlangte, hatte König Walde-

mar wegen des Todes seiner Gemahlinn
Beengierd noch Trauerkleider an. Ob er auch
im Herzen trauerte, davon sagt die Geschichte nichts; doch scheint es, als wenn man
das Gegentheil vermuthen könnte; denn Königinn Beengierd war ein so böses Weib,
daß sie dadurch ihren Nahmen verewiget hat:
denn in Dänemark, sollt ihr wissen, heißt ein
böses Weib Beengierd bis auf den heutigen Tag. Doch mag Waldemar seine könig-
liche Sponse betrauert haben oder nicht, so
gehet wenigstens aus der Geschichte hervor,
daß sein Schmerz im ersten Falle nicht groß
gewesen seyn kann; denn kaum hatte er die
Gräfinn Bertha erblickt, als Liebe zu ihr in
seinem Herzen entbrannte.

Dem Gerüchte zu Folge, das von Bertha's Schönheit zu Waldemars Ohren gedrungen war, waren seine Erwartungen von der
gepriesenen Huldgöttinn groß; aber dennoch
wurden sie übertroffen, als Waldemar die
schöne Bertha selbst sah: denn obgleich Harm
über die Trennung von ihrem Gemahle ihre
Wangen gebleicht hatte, wie Rosen verwel-
ken, wenn tödtend heißer Südwind sie an-
haucht, und wenn schon die Fluth ihrer Thränen das Feuer verlöscht hatte, das sonst in
ihren Augen glühete, und in jedem Herzen,
das ein Strahl desselben traf, Feuer der
Liebe anzündete; so flüsterte doch, bald nach-

dem er sie gesehen hatte, der König Walde=
mar dem Ritter Gert Stissen, der bey sei=
ner Majestät das Amt verwaltete, welchem
an Zevs himmlischem Hofe Mercurius vor=
stand, in das Ohr: „Die Gräfinn Bertha ist
ein Weib, so schön als ich nie eins sah!"

König Waldemar war ein großer Mann,
einer der größten Könige Dänemarks, und
wenigstens eine Zeit lang der mächtigste und
größte unter allen lebenden Fürsten der Chri=
stenheit, groß als Krieger und Held, und
nicht minder groß als Gesetzgeber; aber auch
große Männer haben ihre Fehler; und der
Fehler des großen Waldemars bestand in zu
vieler Empfänglichkeit für die Liebe, und in
der Schwäche, diese Leidenschaft nicht besie=
gen zu können, wenn gleich ihre Besiegung
Pflicht war. War sie in seinem Herzen auf=
geflammt, so konnte der Gedanke, daß der
Gegenstand derselben das Eigenthum eines
Andern war, dieß Feuer so wenig löschen,
als einige Tropfen Wasser in die Gluth ge=
gossen, welche ein Haus verzehrt. Waldemar
hielt keine Mittel für unerlaubt, seine Lei=
denschaft zu befriedigen, und Ritter Gert
war in Erfindung solcher Mittel so unerschöpf=
lich, als ehedem der heidnische Gott Mercu=
rius; denn ob er gleich keinen Argus mit
seiner Zauberflöte einschläfern konnte, so war
er doch in richtiger Anlegung der Plane zu

erotischen Eroberungen und Schlachten nicht
weniger geschickt, als dieser Götterbothe.

Kaum war er am Abende des Tages, der
die Gräfinn Bertha nach Kopenhagen brach=
te, in sein Gemach getreten, als er darüber
nachdachte, auf welche Art die schöne Ber=
tha treffenden Wünsche seines Herrn zu be=
friedigen seyn möchten; denn daß solche Wün=
sche in Waldemars Herzen lebten, wußte er
aus Erfahrung, da es dem Könige Walde=
mar unmöglich war, zu sagen: das ist ein
schönes Weib; ohne zugleich den Wunsch,
daß sie mein wäre! in seinem Innern ent=
stehen zu fühlen.

Ritter Gert freuete sich schon des Ge=
winns, den ein gut ausgedachter Plan sei=
nem Seckel zollen würde; denn so wenig auch
König Waldemar zu frommen Spenden an
Klöster und Kirchen geneigt war, so ver=
schwenderisch belohnte er seine Minnendie=
ner — da ein schöner Plan ihm beyfiel, den
der Verfolg dieser Geschichte unsern Lesern
enthüllen wird.

König Waldemar war gewohnt, sich alle
Morgen eine Zeit lang mit dem Ritter Gert
zu unterhalten, und, ohne daß wir es un=
sern Lesern sagen, werden sie leicht ermessen
können, was diese Gespräche zum Gegen=
stande hatten. Am Morgen nach Bertha's An=
kunft ging Gert auch, wie gewöhnlich, zum

Könige, und noch nicht lange war er bey
ihm, als Waldemar den Ausruf wiederhohlte,
welchen Gert schon gestern von ihm vernom=
men hatte, und zum zweyten Mahle mit ei=
nem Wahrlich, versicherte, die Gräfin Ber=
tha wäre das reißendste Weib, das er je ge=
sehen hätte.

Minneräthe haben nicht nöthig, ihre Wor=
te gegen ihre Herren so genau abzuwägen,
und in ihren Handlungen Hofsitte so genau
zu beobachten, als Staatsräthe. Auch Rit=
ter Gert hatte sich in den Besitz dieses Vor=
rechts gesetzt, und sprach daher in diesen
Morgenunterhaltungen mit des Königs Wal=
demars Majestät, als mit einem Menschen=
kinde mit ihm von gleicher Abkunft. Kaum
hatte Waldemar seine mit wahrlich begon=
nene Rede geendigt, als Ritter Gert ein
schallendes Lachen von sich hören ließ, und,
durch dieses oft unterbrochen, dem Könige
versicherte:

„Fürwahr, gnädigster Herr, es hätte nicht
dieses kräftigen Schwures bedurft, um dem,
was ihr sagtet, Glaubwürdigkeit zu geben.
Ja die Gräfinn von Schwerin ist ein Weib,
würdig die Geliebte eines Königs zu seyn.”

Waldemar. Das kann niemand lebhaf=
ter fühlen, als ich. Glaubst du wohl, lieber
Gert, daß gleich ihr erster Blick Liebe in
mir entflammte?

Adolf. IV.   P

Gert. Ohne Schwur, gnädigster Herr! denn welches Mannes Herz könnte so eisern seyn, daß nicht ein Blick der schönen Bertha es in helle Flammen setzen sollte, wenn nicht eine andere Leidenschaft es schon verzehrt, oder Pflicht, Treue, oder irgend sonst etwas das entflammte Feuer sogleich wieder verlöscht.

Waldemar. Du hast Recht, Ritter! aber aufrichtig muß ich dir sagen, daß ich wünschte, es möchte niemand an meinem Hofe die Gräfinn Bertha schön finden.

Gert. Ein Wunsch, der schwerlich erfüllt werden möchte. Doch laßt die ganze Welt sie schön finden, was schadet es euch, wenn dieß der Erfüllung eines andern Wunsches, der sonder Zweifel in euch lebt, so wenig Eintrag thut, als ihr von euren treuen Dienern zu fürchten habt?

Waldemar. Du scheinst tief in mein Herz geblickt zu haben, hell sehender Mann!

Gert. Habt ihr mir nicht öfters selbst gesagt, gnädigster Herr, daß ich euer Herz bisweilen besser kennte, denn ihr selbst? Doch seyd ohne Sorgen, gnädigster Herr! ihr hattet nichts zu fürchten, und wenn alle Männer eure Nebenbuhler werden wollten. Weiber, die mehr als bloßer Sinnlichkeit fähig sind, schätzen Größe mehr als Liebenswürdigkeit; und steht nicht auch in Absicht dieser mancher jüngere Mann euch, gnädigster Herr, nach?

Waldemar. Ich bitte dich, lieber Gert, enthalte dich solcher groben Schmeicheleyen, die mir, wie ich dir schon oft sagte, so wie die feinern lästig sind.

Gert. Wie schön muß die Gräfinn dann erst seyn, wenn ihre Wangen blühen, und nichts das Feuer ihrer Augen, dessen ehemahlige Spuren unverkennbar, und nur durch ihren Gram verlöscht sind, dämpft!

Waldemar. Sollte es uns nicht gelingen, ihr diese Erhöhung ihrer Reitze wieder zu geben?

Gert. Das soll uns nicht schwer werden, gnädigster Herr, so wie ich hoffe, daß es uns, indem wir zu Erreichung dieses Zweckes arbeiten, zugleich gelingen wird, in ihr ähnliche Empfindungen zu entzünden, als die, welcher euer Herz, gnädigster Herr, voll ist.

Waldemar. Ich will Lustbarkeiten anstellen, damit der Genuß der Freude die Thränen der schönen Bertha vertrocknet, und den sie verzehrenden Kummer aus ihrem Herzen bannt.

Gert. Verzeiht, gnädigster Herr, daß ich mit euch nicht gleicher Meinung seyn kann. Wäre es auch möglich, die Gräfinn hierdurch zum Frohseyn zu stimmen, so würdet ihr euch doch nicht ihr Herz damit erwerben. Ich müßte mich sehr irren, oder die Gräfinn von Schwerin scheint mir eine von den wenigen Weibern zu seyn, die ihre Gatten wirklich lieben, ihnen vielleicht auch treu sind. Zwar darf man Weiberthränen nicht jederzeit für Ausdrücke ungekünstelter Empfindungen halten: aber wenn sie so häufig rinnen, daß die Augen davon schwellen, Kummer die Wangen bleicht, und Traurigkeit aus jeder Geberde spricht, dann, gnädigster Herr, wäre es ungerecht, sie Verstellung schelten zu wollen, und wahrer Kummer weicht nicht der Aufforderung zu lauter Freude. Auch kann der Leidende den nicht lieben, der ihn zu frohen Empfindungen stimmen will, welcher er nicht fähig ist, weil er dieß für Verachtung seines gerechten Schmerzes hält; aber sein Herz öffnet sich dagegen dem, welcher an seinen Leiden Theil nimmt, mit ihm klagt, und seine Thränen wenigstens mit Seufzern begleitet. Auf keine andere Art, gnädigster Herr, könnt ihr euch die freiwillige Ergebung der Gräfinn versprechen, als wenn ihr euch der Mühe unterzieht, die Rolle ihres mitempfindenden Freundes zu spielen.

Waldemar. O das wird mir nicht schwer werden; denn ein Weib, wie die Gräfinn, besitzt die Allmacht, in gleiche Stimmung zu zaubern, als die ihrige ist.

Gert. Mühevoll ist freylich dieser Weg zu dem Herzen der schönen Bertha; aber noch ein Mahl, gnädigster Herr, es ist der einzige, wenn Liebe, nicht Befriedigung bloßer Wollust euer Zweck ist.

Waldemar. Welcher Gedanke! Erlag ich je dieser thierischen Empfindung?

Gert. Erfüllt mit Achtung für den König Waldemar, kam die Gräfinn von Schwerin nach Kopenhagen; zu dieser Achtung wird sich bald Achtung für den Mann Waldemar gesellen, wenn ihr, gnädigster Herr, den Weg betretet, welchen Ergebenheit eurem unterthänigsten Diener euch vorzuzeichnen geboth. Achtung gebiert Freundschaft; und diese wandelt sich bald in Liebe um. Diese Verwandlung geschieht gewiß; nur ist dazu bisweilen ganz kurze Zeit, bisweilen etwas längere nöthig. Auch mit der schönen Bertha wird diese Verwandlung gewiß vorgehen; nur kenne ich sie noch zu wenig, um bestimmen zu können, ob geschwinde oder langsam. Ihr müßt euch auf das Letztere gefaßt machen, gnädigster Herr, und euer Herz wird euch nun am besten sagen, ob die Liebe der Gräfinn von Schwerin ein Preis ist, der wochenlange Mühe belohnt.

Waldemar. O für jahrelange Mühe wäre sie noch zu hohe Belohnung!

Gert. Scheint es euch so, so handelt meinem Plane gemäß; und Erfüllung eurer Wünsche wird euer Unternehmen bekrönen.

Waldemar. Das will ich, lieber Gert! und haſt du in Bertha's Herz ſo tiefe Blicke gethan, als ſchon in manches Weibes Herz; ſo wird eine Belohnung, größer als du je von mir erhieltſt, dir, dem Herzenskündiger, werden. Damit ich immer mit dir Raths pflegen kann, ſollſt du mein gewöhnlicher Gefährte ſeyn, wenn ich die ſchöne Bertha beſuche, und mir dann, wenn wir wieder von ihr ſcheiden, deine Bemerkungen mittheilen, ob ich meine Rolle gut ſpiele, und meinem Zwecke näher rücke.

Wir würden uns bey einer Begebenheit, die unſern Adolf nicht ſelbſt betrifft, ob ſie gleich mit ſeiner Geſchichte in naher Verbindung ſtehet, zu lange verweilen, wenn wir jedem Schritte, welchen Waldemar zu Erreichung ſeines Ziels machte, nachfolgen wollten; daher alſo nur ſo viel, als wie glauben, davon mittheilen zu müſſen.

Waldemar handelte dem vom Ritter Gert ihm vorgezeichneten Plane in allem gemäß, und ſah bald, wie richtig er angelegt war. Bertha wußte wahre Größe zu ſchätzen; Waldemar war, ſeine Schwäche in Abſicht der Liebe abgerechnet, ein wirklich großer Mann, und Bertha hätte ganz frey von aller Eigenliebe ſeyn müſſen, wenn nicht die ausgezeichnete Achtung, mit welcher dieſer große Mann ihr begegnete, ſie für ihn eingenommen ha-

ben sollte. Aber mehr noch empfahl er sich
bey ihr durch die Achtung, die er für ihren
Kummer äußerte, und durch seine Theilnah-
me an ihrer gerechten Trauer. Mitleidsvoll
ruhte oft sein Blick auf ihr, wenn eine Weh-
muthszähre in ihrem Auge glänzte; und bald
verbarg Bertha diese Zähren, weil Waldemar sie versicherte, daß es ihm Schmerz mache, sie, die vor so vielen ganz glücklich zu
seyn verdiente, leiden zu sehen. Ihre Empfindungen für Waldemar erreichten in kurzer Zeit einen höhern Grad. Sie verehrte
den, den sie vorher nur als einen großen
Mann und König geschätzt hatte, jetzt als
ihren theilnehmenden Freund. Freunden macht
man nicht gern Kummer, und Bertha bemühete sich daher, so vielen Zwang es ihr
auch kostete, ihren Schmerz vor Waldemar
zu verbergen, um in diesem theilnehmenden
Manne nicht auch Schmerz zu erregen. Dieser Zwang wurde wohlthätig für sie; denn
er minderte ihren eigenen Schmerz, da er
ihm durch wenigere Beschäftigung damit die
Nahrung entzog. Jetzt, da er milder wurde,
machte auch Trost mehr Eindruck auf Bertha,
als vorher. Waldemar und der fromme Vater Nicolaus verbanden sich, die Leidende
zu trösten, und es gelang ihnen so wohl, daß
nach einigen Wochen sich wieder Rosen unter die Lilien ihrer Wangen mischten, und

das Schmachten ihrer thränenden Augen dem
entzückenden Feuer wich, das einst darin
glühte, ehe Graf Heinrich ins heilige Land zog.

Mit der Freundschaft, welche Bertha für den
König Waldemar fühlte, verbanden sich bald
Empfindungen des Danks, dessen sie sich für
seinen eindringenden Trost schuldig erkannte.
Oft äußerte sie ihn durch sprechende Blicke,
die dem liebenden Waldemar süße Belohnun-
gen waren; noch öfter aber strömte sie ihn
laut aus, wenn sie sich mit Annen, ihrer ersten
Kammerfrau, allein befand.

„Ich kann es meinem Gemahle," sprach
sie zuweilen zu ihr, „nicht lebhaft genug verdanken, daß er mir einen Aufenthalt an Waldemars Hofe ausmachte; denn in der einsa-
men Burg zu Schwerin, wo alles mich an
meinen Heinrich erinnert hätte, würde mein
Gram mich verzehrt haben. Hier vermehren
ihn wenigstens keine Dinge außer mir; und
die Bemühungen meines königlichen Freundes, ihn zu vermindern, erreichen ihre Absicht
so vollkommen, daß ich mir beynahe darüber
Vorwürfe mache. Sonst glaubte ich, der Gedanke an die Gefahren, die meinem geliebten
Gemahle unter einem fremden Himmelsstriche
und im Kampfe mit den unmenschlichen Saracenen drohten, würde mich tödten; und jetzt,
Gott verzeihe es mir! macht die weite, gefahrvolle Trennung von ihm mich beynahe

nicht trauriger, als wenn er ausgezogen wäre, nicht fern von mir einem Turniere beyzu-
wohnen."

„Deß seyd fröhlich, gnädige Frau," antwortete Anna; warum wolltet ihr auch nutzlosen Gram an eurer Schöne nagen lassen!
Euer Herr und Gemahl kann ja aus dem heiligen Lande so glücklich und unangefochten wiederkehren, als wenn er ausgezogen wäre, eine
friedliche Lanze zu brechen; denn bedenkt, daß
mancher edle Herr bey einem Turniere sich den
Tod hohlte, indeß andere aus dem heiligen
Lande gesund und fröhlich wieder kamen."

Frau Anna, die Vertraute der Gräfinn von
Schwerin, war einst ihre Amme gewesen. Ihre
Treue und die gegenseitige Liebe, welche zwischen ihr und ihrer Milchtochter obwaltete,
hatte ihr späterhin die Stelle ihrer ersten Kammerfrau verschafft. Ammen sehen gewöhnlich
den Fehlern ihrer Milchkinder nach, geben den
kleinen, wenn sie weinen, Zuckerbrot, und
suchen die Wünsche der ältern zu erfüllen,
wenn sie gleich oft sträflich sind; aber Mutter
Anna nicht also. Sie hatte der kleinen Bertha
kein Zuckerbrot zur unrechten Zeit gegeben;
und als sie ihr jungfräuliches Alter erreicht
hatte, würde sie noch weniger sträfliche Wünsche befriediget haben, wenn auch in Bertha's
reinem und schuldlosem Herzen welche hätten
entstehen können: aber bis jetzt wußte Frau

Anna sich keines zu entsinnen, obgleich Bertha
bereits das vier und zwanzigste Jahr zurück ge=
legt hatte.

Keimte ja bisweilen einer auf, so wußte
die sorgfältige Anna ihn immer schon im Auf=
keimen zu ersticken: und hierdurch verlor sie
nichts von Berthas Liebe; im Gegentheile ver=
mehrte sie sich, da Bertha sich von je her den
festen Vorsatz gemacht hatte, immer gut zu
handeln, und nie von einer Schwäche sich
übereilen zu lassen. Bertha freuete sich daher,
daß Mutter Anna sie in ihrem Vorsatze stärkte,
und ließ sie immer in die geheimste Falte ihres
Herzens blicken, um mit ihr gemeinschaftlich
darüber zu wachen, damit sie nicht, wie es
so vielen Menschenkindern mit dem besten
Willen und den besten Grundsätzen begegnet,
von diesem triegerischen Dinge hintergangen
würde.

Nun, theure Leser, da wir euch mit der
Mutter Anna selbst und mit dem Verhältnisse,
in welchem sie mit der Gräfinn von Schwerin
stand, bekannt gemacht haben, wird es euch
nicht wundern, daß sie sich zwar Anfangs des
Eindrucks freuete, den Waldemars tröstlicher
Zuspruch auf ihre Milchtochter machte, aber
bald nachher bedenklich wurde, als Ber=
tha's dankbare Empfindungen für Waldemars
freundschaftliche Bemühungen allzu warm und
lebhaft zu werden begannen. Sie fürchtete, daß

in Bertha's Herzen ſträfliche Wünſche entſtehen
möchten; und da ihr vergönnt war, mit ihr zu
ſprechen, wie liebevolle Mütter mit ihren Töch=
tern pflegen, ſo glaubte ſie ihre Furcht der
Gräfinn ohne Anſtand mittheilen zu müſſen,
gewiß überzeugt, daß ſie ſich dadurch Dank
bey ihr verdienen würde. Daß in dem Herzen
der ſittigen Bertha tadelnswerthe Regungen
aufkeimen können, bezweifelte Frau Anna
nicht; aber eben ſo wenig bezweifelte ſie, daß
Bertha ſie alles Ernſtes zu erſticken trachten
würde, bevor aus Funken Feuer entſtände.

Jetzt, da Bertha ſo oft und warm von
Waldemar ſprach, fürchtete Frau Anna, daß
ihr Herz vielleicht ihr einen ſchlimmen Streich
geſpielet haben möchte, ohne daß ſie ſelbſt et=
was davon ahndete, und nahm ſich daher vor,
auf den Grund des Herzens der Gräfinn ſich
und ihr ſelbſt den Blick zu öffnen. Als dem=
nach Bertha Waldemars Freundſchaft wieder
ein Mahl mit allzu großer Wärme rühmte,
handelte Frau Anna ihrem Vorſatze gemäß.

„Ihr ſeyd dem Könige Waldemar," begann
ſie, „für ſeinen freundſchaftlichen und tröſt=
lichen Zuſpruch Dank, und für ſeine Freund=
ſchaft Gegenfreundſchaft ſchuldig; aber haltet
es mir zu Gute, Frau Gräfinn! faſt will es
mir ſcheinen, als ob aus euch etwas mehr
als Freundſchaft für den König ſpräche."

Bertha. Wäre es möglich, daß meine

gute Mutter Anna mich einer Untreue fähig glauben könnte?

Anna. Das sey fern von mir! aber aufwallenden Leidenschaften seyd ihr so gut unterworfen, als alle eure Schwestern. Wenn diese in uns aufflammen, fragt unser Herz nicht, ob sie erlaubt sind, oder nicht; und kein Mensch, denn sind nicht alle Menschen Sünder? ist es deßhalb straffällig, wenn in seinem Herzen eine unerlaubte Begierde entsteht. Erst dann wird er es, wenn er diese Begierde nicht unterdrückt, vielleicht gar sie nährt.

Bertha. O nein, liebe Anna! noch bin ich mir keiner pflichtwidrigen Empfindung bewußt.

Anna. Es ist auch mein Wille nicht, euch einer zu zeihen; aber, Frau Gräfinn, wer vermag für sein Herz zu bürgen? Und sollte euch unbewußt seyn, wie listig es oft den Verstand zu hintergehen weiß? Regt sich etwas in ihm, das der Verstand, wenn er es in seiner wahren Gestalt erblickte, **pflichtwidrig** finden würde; o so wird es ihm leicht, es zu verhüllen, und dem richtenden Verstande sogar auf einer Seite darzustellen, daß es ihm **pflichtmäßig** scheint.

Bertha. Ihr macht mich furchtsam, liebe Anna! Sollte in meinem Herzen, in das ihr so oft schon tiefer blicket, als ich selbst, sich vielleicht schon etwas Pflichtwidriges regen? Sollte dieß Herz mich wirklich hintergehen?

Anna. Das laßt uns erforschen, Frau Gräfinn. Daß ihr dem König Waldemar für sein freundschaftliches Betragen gegen euch dankt, ist billig und löblich; aber prüft euch, ob dieser Dank nicht lebhafter, eure Freund= schaft gegen Waldemar nicht wärmer ist, als alle ähnlichen Empfindungen, die ihr bisher für Männer hattet.

Berta. Ja, es sey euch unverhohlen, daß diese wärmer, jene lebhafter ist, als ich beydes jemahls empfand; aber ist dieses nicht ganz natürlich, ohne daß sträfliche Re= gungen in mir leben sollten? Nie sah ich, außer meinem Gemahle, einen Mann, der meines Beyfalls so vollkommen würdig war, als Waldemar, und nie verpflichtete mich einer zu feurigen Danke, als er!

Anna. Am sichersten werdet ihr euer Herz prüfen können, wenn ihr eure Empfin= dungen mit denen vergleicht, die ihr einst für den Grafen Heinrich von Werle hattet. Daß Waldemar ein König ist, darin besteht ohne Zweifel der einzige Vorzug, den er vor dem wackern Grafen von Werle hat; und dieser zufällige Vorzug hat für euch ge= wiß keinen Werth. Die Aufforderung zur Freundschaft gegen Waldemar kann dem= nach nicht größer seyn, als es jene zur Freundschaft für den Grafen von Werle war. Der König Waldemar verpflichtete euch zu hohem Danke, aber der Graf von Werle zu noch höherm; jener bemühte sich, euch zu trösten und zu zerstreuen, dieser rettete vielleicht euer Leben, oder verhüthete doch wenigstens großes Unglück, als er euer scheu gewordenes Roß aufhielt. Fühlt ihr demnach mehr für den König von Dänemark, als ihr für den Grafen von Werle fühltet; so ist es hohe Zeit, über euer Herz zu wachen, damit nicht eine Leidenschaft darin aufkeimt, die mit der Liebe und Treue für euren Gemahl nicht bestehen kann.

Bertha. O wie danke ich euch, gute Mutter Anna, daß ihr die Binde von meinen Augen reißt, die mir den Abgrund verbarg, über den mein Fuß schon schwebte. Ja, Mutter, meine Gefühle für den König Waldemar übersteigen das, was ich für den Grafen von Werle empfand, und ich fürchte, daß sie keines großen Wachsthums mehr bedürften, um an der Treue, die ich meinem Gemahle schuldig bin, und die ich noch nie verletzte, so wie ich sie gewiß nie gröblich beleidigen werde, mich zur Verbrecherinn zu machen. Krönt nun eure Werke, liebe Anna, und leitet mich von dem Abgrunde zurück, dem ich mich nahete, ohne ihn zu bemerken.

Mutter Anna versprach dieß, und bemühte sich zugleich, die Gräfinn zu trösten, weil

sie sich bittere Vorwürfe machte, daß sie sich
von Leidenschaft hatte übereilen lassen.

„Ihr braucht euch deßhalb nicht zu küm=
mern” sprach sie zu ihr; zusammen treffende
Umstände machten, daß eine Leidenschaft in
euch entbrannt ist, die sträflich werden könn=
te. Wäre euer Gemahl nicht abwesend ge=
wesen, so würden eure Empfindungen eben
so wohl in den Schranken geblieben seyn,
als da ihr vor Freundschaft und Dankbar=
keit für den Grafen von Werle glühetet.
Das menschliche Herz verlangt Beschäfti=
gung, und schreitet öfters zur Wahl dersel=
ben, ohne vorher den prüfenden Verstand
um Rath zu fragen. Auch füllt Liebe und
Treue für einen Abwesenden es selten so ganz
aus, daß nicht zu andern Empfindungen
Raum bleiben sollte. Diese aufkeimenden
Empfindungen sind Folgen des angebornen
Verderbens der sündigen Adamskinder, und
daher vor Gott und Menschen verzeihlich;
aber Pflicht gebeut, sie bey Zeiten zu un=
terdrücken, damit sie nicht zur Strafbarkeit
empor wachsen.

Gemeinschaftlich gingen sie nun zu Ra=
the, auf welche Art dieß bey der Gräfinn
von Schwerin am sichersten zu verhüthen
seyn würde. Bertha wollte aus Kopenhagen
fliehen; aber Annens Zureden, welche fürch=
tete, daß sie in Schwerin wieder eine Beu=

te des Kummers werden würde, welchen der
Aufenthalt an Waldemars Hofe kaum ver=
bannt hatte, hielt sie noch zurück.

Indeſſen in dem Theile des Schloſſis zu
Kopenhagen, worin Waldemars Gefällig=
keit der Gräfinn Zimmer angewieſen hatte,
Raths gepflogen wurde, wie ſie die Leiden=
ſchaft, die in ihrem Buſen aufzukeimen be=
gann, an fernerm Fortwachſen hindern könn=
te, rathſchlagte der König Waldemar mit
ſeinem Minnerathe, wie er zu endlicher
Erreichung ſeines Zwecks gelangen könnte.
Der Ritter Gert Stiſſen verſicherte den Kö=
nig, daß er nun, ohne Gefahr eine Fehl=
bitte zu thun, die ſchöne Bertha um ihre
Liebe bitten könnte; und Waldemar, der
ein ſo großer Herzenseroberer als Länder=
eroberer war, bezweifelte die Wahrheit der
Verſicherung ſeines Mercurs nicht im ge=
ringſten.

Er erklärte demnach den Tag nachher, als
die Gräfinn von Schwerin ein Rügegericht
mit ihrem Herzen gehalten hatte, ſeine Lie=
be, und bath um Gegenliebe. Die Worte,
mit welchen er dieß that, hat die Geſchich=
te uns ſo wenig aufbehalten, als ſie berich=
tet hat, wie die Gräfinn von Schwerin
Waldemars Antrag und Bitte aufnahm.
Sie meldet bloß, daß die keuſche Bertha ſich
darüber höchlich entrüſtet habe, und bald

nachher, als ſich der König auf der Jagd befand, heimlich entwichen, und nach Schwerin heim gekehrt ſey.

XVII.

Ein Kapitel, welches traurige und fröhliche Boihſchaften enthält.

Zwey Mahl hatte ſich ſchon der Mond verjüngt, ſeit die Gräfinn Bertha ſich wieder auf der Burg ihres Gemahls befand; da blies der Burgwächter Ritter an. Bertha, die eben auf dem Altane friſche Luft ſchöpfte, ſah hinab vor die Burgpforte, und vernahm, daß einer der Ankommenden auf die Frage des Burgwächters, wer er wäre, zur Antwort gab: Ritter Gert Stiſſen.

„O Gott!“ ſeufzte Bertha, „will Waldemar mich mit ſeinen Verfolgungen auch in Schwerin nicht in Ruhe laſſen?“

Gern hätte ſie ihrem Burgvogte verbothen, den Ritter einzulaſſen, wenn ſie nicht Waldemars Rache gefürchtet hätte. Sie zitterte, als ſie im Hofe das Stampfen der Pferde hörte, und ihr Schrecken erreichte den höchſten Grad, da die Angekommenen vor ihr erſchienen, ihr Viſier öffneten, und Bertha den König Waldemar erblickte.

„Verzeihet, Frau Gräfinn,“ ſprach er zu ihr, „daß ich euch überfalle; aber unmöglich war es mir, länger zu raſten, weil eure

Adolf IV.   Q

schnelle Flucht in mir den peinigenden Gedanken rege machte, daß ich euren Zorn auf
mich geladen hätte. Ich mußte daher zu euch,
um Vergebung zu erflehen."

Bertha, so arglos sie auch war, schien
nicht geneigt, dem Vorgeben des Königs zu
glauben; im Gegentheile hielt sie seine Leidenschaft, nicht Bewußtseyn des ihr zugefügten
Unrechts, für die Ursache seines Besuchs.
Frau Anna bestrickte sie in dieser Meinung,
die Bertha aber doch wieder ablegte, da
König Waldemar, nach Verlauf einiger Tage, sich ihr noch nie als Liebhaber, immer
nur als reuiger Sünder, gezeigt hatte. Bald
fing sie an, sich über den ungerechten Verdacht, der sie wider den König eingenommen hatte, selbst Vorwürfe zu machen, so
oft auch Frau Anna sie versicherte, daß die
Gestalt, in welcher Waldemar vor ihr er=
schien, Verstellung wäre, und daß sein Herz
gewiß noch von unziemlicher Liebe gegen sie
entbrannt sey.

„Er sucht sich von neuem in euer Herz zu
schleichen," sprach die welterfahrne Frau,
„und ihr habt daher hoch nöthig, ihm den
Eingang desselben zu verschließen.

So fest Bertha sonst allem glaubte, was
Mutter Anna ihr sagte, so wenig pflichtete
sie jetzt ihrer Meinung bey. Da sie der Ver=
stellung selbst unfähig war, und sie, glückli-

cher Weise, auch nicht aus Erfahrung hatte
kennen lernen, war es ihr durchaus unmög=
lich zu glauben, daß irgend ein Mensch so
viele Reue äußern könnte, als König Wal=
demar ihr zeigte, wenn in seinem Herzen der
Vorsatz, von neuem zu sündigen, lebte.

Waldemar drückte so lebhaften Kummer
über den an Bertha verübten Frevel aus,
daß er ihr Mitleid aufregte. Dieß verband
sich mit ihrem Dankgefühle und mit der Ach=
tung gegen Waldemar, die zwar vermin=
dert worden, aber jetzt wieder größer war,
als jemahls; und Bertha's Herzen und Treue
für ihren Gemahl drohten die größten Ge=
fahren. Waldemar, ob er gleich an ihr zum
Verbrecher geworden war, wurde ihr bald
theurer, als vorher; und dem Könige blieb
diese glückliche Veränderung so wenig ver=
borgen, als dem Ritter Stiffen.

Aufgemuntert durch diesen wagte Walde=
mar einen zweyten Anfall auf Bertha's Tu=
gend. Dem Rathe seines Mercurs gemäß
sprach er nicht von Liebe, äußerte sie aber
durch Handlungen. Einst, als ein Gespräch
Bertha's Seele mit der seinigen in den voll=
kommensten Einklang gestimmt hatte, woll=
te Waldemar einen Sturm wagen. Er er=
griff Bertha's Schwanenhand, drückte sie
feurig an seine brennenden Lippen, und Ber=
tha, ohne selbst zu wissen, was sie that,

vergalt den Druck der Hand des Königs mit
einem sanften Gegendrucke.

Waldemar glaubte den Augenblick gefunden
zu haben, wo Sinnlichkeit und aufgeregte
Leidenschaft ihn über Bertha's Tugend den
Sieg verschaffen würden. Er schlang seinen
Arm um ihren Nacken, drückte seine reitzen=
de Beute an die Brust, und wagte es, sei=
nen Mund Bertha's Korallenlippen zu nä=
hern. Bertha entzog sie ihm nicht, und lan=
ge ruhete des Königs Mund auf dem ihri=
gen. Bewußtlos schien sie dem Erliegen nahe
zu seyn; aber mit einem Mahle erwachten
Tugend und Treue gegen ihren Heinrich in
ihrer ganzen Stärke. Mit Riesenkraft ent=
wand sie sich dem sie fest umschließenden Ar=
me des Königs; Scham und Gefühl des
Unrechts überzog ihre Wangen mit Purpur;
Thränen entstürzten ihren Augen, und fielen
auf den hoch schwellenden Busen herab. Sie
wollte sprechen, und vermochte es nicht; aber
zur Flucht hatte sie noch Kräfte genug, und
sie floh in ihr innerstes Gemach.

Erstaunt schien Waldemar eine Zeit lang
auf den Boden gewurzelt; dann eilte er der
Entflohenen nach; aber ganz konnte er sie
nicht ereilen, denn Bertha hatte die Thür
ihres Gemachs verschlossen, und umsonst
suchte Waldemar sie zu eröffnen. Vor der=
selben rief er jetzt aus:

O ich beschwöre euch, theuerste Gräfinn,
laßt mich hinein, damit nicht Mißverständniß
euch von neuem zum Zorne wider mich ent=
flamme! Der Zauber eures Liebreizes riß
mich hin; verzeiht, daß ich seiner Allmacht
nicht widerstehen konnte."

„Und ich beschwöre euch, gnädigster Herr!"
antwortete im Innern des Gemachs Bertha
— „laßt ab von mir! Vergeßt die Achtung
nicht, die ihr der Tugend und Ehre eines
Weibes schuldig seyd, das ihr Gemahl euch
zum Schutze anvertraute. Ich bitte euch, zieht
wieder heim nach Kopenhagen, und vernehmt
jetzt meinen Entschluß, euch nie wieder allein
zu sehen."

Waldemar würde seine Bitten wahrschein=
lich wiederhohlt haben, wenn er nicht Fuß=
tritte gehört hätte. Er ging also, weil er von
niemand vor Berthas Thür gesehen seyn
wollte. Bertha handelte ihrem Vorsatze strenge
gemäß; sie floh ihren königlichen Liebhaber,
und sah ihn nur in Gegenwart mehrerer Zeu=
gen. Dieß, und weil er sah, daß alle Ver=
suche, sich zu rechtfertigen, vergebens waren,
bewog den König Waldemar, Schwerin zu
verlassen. So leicht es ihm auch geworden war,
bey seiner Ankunft Bertha's Vergebung zu
erhalten; so unmöglich war ihm dieß zum
zweyten Mahle, weil Bertha ihn nun als
einen muthwilligen Sünder betrachtete. Oh=

ne Verzeihung, und unwillig, seine Wün=
sche so ganz vereitelt zu sehen, reiste daher
König Waldemar traurig wieder nach Ko=
penhagen ab.

Bertha war dagegen fröhlich, von ihrem
Verfolger befreyt zu seyn. Ohne daß ihr
etwas Bemerkenswerthes begegnete, lebte sie
eingezogen auf der Burg ihres Gemahls,
beschäftigte sich mit der Erziehung ihrer Kin=
der, mit der Spindel und Nadel, und harr=
te sehnsuchtsvoll der Heimkehr ihres Heinrichs.

Endlich, da schon mehr als ein Jahr ver=
flossen war, seit er von ihr schied, hoffte sie
ihr Sehnen bald erfüllt zu sehen, und brach=
te daher immer einen großen Theil des Ta=
ges auf dem Altane der Burg zu, um ihren
wiederkommenden Gemahl einige Augenbli=
cke eher zu sehen. Einst seufzte sie ihm auch
entgegen, da erblickte sie in der Ferne einen
Pilger, der auf die Burg zuging, und dem
Burgwächter auf sein Befragen sagte, daß
er aus dem heiligen Lande käme, und der
edlen Gräfinn von Schwerin Bothschaft von
ihrem Herrn und Gemahle zu bringen hätte.

Kaum hatte Bertha dieß vernommen, als
sie in den Burghof hinab flog, damit sie kei=
nen Augenblick verlieren möchte, die Both=
schaft zu hören. Sie lud den Pilger ein,
sich mit ihr auf eine Bank niederzusetzen,
die von einer Linde beschattet wurde, und

forderte ihn dann auf, ihr ohne Säumen die Nachricht mitzutheilen, die er ihr von ihrem Gemahl überbringen sollte.

„Besser," begann er Pilger, „sie bliebe euch auf ewig verborgen; denn wisset, euer Gemahl ist nicht mehr! Die Lanze eines Saracenen warf ihn zu Boden, und wenig Augenblicke nach seinem Falle verschied er."

Ohnmächtig sank Bertha in die Arme ihrer Frauen, so bald der Pilger geredet hatte; und als es jenen gelungen war, sie wieder ins Leben zurück zu rufen, war sie mit ihren Bemühungen unzufrieden. „O warum," lispelte sie, verhindert ihr die Wiedervereinigung mit meinem Gemahle, die durch den Tod mir geworden wäre! Warum bemühtet ihr euch, mich in ein Leben zurück zu rufen, das Kummer doch bald endigen wird?

„Laßt euch nicht vielleicht unnöthig schrecken, edle Frau!" tröstete sie Anna; „denn wißt ihr nicht, daß schon mancher Kreuzritter von seinen Lieben betrauert wurde, der sich indessen im heiligen Lande ganz wohl befand, und sich dann höchlich wunderte, bey seiner Heimkunft seine Lieben in Trauer zu finden? Aus diesem fernen Lande kommen oft falsche Nachrichten zu uns." —

„Wollte Gott, daß die meinige auch falsch wäre!" fing der Pilger wieder an; „aber leider ist sie nur allzu wahr. Zur Beglaubigung derselben sehet hier diesen Ring, den einst euer Herr und Gemahl trug." —

Bertha nahm den Ring, und war einer zweyten Ohnmacht nahe, vor der sie nur die Sorgfalt ihrer Frauen schützte. So bald sie aus der Sinnlosigkeit erwachte, in welche der herbste Schmerz sie gestürzt hatte, war ihre erste Frage an den Pilger, ob er ihr weiter nichts von ihrem Gemahle und seinem Ende zu sagen wüßte. —

„Ihr sollt hören, gnädige Frau," erwiederte dieser, „was ich davon aus dem Munde seines Knappen vernahm. In einer Schlacht, die Sultan Saladin, diese Geißel unserer Brüder im Morgenlande, kurz nach der Ankunft eures Herrn und Gemahls gewann, wurde dieser mit den mehresten seiner Gefährten ein Opfer seiner Tapferkeit. Er fiel doch mit Ruhme; denn beynahe das ganze Heer der Christen war schon geflohen, als der tapfere Graf von Schwerin mit den Seinigen sich noch heldenmüthig wehrte. Der Saracenen Menge siegte; und wer dem Tode nicht zur Beute wurde, fiel in ihre Gefangenschaft. Nur Emeko entrann. Vorher schon hatte ihm euer Herr und Gemahl den Ring gegeben, damit er ihn, wenn er in der Schlacht bleiben sollte, euch überbringen könnte. In dem Augenblicke, da er fiel, rief er ihm zu: Eile, damit nicht auch dich das Schwert der

Feinde treffe! Bringe meiner Gemahlinn
die traurige Bothschaft, und sage ihr, sie soll
sich nicht zu sehr betrüben, und ihre Hand
bald wieder einem würdigen Manne geben,
der sie und meine Kinder schützen kann."

„Emeko machte sich eilends auf; als er aber
Constantinopel erreicht hatte, erkrankte er,
und starb nach wenig Tagen. Ein Zufall hatte ihn mit mir bekannt gemacht, und kurz
vor seinem Hinscheiden gab er mir den Ring,
welchen ich, euch zu überbringen, ihm heilig
geloben mußte. Dieß habe ich gethan, und
schließe mit der Erinnerung, daß ihr die Bitte eures Herrn und Gemahls erfüllt, und
euch nicht allzu sehr über seinen Tod betrübt."

So oft auch Vater Nicolaus diese Ermahnung des Pilgers wiederhohlte, und die Gräsinn aufforderte, die Bitte ihres sterbenden
Gemahls nicht unerfüllt zu lassen; so wenig
gelang es ihr, ihren Schmerz zu mäßigen.
Drey Monden waren schon vergangen, und
die Quelle ihrer Thränen versiegte noch nicht;
doch jetzt begannen die Tröstungen des Vaters Nicolaus und aller, die um die Gräsinn waren, Eindruck auf sie zu machen. Die
Zeit, dieser allen Schmerz heilende Arzt, bewies seine Heilkunst auch an der Gräsinn von
Schwerin; und nach Verlauf eines halben
Jahres fing sie an, sich zu beruhigen. Zwar
entpreßte ihr das Andenken an ihren Gemahl

noch manche heiße Thräne; aber doch rannen
sie nicht mehr strömend, und Bertha lebte
nicht, wie vorher, nur ihrem Kummer.

Die Vorstellungen des Vater Nicolaus,
daß Liebe zu ihren Kindern der Gräfinn ver-
böthe, nutzlosen Harm an dem Marke ihres
Lebens zehren zu lassen, weil sie die Erhaltung derselben den Pfändern der Liebe ihres
Gemahls schuldig wäre, bewirkten endlich,
daß Bertha sich ihrem Schicksale ohne länge-
res Murren ergab.

Vater Nicolaus ging bald weiter, indem
er die Gräfinn auch zur Erfüllung der zweyten Bitte ihres abscheidenden Gemahls aufforderte, und sie ihrer mütterlichen Liebe zugleich als Pflicht vorstellte; allein so bald er
ihr die Erfüllung derselben empfahl, bath sie
ihn sogleich, zu schweigen, weil sie dem Andenken ihres abgeschiedenen Gatten und ihren Kindern allein leben wollte. Frau Anna
vereinigte endlich ihre Bitten mit den Vorstellungen des frommen Vaters, und sie bewirkte wenigstens mehr als dieser; denn
Bertha geboth ihr nicht zu schweigen, wenn
sie auch schon nicht versprach, ihren Bitten
und Vorstellungen gemäß zu handeln.

Während der Zeit, daß Bertha von Annen und vom Vater Nicolaus bestürmt wurde, drang das fürchterliche Gerücht nach
Schwerin, Burwin, der Fürst der Wenden,

sey in das Land gefallen, und verwüste
es mit Feuer und Schwert. Schrecken be=
mächtigte sich aller Bewohner Schwerins;
alles, was die Waffen tragen konnte, rü=
stete sich, und zog dem Feinde entgegen, in=
deß Bertha bedauerte, daß sie kein Mann
war, um sich an der Spitze ihrer Getreuen
stellen zu können. Ihren Waffen vom Him=
mel Sieg zu erflehen, war alles, was Ber=
tha zu thun vermochte, und dieß that sie auch,
konnte aber dadurch nicht verhindern, daß
bald ganz Schwerin in ein neues und noch
größeres Schrecken gesetzt wurde.

Ein Eilbothe brachte die Nachricht, daß
die Schweriner die überlegenen Wenden nicht
aufzuhalten vermöchten, und daß diese schon
auf die Stadt los zögen. Kaum hatte sich
diese Nachricht verbreitet, als eine andere die
zagenden Bewohner der Stadt noch mehr zit=
tern machte. Ein Reiter kam gesprengt, und
meldete, daß er ein zahlreiches Heer gesehen
hätte, welches gegen die Stadt im Anzuge
wäre. Noch sprach er, da wurde man von
den Thürmen und Mauern herab das Heer
gewahr. Das fürchterliche Geschrey: Die Wen=
den kommen, wurde allgemein; die Klagen
der Weiber und Kinder drangen durch die
Luft, und ihre Angst war um so größer, da
sie sich ohne Schutz sahen; denn beynahe al=
le wehrhaften Männer waren aus der Stadt

den Wenden entgegen gezogen, und die Zurückgebliebenen glaubten sie erschlagen. Die
ganze Stadt war in Aufruhr; doch Bertha's
Schrecken verwandelte sich bald in Freude,
da ein Wächter von der Mauer herab rief:
„Es sind nicht Wenden, sondern Dänen, die
gegen uns anziehen;" und wenig Augenblicke
nachher ein Trompeter gesprengt kam, der die
Stadt aufforderte, die Thore ihrem Schutz-
herrn, dem Könige Waldemar, zu öffnen.

„Der König, mein gnädigster Herr;" verkündigte er, kommt mit einem Heere, um
die seinem Schutz empfohlene Gräfinn und ihre Unterthanen wider die Wenden zu schützen." —

Bertha's Freude war jetzt unbeschreiblich;
aber die übrigen Bewohner der Stadt verließ die Furcht noch nicht. Sie dachten der
Bedrückungen, welche sie einst von den Dänen und ihrem Anführer, dem Grafen von
Orlemünde, hatten erdulden müssen, und
fürchteten, daß dieser unter dem Vorwande,
das Land zu schützen, es vielleicht von neuem
berauben würde.

Bertha hingegen vergaß die Beleidigung,
die Waldemar ihr zugefügt hatte. Sie kannte ihn, diese Beleidigung abgerechnet, als
einen edlen Mann, daher sie in ihm jetzt nur
ihren Retter, und den Retter ihrer Unterthanen sah, und ihm entgegen zu gehen eilte.

„Hier, Frau Gräfinn," rief Waldemar
ihr zu, als er sie beynahe erreicht hatte, „hier
bringe ich euch den tapfern Grafen Albert von
Orlemünde, der die Wenden wieder aus eurem Lande drängen wird; mir aber vergönnt
bey euch zu rasten. Ihr, lieber Graf!"wendete er sich zu Alberten, „zieht eilends weiter,
damit die Verheerung der Wenden nicht noch
mehr Unglückliche mache."

Ohne auf die Einladung der Gräfinn, sich
und den Seinigen in Schwerin ein wenig
Erhohlung zu gönnen, zu hören, setzte Graf
Albert seinen Zug fort, und Waldemar begleitete die Gräfinn in ihr Schloß. Lebhaft
dankte sie ihm jetzt, daß er sie und ihre Unterthanen der ihnen drohenden Gefahr entreißen wollte; aber Waldemar bath sie, keines Dankes zu gedenken, da sein ihrem Gemahle gegebenes Versprechen, und seine eigene Freundschaft es ihm zur Pflicht mache, sie
zu beschützen.

Siegreich kehrten bald die Dänen mit den
Schwerinern zurück. Graf Albert führte die
Seinigen wieder nach Hollstein, Waldemar
hingegen weilte noch bey der Gräfinn. Diese
wurde durch das Bleiben des Königs unruhig gemacht; doch betrug er sich so bescheiden und achtungsvoll gegen sie, daß ihre Unruhe bald wieder verschwand.

Sechs Tage befand sich Waldemar schon

bey der schönen Bertha, und noch hatte er
nichts von Liebe mit ihr gesprochen, oder
vielmehr, er sprach nur nicht mündlich da=
von; denn seine Mienen und Handlungen
drückten sie unverkennbar aus. Jetzt glaubte
er noch mehr als diese reden lassen zu dür=
fen. —

„Nun, theure Gräfinn,” redete er daher
Bertha an, „nun seyd ihr frey, und dürft
das Geständniß meiner Liebe anhören, ohne
euch einer Untreue schuldig zu machen. Wis=
set demnach, daß sie noch immer gleich feurig
in meinem Busen glüht; und ist es euch möglich, einen Mann zu lieben, der, hingeris=
sen von mächtiger Leidenschaft, euch zwey
Mahl beleidigte, so schlagt mein Herz und
meine Hand, die ich euch mit meinem Throne anbiethe, nicht aus.”

Bertha hatte diesen Antrag des Königs zu
wenig vermuthet, als daß sie fähig gewesen
wäre, eine bestimmte Antwort zu geben.
Daß diese aber seinen Wünschen günstig seyn
würde, bewiesen ihre gesenkten Blicke, das
Scharlach ihrer Wangen und die Unruhe,
welche ihren Busen hob. Waldemar, seines
Siegs gewiß, fuhr fort.

„Ich will euch nicht durch Stürme zu einem
übereilten Entschlusse verleiten; nein, kalte
Prüfung gehe ihm voran, und von mir seyd
versichert, daß ich jedem Urtheile, das ihr

über mich sprecht, mich willig unterwerfen
werde."

„Daß endloser Gram mein Loos seyn wür=
de, wenn ihr meinen Wünschen zuwider ent=
schiedet, muß die Dauer und Unveränderlich=
keit meiner Liebe beweisen. Sie wird sich nicht
enden ; aber ich schwöre euch, daß ich sie
dann ewig in meinem Busen verschließen will,
ohne sie euch je wieder nur durch den leise=
sten Wunsch zu verrathen, wenn euer Herz
euch sagt, daß ihr an meiner Seite nicht
glücklich seyn würdet. Jetzt aber verlasse ich
euch, nur mit der einzigen Bitte, bald über
mein Schicksal zu entscheiden, damit ich,
wenn ich euch wieder sehe, Freude oder
Schmerz von euch nehme.

Nicht lange blieb Bertha allein; denn kaum
hatte sie der König verlassen, als Vater Ni=
colaus und Mutter Anna in das Gemach tra=
ten; sie verbarg ihnen nicht , was zwischen
dem Könige und ihr vorgegangen war, und
Nicolaus und Anna bewirkten wenigstens ei=
nen frühern Entschluß, wenn wir gleich ver=
muthen, daß ihr Beyrath nichts in demsel=
ben änderte, da in Bertha's Herzen schon
Aufforderung genug lag, zum Vortheile ei=
nes Mannes zu entscheiden, für welchen noch,
bey ihres Gatten Leben, Liebe darin auf=
geglimmt war.

„Erfüllt ihr den Wille des Königs von

Dänemark," versicherte sie der Vater Nicolaus, „so wird euer Herr und Gemahl vom
Himmel herab euch segnen, daß ihr seinen
Kindern einen so mächtigen Beschützer gabt.
Wie nöthig sie desselben bedürfen, das, gnädige Frau, zeigte der unglückliche Vorfall,
über den noch jetzt viele eurer Unterthanen
weinen. Was würden wir vielleicht alle seyn,
wenn nicht der menschenfreundliche König von
Dänemark die Wenden wieder aus unserm
Vaterlande vertrieben hätte? Bedenkt, gnädige Frau, daß Pflicht euch gebiethet, das
Beste eurer Kinder und Unterthanen nach
allen euern Kräften zu befördern: und sollte
die Erfüllung dieser Pflicht euch jetzt schwer
werden? Solltet ihr auch, ohne Rücksicht auf
sie, die Hand eines Mannes, wie Waldemar, ausschlagen können, da ihr ihn der
eurigen, wenn er auch kein König wäre,
nicht unwürdig zu erkennen vermöchtet, ohne
ihm Unrecht zu thun?"

Dieß alles beschleunigte den Entschluß der
Gräfinn, und noch an dem nähmlichen Tage
pries sich Waldemar schon den glücklichsten
unter den Sterblichen. Im Genusse keuscher
Liebe waren ihm und Berthen so einige Tage
verflossen, als ein Bothe, den Waldemar aus
seinem Reiche erhielt, die Freude der Liebenden störte. Welche Nachricht er ihm überbracht hatte, verbarg zwar der König sorgfäl-

tig vor seiner Geliebten; daß sie aber widrig;
gewesen war, bezeigte das schwarze Gewölk,
das sich auf seiner Stirn zusammen zog,
und weder durch Bertha's liebevolle Blicke,
noch durch ihre Küsse zerstreuet werden konn=
te. Oft fragte sie den König nach der Ursache
seines Mißmuths, und Waldemar gab die
Nothwendigkeit, sich auf einige Zeit von ihr
trennen zu müssen, als diese Ursache an; aber
kein Bitten der reizenden Bertha konnten ihn
zu der Entdeckung vermögen, warum eine
Trennung nothwendig wäre.

Als er am Abende dieses Tages, der ihn
und seine Bertha im Wonnegenusse unter=
brach, an ihrer Seite klagte, daß er nur noch
fünf Tage bey ihr leben könnte, rief er mit
einem Mahle aus: O liebes, reizendes Weib!
erleichtere mir das Scheiden von dir durch
den beruhigenden Gedanken, daß du wirklich
meine Gattinn bist; denn Furcht, dich zu ver=
lieren, würde mich quälen, wenn ich dich
als Gräfinn von Schwerin verlassen müßte.
Erfülle meinen heißen Wunsch, geliebte Ber=
tha, dich, ehe ich noch von dir scheide, als
Königinn von Dänemark zu umarmen."

„Habe ich noch einen Willen," antwor=
tete Bertha, und verbarg ihr vor Scham=
röthe glühendes Gesicht an Waldemars Busen,
„seit meines Waldemars Winke ihn lenken?

„Feurigen Dank dir, Geliebte!" erwieder=

Adolf IV.   R

te Waldemar, und drückte das Feuer seines
Dankes durch eine Umarmung aus, „daß du
mein Glück zur Glückseligkeit erheben willst.
Morgen soll Vater Nicolaus unsere Hände in
einander legen, und durch sein frommes Gebeth Segen für unsere Liebe erflehen. Doch
jetzt noch eine Bitte! Wird meine Bertha mir
auch diese gewähren?"

„Und könnte Waldemar dieß ernstlich fragen, ohne an meiner Liebe zu zweifeln?" entgegnete Bertha. „Mein theurer Waldemar
spreche und nehme zugleich die Versicherung
von mir, daß mir die Erfüllung auch seiner
geheimsten Wünsche, so bald ich sie nur ahnden kann, jederzeit heilige Pflicht seyn wird."

„Außer dem Vater Nicolaus," fuhr Waldemar fort, „deiner Anna und meinem Stif-
sen darf unsere Vermählung keinem Menschen kund werden, bis ich nach vier oder läng-
sten fünf Wochen wiederkehre, um meine Gemahlinn den Dänen als ihre Königinn vor-
zustellen, und von ihnen Dank zu ernten,
daß ich ihnen die zur Königinn gab, welche
sie als Gräfinn von Schwerin schon schätzten
und bewunderten."

Es war der Tag nach dem Peter-Paulus-
Feste im Jahre 1222, welcher dem Könige
Waldemar über die schöne Bertha alle Rechte
eines Ehemannes gab; und die Zeit, bis zu
dem zu Waldemars Aufbruche bestimmten

Tage schwand dem jungen Paare gleich einer
Stunde dahin.

XVIII.

Bertha's Gemahl kommt zurück.

Die fünf Wochen, nach deren Verlauf Wal=
demar wieder zu kommen versprochen hatte,
waren verflossen, und Bertha, die schon
ängstlich geworden war, als sie ihn am Ende
der vierten vergeblich erwartet hatte, begann
zu fürchten, daß irgend ein Unfall ihm die
Erfüllung seines Versprechens unmöglich ge=
macht hätte, und ihre Furcht vermehrte sich
mit jedem Tage, da ihr keiner ihren Walde=
mar oder nur Bothschaft von ihm brachte.

Sechs Tage hatten schon Furcht und Angst
sie gequält; da konnte sie nicht länger rasten,
und bath daher den Vater Nicolaus, ihr ein
Schreiben an den König zu verfassen, worin
sie sich erkundigte, warum er zu kommen ver=
zöge. Auf einem schnell segelnden Schiffe
mußte ein Bothe damit nach Kopenhagen ei=
len, und Waldemar ließ ihn nicht lange auf
Antwort warten. Er gab dem Ritter Gert
den Auftrag, die Gräfinn in seinem Nahmen
zu versichern, daß ihm nichts Widriges begeg=
net wäre, und er in wenigen Tagen gewiß in
ihren Armen seyn würde.

Durch diese Hoffnung aufgerichtet, ver=
schwand Bertha's Gram; aber mit neuer Stärke

R 2

kehrte er wieder, als schon nach mehrern Ta=
gen ihre Hoffnung noch immer unerfüllt war.
Vater Nicolaus wendete alles an, um die
Gräfinn zu trösten; aber alle seine Bemühungen
waren vergebens. Bertha fürchtete Unglück,
obgleich ihre Furcht keine bestimmte Idee die=
ses Unglücks schuf.

Eines Abends lag Vater Nicolaus auch sei=
nem Trösteramte ob; da tönte lautes Jubel=
geschrey den Ohren der weinenden Bertha.
Mit dem Trappen und Wiehern mehrerer
Rosse verband sich der frohe Ausruf: „Will=
kommen, gnädiger Herr! Willkommen eurem
harrenden Diener” mit welchem alle Burg=
lente dem Kommenden entgegen eilten.

Bertha sprang auf, und flog die Stiegen
hinab, ihren Waldemar — denn wen sonst als
diesen konnte sie erwarten — einen Augenblick
eher zu umarmen; aber kaum hatte sie sich
die Hälfte der Stufen hinab gestürzt, als
Graf Heinrich sie in seine Arme schloß.

Wer vermag die Verwirrung zu beschrei=
ben, die jetzt unter allen Anwesenden entstand!

Gott stehe mir bey! rief Vater Nicolaus.—
„Mein Waldemar”! rief Bertha, und Graf
Heinrich fragte erstaunt: „Was ist das? Hat
mein geliebtes Weib den Nahmen ihres Hein=
richs vergessen?”— „Wehe mir!” begann
Bertha wieder; „mein Gemahl ist aus dem
Grabe hervor gestiegen, um mich zu strafen,

daß ich ihm nicht auch im Tode treu blieb!"
Sie sprach's, und sank ohnmächtig nieder. Alle Anwesenden standen der Unglücklichen bey;
aber der ehrwürdige Vater Nicolaus suchte
sich mit der Flucht zu retten. Es gelang ihm
nicht; denn Frau Anna schrie mit lauter Stimme: „Greift den Verräther, den Vater Nicolaus!

Die Diener des Grafen verzogen, dieß zu
thun, und Frau Anna rief noch ein Mahl:
„Greift, greifet ihn, und laßt euch von dem
heiligen Gewande nicht abhalten, das der
Schändliche entweiht!"

Indeß des Grafen Diener Annens Aufforderung gemäß handelten, fragte dieser,
der zwar nicht leblos, aber wenigstens doch
eben so sinnlos, als seine Gattinn war: „Um
aller Heiligen willen, sagt, was hier vorgegangen ist?" — „Die schändlichste Verrätherey,"
antwortete Anna, „vom Vater Nicolaus erdacht
und ausgeführt."— „Ich bin unschuldig, gnädiger Herr," rief der zitternde Vater, und
sehe jetzt mit Schrecken, daß ich hintergangen
wurde." — „Desto besser für euch," erwiederte Anna; aber ihr werdet doch wenigstens unserm gnädigen Herrn am ersten Auskunft
über alles geben können." — — Bertha war
indessen in ein Bett gebracht worden. Alle
wollten ihr nacheilen; aber Anna bath den
Grafen, in ein anderes Zimmer zu gehen,
damit seine Gemahlinn nicht bey ihrem Er-

wachen durch die sie umgebende Menge er=
schreckt würde. — — „Nein," rief Graf Hein=
rich, „ich selbst muß es sehen, wenn meine
Bertha wieder zum Leben erwacht. Aber, o
Gott, sie wird nicht wieder erwachen! O Ber=
tha, theure Bertha, wer hätte es gedacht,
daß mein Anblick dich tödten könnte?"—Er
stürzte sich auf sie, bedeckte sie mit Küssen,
sprang dann wieder auf, schüttelte den Vater
Nicolaus, daß er brüllte, und rief mit fürch=
terlicher Stimme: „Von dir, Bösewicht im
heiligen Gewande, fordre ich meine Ber=
tha!" — „Laßt ab, gnädiger Herr," flehte
Nicolaus, „und richtet nicht eher, bis ihr
mich gehört habt." — Ich will dich hören,"
fuhr Graf Heinrich fort, „und fürchterlich soll
deine Strafe seyn, wenn du schuldig bist."—
„Ich bitte euch, gnädiger Herr," unterbrach
ihn Anna, „verlaßt dieß Zimmer! Jetzt lebt
eure Gemahlinn noch; aber euer Anblick, so=
gleich bey ihrem Erwachen, und das fürch=
terliche Lärmen rings um sie, würde sie ge=
wiß tödten." — „Ja, Mutter Anna, komm,
und erzähle mir unterdessen," sprach Graf
Heinrich, und fuhr dann fort, indem er den
Vater Nicolaus faßte — „und du, Ungeheuer,
bekenne!" — — In möglichster Kürze erzählte
Anna alles. Als sie an die Geschichte des Pil=
gers kam, der der Gräfinn den Ring ihres
Gemahls überbracht hatte, fragte Graf Hein=

rich: „Wo ist dieser, und wo der nachgemachte Ring? denn den meinigen brachte ich nicht von meinen Fingern." — „Das erste wird Va= ter Nicolaus wissen, antwortete Anna. „Jetzt, gnädiger Herr, laßt mich enden, und dann mag Nicolaus sagen, was ich nicht wissen kann." —— So bald sie mit ihrer Erzählung zu Ende war, wendete Graf Heinrich sich wieder zu dem Vater Nicolaus. „Nun Böse= wicht," rief er aus, „sprich du! Enthüllst du mir diesen ganzen schändlich Plan; so sey Verbannung aus meinem Lande deine einzi= ge Strafe; läugnest du aber, so verläßt dei= ne schwarze Seele ihren Körper eher, als du dieß Zimmer." — „Erbarmen, gnädiger Herr!" flehete Vater Nicolaus; „ich will alles gestehen. Als der König von Dänemark sah, daß er seinen Plan, den er wider eure Frau Gemahlinn gemacht hatte, auf keine Art aus= führen könnte, zog er mich zu Rathe, weil er bemerkte, daß die Frau Gräfinn mich ihres Vertrauens würdigte. Er versprach mir das erste erledigte Bisthum in seinem Lande, wenn ich ihm zu Erreichung seines Endzwecks be= hülflich seyn würde, und ich, gnädiger Herr, ließ mich von dem Teufel blenden. Ich ver= sicherte den König, daß er nichts über die Frau Gräfinn vermögen würde, so lange sie euch nicht todt glaubte, und sagte ihm dann, daß wir diesen Glauben in ihr erzeugen könn=

ten, wenn es uns geläuge, einen Ring ver=
fertigen zu lassen, der dem eurigen gliche.
Er gab mir Auftrag, dieß zu thun; und da
ich euren Ring, als ihr, gnädiger Herr, ihn
mir vor eurer Abreise zeigtet, genau betrach=
tet hatte, wurde es mir nicht schwer, einen
andern verfertigen zu lassen, der ihm so gleich
war, daß er euch vielleicht selbst getäuscht
hätte. Ein verschlagener Diener des Königs
mußte ihn eurer Frau Gemahlinn in einem
Pilgerkleide überbringen. Nun, gnädiger Herr,
wißt ihr alles, und ich getröste mich eurer mir
unverdient zugesicherten Gnade." „Wahrlich,
Bösewicht," erwiederte Heinrich, „ich sollte dir
nicht Gnade widerfahren lassen, sondern den
Lohn geben, den deine Unthaten verdienen.
Doch mein Wort ist mir heilig, und dir sey
die Strafe geschenkt. Aber sage: trautest du
wirklich meine Gattinn dem Könige von Dä=
nemark an?" — „Ja" anwortete Nicolaus;
„doch konnte diese Trauung den König auf kei=
ne Weise zu irgend etwas verbindlich machen;
denn sie geschah weder nach den Vorschriften
unsres Rituals, noch in Gegenwart gültiger
Zeugen. Frau Annen hatten wir zu entfernen
gewußt, und der Ritter Stissen wird gewiß
nicht wider seinen König zeugen." — „Und
ihr ließt euch so gröblich täuschen, Mutter
Anna?" fragte Heinrich. — „Verzeiht, gnä=
diger Herr!" entschuldigte sich Anna; „aber da=

mahls kam mir kein Verdacht in den Sinn."—

„Mutter Anna ist ohne Schuld," fing Vater Nicolaus wieder an; „denn an Tage vor der Trauung und am Trauungstage selbst hatte ich ihr im Tranke einige Tropfen eines Saftes beygebracht, der die Wunderkraft besitzt, die Sinne zu berauschen, und zu prüfenden Überlegungen und Nachdenken unfähig zu machen, ohne sie ganz zu umnebeln."—

„Daß ihr mir einen solchen Streich gespielt hättet," entgegnete Mutter Anna, „vermuthete ich beynahe, als ich am andern Tage meine Unvorsichtigkeit in ihrer ganzen Größe sah, und es mir unbegreiflich wurde, wie ich so gar keinen Betrug hatte ahnden können; denn jetzt fing ich mit einem Mahle an, ihn zu fürchten, weil Waldemar keine Ursache angegeben hatte, warum seine Vermählung geheim bleiben müßte, und weil kein Heirathscontract aufgesetzt worden war."

„Sie lebt, unsere gnädige Frau lebt! kam jetzt eine Kammerfrau in das Zimmer gestürzt.

„Gott sey gelobt!" — rief Heinrich, und eilte, seine wieder aufgelebte Gattinn zu umarmen; aber kaum hatte er sich ihrem Lager genähert, als Bertha fürchterlich schrie: „Hinweg! hinweg furchtbarer Geist! höre auf, mich zu quälen! Vater Nicolaus, banne den Geist des Grafen von Schwerin von mir!"—

„Ja, Teufel in Mönchsgestalt! komm und

siehe dein Werk!" — rief Heinrich, und
wollte dann seine unglückliche Gattinn in
seine Armen schließen; aber Bertha rief so angſt=
voll: „Hinweg ſchreckliches Geſpenſt!" daß
alle Anweſenden Heinrichs Entfernung nöthig
glaubten. Sie riſſen ihn von ſeiner Gattinn
los, und voll Verzweiflung rannte Hein=
rich zum Zimmer hinaus. Er ſtieß auf den
Vater Nicolaus, der jetzt das Schloß verlaſſen
wollte. Wuth und Raſerey machten Heinrichen
ſein gegebenes Verſprechen vergeſſen. „Stirb,
Verruchter!" brüllte er, und ſtieß dem Mön=
che ſein Schwert in die Bruſt. — Doch laßt
uns hinweg eilen von dieſer ſchrecklichen
Scene!

Zwölf qualvolle Tage verlebte Bertha
noch. Ihr Verſtand kehrte keinen Augenblick
wieder; ſie raſete fürchterlich, und alle, die
um ſie waren, ſchwammen in Thränen. End=
lich ward ſie ruhiger, und fiel in einen tie=
fen Schlummer, von dem ſie nie wieder
erwachte. Acht Tage waren nach ihrem Tode
verfloſſen; da erwachte Graf Heinrich mit
einem Mahle aus der Betäubung, in welche
der Schmerz ihn geſenkt hatte. „Bring mir
meine Waffen," ſprach er zu ſeinem Knappen
Emeko; „ich will mich rächen." Emeko brach=
te die Waffen. Heinrich rüſtete ſich, und zog,
begleitet von zwölf der tapferſten ſeiner Leu=
te, gen Dänemark. „Daß meine Gemah=

linn starb, könnt ihr jedermann sagen; aber
wie sie starb, keinem Menschen!" sprach er
zu seinen Begleitern, als er auf sein Roß
steigen wollte. Schwört mir Verschwiegen=
heit auf euer Schwert! — Den Finger auf
das Schwert gelegt riefen, alle: Wir schwö=
ren!" — Graf Heinrich schwang sich nun
auf sein Roß, und sprach weiter kein Wort,
bis er in Kopenhagen ankam. Jetzt forderte
er alle seine Diener, auf deren Treue er sich
verlassen konnte, zu sich, entdeckte ihnen die
Ursache, warum er nach Kopenhagen gegan=
gen wäre, und forderte sie auf, gegen alle
Personen von Waldemars Hofe sich so zu
betragen, als sie sich zu der Zeit, da Wal=
demar Schwerin wider die Wenden schützte,
gegen sie betragen haben würden. Heinrichs
Getreuen versprachen ihm dieß, ob sie gleich
voraus sahen, wie schwer es ihnen werden
würde. — So bald Heinrich dieß Verspre=
chen von ihnen erhalten hatte, sandte er sei=
nen Emeko zu dem Könige von Dänemark,
ihm zu melden, daß er nach Kopenhagen
gekommen wäre, seiner Majestät für den
Schutz zu danken, dessen sich während sei=
ner Abwesenheit seine Gemahlinn und sein
Land erfreut hätten. — Waldemar zitterte,
als er die Ankunft des Grafen von Schwe=
rin vernahm, und blieb eine Zeit lang un=
entschlossen, welche Antwort er ihm sagen

laſſen ſollte. Mit Recht fürchtete er ſeine Ra=
che; zugleich entſtand aber auch die Hoffnung
in ihm, daß dem Grafen vielleicht die Be=
leidigung, die er ihm zugefügt hatte, ver=
borgen geblieben wäre; und dieſe Hoffnung,
ſo unwahrſcheinlich ſie auch war, wurde es
ihm dadurch wenigſtens minder, daß er glaub=
te, der Graf von Schwerin würde ſeine An=
kunft in Kopenhagen nicht ſelbſt haben mel=
den laſſen, ſondern ſie ihm verhohlen haben,
wenn, ſich zu rächen, ſeine Abſicht wäre.
Mit einer Dreiſtigkeit ſonder gleichen ließ er
daher dem Grafen antworten, es hätte ihm
Vergnügen gemacht, ſeinen getreuen Lehns=
manne in ſeiner Abweſenheit Weib und Land
zu bewahren; jetzt freue er ſich ſeiner glück=
lichen Wiederkehr, und bäthe den Grafen,
bald an ſeinem Hofe zu erſcheinen. — Graf
Heinrich erſchien, und die Freude, welche
Waldemar über ſeine Wiederkehr zu empfin=
den vorgab, fühlte er wirklich, als die Art,
wie Heinrich ſich gegen ihn benahm, ſeine
Hoffnung beſtätigte. Der Graf von Schwe=
rin dankte ihm ſo warm und unverſtellt
für ſeinen mächtigen Schutz, und die ſeiner
Gattinn erwieſene Gnade, daß aller Verdacht,
der Graf möchte erfahren haben, wie wenig
er ſeinen Dank verdient hätte, aus Walde=
mars Buſen wich. — „Aber was ſehe ich?”
ſprach er nach einiger Zeit zu dem Grafen;

„ihr habt Trauerkleider angelegt? Die Freude, euch wieder zu sehen, machte, daß ich
dieß nicht gleich bemerkte. Um wen trauert
ihr, Herr Graf?" — „Um mein treues
Weib," antwortete Graf Heinrich. „Sie
starb." — — „Wäre es möglich," unterbrach ihn Waldemar, „daß eure Gemahlinn,
diese blühende Rose, so bald verblühet seyn
sollte?" —

„Ein Sturm zerknickte sie, gnädiger
Herr!" fuhr Graf Heinrich fort; „am Tage
meiner Heimkunft überfiel sie eine böse Krankheit, die sie nach zwölf Tagen tödtete." —
Waldemar schien über diese unvermuthete
Nachricht in höchsten Grade erstaunt und betrübt. Er äußerte neben beyden Empfindungen auch das lebhafteste Mitleid, und machte dem Grafen Vorwürfe, daß er nicht zu
ihm gesandt hätte, weil die Geschicklichkeit seines Arztes die Gräfinn von Schwerin vielleicht erhalten haben würde. — „Alle Hülfe war vergebens, gnädiger Herr!" erwiederte Graf Heinrich; „denn die Krankheit
meiner unglücklichen Gattinn war so wenig
zu heilen, als der schwarze Tod *). Schon
ihr Nahme war so fürchterlich, daß ich ihn
nicht habe merken können."

Als der Graf den König verließ, mußte

*) Die Pest.

er ihm versprechen, bald wieder zu ihm zu
kommen. Waldemar lud ihn sogar ein, mit
allen den Seinigen auf seinem Schlosse zu
herbergen. Diese Einladung nahm Heinrich
nicht an; doch brachte er gewöhnlich den größ=
ten Theil des Tages bey Waldemar zu. Er
unterhielt sich mit ihm von Staatshändeln,
von der mißlichen Lage der Christen im Mor=
genlande, und der immer höher anwachsen=
den Macht der Saracenen, spielte Schach
mit dem Könige, und zechte mit ihm, je
nach dem seine Majestät zu einem oder dem
andern Lust hatte. In allem wußte sich Graf
Heinrich so geschickt in Waldemars Laune zu
fügen, daß Ritter Gert Stissen ihn als ei=
nen Nebenbuhler zu fürchten begann; doch
hoffte er durch ihn dem Könige wenigstens
nicht ganz entbehrlich zu werden, da dieser
sich in Herzensangelegenheiten noch immer
an ihn wendete. — Beynahe ein halbes
Jahr hatte sich der Graf von Schwerin schon
an Waldemars Hofe aufgehalten, zu gro=
ßem Erstaunen aller derer, welche von dem
Verhältnisse etwas wußten, in welchem der
König mit der Gräfinn Bertha gestanden hat=
te. Sie konnten nicht begreifen, wie Graf
Heinrich von Schwerin, den viele unter ihnen
als einen wackern Mann kannten, um die
Gunst des Ehrenräubers seiner Gattinn buh=
len könnte; und noch unbegreiflicher war es

ihnen, daß der Graf von dem, was in sei=
ner Abwesenheit vorgegangen war, so ganz
nichts erfahren haben sollte.

Der Ritter Stissen gerieth zuerst auf den
Verdacht, daß Heinrichs Betragen vielleicht
erkünstelt seyn möchte, um einer Gelegen=
heit zur Rache wahrzunehmen, und diese dann
listig zu üben. Er theilte seinen Verdacht
dem Könige mit; aber alle seine Mühe, ihm
denselben wahrscheinlich zu machen, war ver=
gebens. Waldemar blieb fest in seinem Glau=
ben, daß Graf Heinrich von dem über sei=
ne Gemahlinn erhaltenen Siege nicht das
Geringste wissen müsse, obgleich der Ritter
Stissen jetzt mehr als vormahls das Gegen=
theil glaubte.

Er hatte einen geheimen Bothen nach
Schwerin gesandt, durch welchen er die Nach=
richt erhielt, Mutter Anna wäre kurz nach
dem Tode der Gräfinn gestorben, weil sie Tag
und Nacht nicht von ihrem Lager gewichen wäre,
und sich über ihren Tod allzusehr betrübt
hätte; Vater Nicolaus hingegen sey mit einem
Mahle verschwunden, ohne daß jemand wisse,
wohin. Die Klosterleute gäben vor, er sey
nach Rom gegangen, um den heiligen Vater
von Angesicht zu schauen. Andere aber hätten
ihn, am Tage, da Graf Heinrich aus dem
heiligen Lande zurück gekommen wäre, in das
Schloß gehen, und nicht wieder heraus kom=

men gesehen. Dringend empfahl der Ritter da=
her dem Könige Vorsicht, damit er seine Sorg=
losigkeit gegen den Grafen nicht zu spät be=
reuen möchte, bemerkte aber zu seinem
Schmerze, wie wenig Eindruck alle Vorstel=
lungen auf den König machten. Im Gegen=
theile schien seine Gunst, um welche schon viele
den Grafen beneideten, mit jedem Tage sich
zu vermehren. Besonders war der Graf von
Schwerin der unzertrennliche Gefährte des
Königs, wenn er auf die Jagd ging. Hein=
rich war ein so geübter Jäger, als der König
von Dänemark unter allen seinen Dienern
vergebens suchte, daher ihm seine Begleitung
auf der Jagd vorzüglich angenehm war. An=
fangs war er nur, durch ein starkes Gefolge
geschützt, mit dem Grafen Heinrich auf die
Jagd geritten, aber nach und nach wuchs sein
Zutrauen zu ihm so hoch, daß er bisweilen
nur einige Diener mit sich nahm, und öfters
sogar in einiger Entfernung von ihnen mit
dem Grafen von Schwerin allein ritt. Graf
Heinrich hatte nie eine Miene gemacht, als
wenn er etwas gegen den König unternehmen
wollte, und dieser wußte sich deßhalb gegen
den Ritter Stissen nicht wenig damit, daß er
tiefer in das Herz des Grafen geblickt hatte,
als der sonst scharf sehende Ritter. Alles die=
ses konnte jedoch die Meinung des argwöhni=
schen Gert nicht ändern. Er bath den König,

sich nicht zu früh außer Gefahr zu glauben, weil der Graf von Schwerin ohne Zweifel die Absicht hätte, ihn nur sicher zu machen; und er selbst nahm sich vor, den König jederzeit, wenn er jagte, zu begleiten, so wenig Vergnügen er auch an der Jagd fand. Einst wurde er durch Krankheit abgehalten, diesem Vorsatze gemäß zu handeln, und der König nahm noch über dieß, dem Rathe des Ritters zuwider, außer seinem ältesten Sohne nur wenig Begleiter mit sich. Seit langer Zeit war schon aller Argwohn fern von ihm; doch wäre er es auch nicht gewesen, so würde er doch jetzt keiner starken Begleitung benöthigt zu seyn geglaubt haben, da dem Grafen von Schwerin nur zwey der Seinigen folgten. Sorglos ritt Waldemar an Heinrichs Seite, und freuete sich, daß sie beyde auf der Jagd besonders glücklich waren. Schon fing es an im Walde dunkel zu werden, da wurde Heinrich einen Eber gewahr, der in den Wald hinein lief. Er machte dem Könige seine Entdeckung bekannt, und beyde verfolgten nun den Eber so hitzig, daß sie sich in dem dicksten Theile des Waldes befanden, als die Finsterniß der Nacht herein brach. Lange suchten sie vergebens einen Ausweg; endlich entdeckte Heinrich in einiger Entfernung ein Licht, auf das sie zuzureiten beschlossen. Sie erreichten es bald, und befanden sich jetzt vor einem Kloster. Der

Adolf IV.　　　　　　　　　　S

Graf Schwerin klopfte an die Pforte, und die
Klosterleute säumten nicht, sie eilends zu öffnen,
so bald sie vernahmen, daß der König von
Dänemark Herberge bey ihnen begehre. Graf
Heinrich fragte die Väter, ob sie keinen Wein
hätten, ihren ermatteten König zu laben; und
der Abt war sogleich willig, ein Fäßchen, das
zum Labsale für Kranke im Keller vorräthig
wäre, anzapfen zu lassen, um seinen hohen
Gast damit zu bewirthen. Graf Heinrich ver=
waltete hierbey das Amt eines Mundschenken.
Er schenkte so fleißig ein, und trank dem Kö=
nige und seinen Begleitern so wacker zu, daß
sie nach kurzer Zeit vor Trunkenheit entschlie=
fen. Die Klosterleute hatten sich indessen zur
Ruhe begeben; nur der Abt und der Bruder
Pförtner wachten noch, jener, um den Ze=
chern Gesellschaft zu leisten, dieser, um die
zehn vorher in Kopenhagen zurück gelassenen
Diener des Grafen von Schwerin einzulas=
sen, welche auf den Ruf des Grafen herbey
eilten, den König Waldemar und seinen be=
reits auch zum Könige gekrönten Prinzen glei=
ches Nahmens zu binden. Der Abt mit dem
Grafen einverstanden und Waldemars Feind,
so wie die mehresten Geistlichen des König=
reiches, ließ dieß alles geschehen, und band
selbst den beyden Königen Tücher um den
Mund, damit sie, wenn sie ja erwachen soll=
ten, nicht nach Hülfe rufen könnten. Graf

Heinrich nahm den König vor sich auf sein
Pferd, so wie Emeko den Prinzen, und spreng-
te mit seinen Begleitern nach dem Ufer des
Meers zu, wleches nicht weit entfernt war.
Hier warfen sie sich in ein schon bereit liegen-
des Schiff, und erreichten bald das hohe
Meer, wo beyde Könige ihrer Bande entle-
digt wurden.

Man hatte sie in Hängmatten gelegt, welchen Graf Heinrich nahe stand, um seiner
Rache durch das Schrecken, welches ihrem
Erwachen folgen würde, ein Opfer zu bringen. Der ältere Waldemar erwachte zuerst.
Noch taumelnd vom Rausche und erstaunt
über sein schwebendes Lager fragte er: Lieber
Graf, wo sind wir? „Ich auf einem Schiffe,
das mein gehört," antwortete Graf Heinrich; „und ihr in der Gewalt eines schändlich betrogenen, und unverzeihlich beleidigten
Ehemannes, der seine Schmach rächen
will." Waldemar sprang herab von seinem
Lager, lief wüthend auf den Grafen zu, und
rief aus: „Wagst du es, Verräther; deine
mörderischen Hände an einen Gesalbten, an
deinen Lehnsherrn zu legen?" „Ich trachte
nicht nach eurem Blute," antwortete Heinrich; „aber züchtigen will ich den Verbrecher,
der mein reines Ehebett befleckte, mein treues,
frommes Weib ermordete, und mir mit ihr
alle Freuden meines Lebens raubte. Diesen

Bösewicht will ich züchtigen, und der Pur=
pur, den er entehrt, soll meine gerechte Ra=
che nicht mildern." Jetzt schläuderte er den
auf ihn andringenden König mit Riesenstärke
zurück. Prinz Waldemar, durch den Lärm vom
Schlafe aufgeschreckt, eilte seinem Vater zu
Hülfe, worauf Heinrich sein Schwert zog,
und sich beyden damit entgegen stellte. — „Für
euer Leben habt ihr beyde nichts zu fürch=
ten," versicherte er sie; „ihr müßtet denn
selbst muthwillig eurem Tode entgegen ren=
nen; denn der rennt in den Tod, der sich
mir nahet!" Er sprach's, aber König Walde=
mar war zu sehr ergrimmt, um vorsichtig han=
deln zu können. Er lief auf den Grafen zu,
und ohne die Schuld desselben stieß er sich das
ihm entgegen gestellte Schwert in die Brust.
Der Graf zog sein Mordgewehr wieder aus
der Wunde, und befahl seinen unterdessen
herbey gekommenen Leuten, den König zu
verbinden, und seiner zu pflegen. Emeko, der
in der Kunst, Wunden zu heilen, nicht un=
erfahren war, säumte nicht, dem Befehle
seines Herrn gemäß zu handeln; er versicher=
te auch, daß Waldemars Wunde nicht ge=
fährlich wäre. Der König tobte, sein Sohn
klagte, und Graf Heinrich verließ sie, weil
er beyde nicht hören wollte, geboth aber
seinen Leuten nochmahls, des Königs auf
das beste zu pflegen.

Die Fahrt unserer Reisenden war so glücklich, daß sie nach zwey Tagen schon in Meck-
lenburg landeten. Graf Heinrich eilte nun
mit seinen Gefangenen nach Schwerin, wo
er sie in einen festen Thurm setzen ließ.

Die fürchterlichste Rache kochte in dem Busen der beyden Könige. Sie schmeichelten sich
auch, sie bald ●friedigen zu können, da sie
zuversichtlich hofften, ihr Verwandter, der
Graf von Orlemünde, werde mit einem mächtigen Heere herbey eilen, sie ihrer Haft entledigen, und den Grafen von Schwerin für
seinen Frevel züchtigen; aber schon waren einige Tage vergangen, und der Graf von Orlemünde kam noch nicht; statt dessen aber erschien Heinrich, und both den Gefangenen
ihre Freyheit an, wenn sie ihm fünf und vierzig tausend Mark löthigen Silbers zum Lö-
segelde zahlen wollten.

XIX.

Seltene Bitte einer sterbenden Gattinn.

So bald das Gerücht von der Verhaftung
des Königs Waldemar bis an das Land Wilstern drang, jauchzten alle daselbst befindlichen
Hollsteiner laut, daß nun endlich nach langem vergeblichen Haaren ihr sehnlicher Wunsch
erfüllt werden würde. Ida, die Ritter Eggo
und Wergot und einige andere Edle, zogen
in ganz Hollstein und Stormarn umher, um

den Entschluß, der sie belebte, in allen Edlen
zu entflammen, und sie bemühten sich nicht
vergebens. Längst der dänischen Herrschaft
müde hatten die hollsteinischen Edlen ihr Mißvergnügen nur nicht laut werden lassen, um
nicht, wie es einigen Murrenden begegnete,
ihrer Besitzungen beraubt zu werden. Nur
die aus dem Hause Wesenbe und einige andere, die sich unter der dänischen Regierung
auf Kosten ihrer mit derselben unzufriedenen
Landsleute bereichert hatten, blieben den Dänen getreu, indeß alle übrigen dem Grafen
Adolf Treue schworen.

Dieser war indessen bey dem Grafen von
Schwerin gewesen, hatte ihm sich und seinen
Vorsatz entdeckt, und von ihm das Versprechen erhalten, daß er den König nicht eher
frey lassen wollte, bis er dem Grafen Adolf
Hollstein, Stormarn und Dittmarsen feyer-
lich abgetreten haben würde. Zugleich verbanden sich der Graf von Schwerin, und
Graf von Werle mit dem Grafen Adolf, und
leisteten sich den gegenseitigen Schwur, ihr
Schwert nicht eher wieder in die Scheide zu
stecken, bis die Dänen aus allen Ländern
verjagt seyn würden, die vor Waldemars
Regierung zu dem deutschen Reiche gehört
hatten. Die Grafen von Schwerin und Werle rüsteten sich aus aller Macht, indeß Graf
Adolf nach Hollstein zurück kehrte, das er

unter den Waffen fand, um ihm den Besitz desselben zu erkämpfen.

König Waldemar harrete indeffen vergebens
der Ankunft des Grafen von Orlemünde. Mit
den wenigen Dänen und ihm ergebenen Hollsteinern konnte dieser nichts unternehmen, und
in Dänemark, wohin er von den Ständen
berufen, und zum Reichsverwefer erklärt wurde, gelang es ihm eben fo wenig, fogleich ein
Heer zusammen zu bringen.

Unglücklicher Weife waren an dem nähmlichen Tage, an welchem König Waldemar
von dem Grafen Heinrich gefangen genommen wurde, ein großer Theil der besten dänischen Krieger, unter der Anführung des
Bischofs Peter von Rohfchild, nach Paläftina
aufgebrochen. Die Nachricht von der Gefan-
gennehmung ihres Königs ereilte fie zwar noch;
die frommen Kreuzfahrer ließen fich aber dadurch nicht abhalten, ihren bedrängten Brüdern im Morgenlande zu Hülfe zu ziehen,
zumahl da Bifchof Peter ihnen die Versicherung gab, daß es nicht der ganzen dänischen
Macht bedürfe, um ihren großen König der
Gewalt seines kleinen Räubers zu entreißen,
und diesen für feinen Frevel zu züchtigen.

Graf Adolf benutzte Alberts Abwesenheit.
Er breitete fich mit seinem Heere im Lande
aus, und Itzehoe und Plön unterwarfen fich
ihm freywillig. Minder glücklich war er bey

der Belagerung Segebergs, welche durch Natur und Kunst starke Festung alle dem Könige Ergebenen zu ihren Aufenthalte gewählt hatten. Adolf beschloß daher, die Belagerung aufzuheben, weil er hoffte, daß Segeberg bald ohne Blutverlust in seinen Händen seyn würde, da er durch einen von dem Grafen von Schwerin kommenden Bothen Nachricht erhielt, daß der König Waldemar endlich geneigt würde, sich durch die Annahme der ihm vorgeschlagenen Bedingungen seine Freyheit zu erkaufen. Da es eine der ersten derselben war, daß er dem Grafen Adolf alle Länder überliefern sollte, welche einst sein Vater besessen hätte, entschloß sich Adolf aus Liebe zu seinen Unterthanen, nicht mit Gewalt zu erobern, was in kürzer Zeit ohne Schwertschlag sein werden würde.

Ida wich nicht von der Seite ihres Gemahls. Sie begleitete ihn in das Feld, und in ihren Armen ruhete er von den Beschwerden des Krieges aus. Wenn sie so in traulicher Umarmung ihrer Liebe sich freueten, dann sprach Ida öfters zu Adolf: „Nun erst bin ich ganz glücklich, da alle meine Wünsche erfüllt sind."

„Alle deine Wünsche, theuerste Ida?" fragte einst Adolf.

„Zwar noch nicht alle, antwortete Ida; aber wenigstens ist die Erfüllung auch des letztern nahe; denn ich hoffe, daß in sieben Monathen dein und mein so sehnlicher Wunsch, ein Pfand unserer Liebe auf unserm Schooße zu wiegen, nicht mehr Wunsch seyn wird."

"O geliebte Ida!" erwiederte Adolf, und umarmte seine Gattinn, o seit du mir sagtest, daß du mich liebtest, haben deine Worte nicht so große Freude in mein Herz gegossen, als jetzt."

Sieben Monathe vergingen; aber Adolf sah seinen Wunsch nicht erfüllt. Zwar genas Ida eines Söhnleins; aber das Kind kam todt zur Welt, und wenig Stunden nach seiner Geburt starb auch seine Mutter. Doch ehe wir fortfahren, müssen wir etwas nachhohlen, das wir unsern Lesern zur Zeit, da es geschah, nicht berichtet haben.

Seit Ida nach Hollstein zurück gekehret war, befand sich Heilwig, Gräfinn von der Lippe, bey ihr. Heilwigs Mutter war Ida's vertraute Freundinn gewesen, und freute sich ihrer Befreyung aus der Gefangenschaft um so mehr, da sie die Nachricht davon erhielt, als eben der Arzt ihr berichtet hatte, daß eine Krankheit, die sie schon seit einigen Wochen an ihr Lager fesselte, nur durch ihren Tod geendigt werden würde. Liebe zu ihrer Heilwig, und Furcht, daß sie nun nicht ganz das gute Mädchen werden möchte, zu welchem sie auszubilden der würdigen Mutter Vorsatz war, hatte

der Gräfinn von der Lippe das Scheiden erschwert; aber nun war der Tod ihr minder
fürchterlich, da sie versichert war, ihre Freundinn Ida würde ihr die Bitte, zu vollenden,
was sie selbst nur hatte anfangen können;
nicht abschlagen. Sie ließ ihren Beichtvater
kommen, und bath ihn, einen Brief an ihre
Freundinn zu schreiben, den sie ihm selbst in
die Feder sagte. „Ich sterbe," schloß er sich,
„mit dem beruhigenden Gedanken, daß du,
geliebte Freundinn, die Mutter meiner Heilwig werden wirst. Lasse die Bitte einer Sterbenden nicht unerfüllt!"

Kaum hatte Ida diesen Brief erhalten, als
sie schon Bothen absandte, um ihre Pflegetochter zu hohlen. Innig freuete sie sich, als
sie die kleine Heilwig in ihre Arme schloß,
und jeden Zug ihrer verewigten Freundinn
in ihr im Kleinen wieder fand; aber noch in-
niger wurde ihre Freude, da sie immer mehr
bemerkte, daß Heilwigs Seele ihrer Mutter so
vollkommen glich, als ihr Körper.

Daß Ida zu ihrer fernern Ausbildung nichts
versäumte, bedarf wohl keiner Erinnerung,
und der glücklichste Erfolg belohnte ihre mut-
tergleiche Mühe. Oft segnete sie ihre Freundinn
für das liebe Geschenk, das sie ihr mit ihrer
Tochter gemacht hatte, und auch Graf Adolf
freute sich seiner Pflegetochter. „Heilwig ist dein

Abbild, liebe Ida!" verſicherte er oft ſeine
Gattinn.

Als Ida nach ihrer Niederkunft die Nähe
ihres Todes fühlte, bath ſie alle Umſtehenden,
ſie mit ihrem Gemahle allein zu. laſſen.

„Soll auch ich euch verlaſſen, theuerſte
Mutter?" fragte weinend Heilwig, die nun
das achtzehnte Jahr erreicht hatte, gut, und
obgleich keine Schönheit vom erſten-Range,
doch von einer glücklichen und einnehmenden
Bildung war.

„Auch du, geliebte Tochter!" antwortete
Ida, „doch nur auf eine kurze Zeit, die ich zur
Beförderung deines Beſten anwenden will."

Heilwig ging, und Ida begann: Höre jetzt,
mein theuerſter Gemahl, die letzte „Bitte von
deiner ſterbenden Ida. Wirſt du mir im voraus
die Gewährung derſelben verſprechen, wenn
ich dich verſichere, daß dadurch dein und meiner
Heilwig Glück gegründet werden wird?"

„Sie ſey dir gewähret!" — ſchluchzte
Adolf.

„Oft ſprachſt du," fuhr Ida fort, „Heil=
wig wäre mein Abbild, und noch öfter ſag=
teſt du, daß du an meiner Seite glücklich
wäreſt."

„Das war ich, Geliebte," ſtöhnte Adolf;
und alles Glück wird von mir weichen, wenn
der Ärzte Kunſt dich' nicht zu retten vermag.

Nein, erwiederte Ida, du wirſt ſo glück=

lich, als jemahls, seyn, wenn du meiner Heilwig deine Hand gibst. Konnte Ida dir Glück
geben, so wird auch ihr Abbild dir welches
gewähren. Dich diesem guten Mädchen zu
vermählen, ist meine Bitte; und ich scheide
nun gern, da du mir ihre Erfüllung schon
gelobt hast."

„Nein, Ida, ich nehme mein Versprechen
zurück," rief Adolf hastig; „denn wie konnte
ich eine solche Bitte von dir ahnden? Heilwig
ist ein gutes, liebenswürdiges Mädchen und
des besten Mannes werth; aber deinen Verlust mir zu ersetzen vermag sie so wenig, als
irgend ein Weib. Nein, Ida, deinem Andenken will ich leben! dein Bild allein soll mein
Herz füllen, so lange es noch schlägt!"

„Ein Vorsatz, den viele Männer an dem
Sterbebette ihrer Gattinn fassen, aber nur
wenige erfüllen," erwiederte Ida. „Daß mein
Adolf einer dieser wenigen seyn würde, bezweifle ich nicht; und wie könnte ich es, da
er einst schon meiner Liebe seine Freyheit opferte? Willst du mir aber meinen Tod nicht bitter
machen, so erfülle meine Bitte, und vergiß,
aus Liebe zu mir, nicht länger die Pflichten,
welche dir obliegen. Sorgfalt für Hollsteins
Freyheit befiehlt dir eine zweyte Vermählung;
denn für die Zukunft kannst du diese Freyheit
nur dadurch sichern, daß du den Hollsteinern
einen Sohn zum Nachfolger gibst. Ich be-

schwöre dich, vermehre meine körperlichen
Qualen nicht durch Seelenschmerzen, denn
nicht ruhig kann ich von hinnen scheiden, so
lange du mir die Erfüllung meiner Bitte ver=
weigerst, aber wenn du sie mir versprichst,
wird Freude mich meinen körperlichen Schmerz
vergessen lassen. Denn bleibt mir hienieden
noch ein Wunsch übrig, wenn ich dich und
Hollstein glücklich weiß? Und daß du es an
Heilwigs Seite seyn würdest, das, mein theu=
rer Gemahl, weiß ich gewiß!"

Lange mußte noch Ida bitten, und ihren
Gatten beschwören, ehe sie ihren Endzweck
erreichte. So bald sie endlich über ihn gesiegt
hatte, bath sie ihn: die Gräfinn Heilwig her=
ein zu rufen. Heilwig erschien, und Ida
fragte sie:

„Glaubt meine geliebte Tochter in den
Armen eines Mannes, der meinem Gemahle
in allem vollkommen gleich ist, Glück zu fin=
den? Aufrichtig, liebe Heilwig! Warum er=
röthest du? Mein Gemahl hört uns nicht,
und deiner sterbenden Mutter kannst du ja
wohl eine Frage beantworten, die an ein
achtzehnjähriges Mädchen nicht zu früh ge=
than ist."

„Daß einst ein Mann, wie mein würdi=
ger Pflegvater," antwortete Heilwig, und
ihre Wangen bedeckte, ungeachtet Idas tröst=
lichen Zuspruchs, sittige Schamröthe; um

meine Hand werben möchte, dieß, verehrte
Mutter, war wohl bisweilen ein geheimer
Wunsch meines Herzens; aber ich habe mich
der Erfüllung desselben verziehen, seit mein
Forschen unter allen Männern, die ich kenne,
nicht einen fand, der ihm ganz gliche. Waren auch einige in vielen Dingen ihm ähn-
lich; so mangelte ihnen wenigstens die Güte
des Herzens, welche ich an dem Grafen von
Hollstein immer um so mehr bewunderte,
da sie sich so selten zu Tapferkeit und Heldenmuth gesellt."

„Und wenn nun der Graf von Hollstein
selbst dir seine Hand böthe," fuhr Ida fort;
„würdest du durch ihre Annahme dein Glück
zu gründen hoffen? Vergiß nicht, liebe Heilwig, daß Graf Adolf, ob du ihn gleich Vater nanntest, nicht älter, als sechs und drey-
ßig Jahr, ist."

Heilwig schwieg; das Roth ihrer Wangen
erhöhete sich zum Purpur, und Ida winkte
ihrem Gemahle, näher zu kommen. Adolf
kam. Ida zog einen Ring von ihrem Finger,
und sprach zu Heilwig, indem sie ihn an den
ihrigen steckte:

„Als Graf Adolf mir Treue gelobte, gab
er mir diesen Fingerreif zum Zeichen derselben; jetzt gebe ich ihn dir, und mit seiner
Hand gelobt Graf Adolf dir Treue.

Sie nahm Adolfs Hand, legte Heilwigs

Hand in dieselbe, und sprach dann weiter:
„Ihr seyd Verlobte. Besiegelt euer Gelübde
mit einem Kusse, und nehmt meinen besten
Segen!" — Abbild meiner Ida, gute Heil=
wig! du bist meine Verlobte," sprach Adolf
und umarmte das Mädchen, das mit gesenk=
tem Blicke seinen Kuß erwiederte. — „Nun
sterbe ich fröhlich," endete Ida diese seltene
Scene, „denn meine Adolf, mein Heilwig
und Hollstein sind glücklich! — Ihre letztern
Reden hatte Ida schon mit Mühe stockend
heraus gepreßt, und dadurch ihre wenigen
Kräfte vollends ganz erschöpft. Sie ruhete jetzt
ein wenig, um sich zu erhohlen; dann nahm
sie noch ein Mahl alle ihre Kräfte zusammen,
drückte Adolfs und Heilwigs Hand, und li=
spelte: „Lebt wohl und seyd glücklich!" —
Zu sprechen vermochte sie nun nicht mehr;
aber seelenvoll und entzückt hing ihr Blick an
den Verlobten, bis sich nach wenig Minuten
ihre Augen schlossen.

XX.

Der bedrängte Waldemar erhält von seinem Vet=
ter, dem heiligen Nicolaus, eine Beysteuer.

Vergebens hatten sich bisher Papst Honorius
der Dritte und Kaiser Friedrich der Zweyte
für den gefangenen König von Dänemark ver=
wendet. Zwar that es der letztere unscheinbar;

denn ihm selbst lag daran, die Länder, wel=
che Waldemar von dem deutschen Reiche ab=
gerissen, und der Kaiser ihm vor neun Jah=
ren abgetreten hatte, um ihn dadurch von
der Partey seines Gegners, Otto des Vier=
ten, abzuziehen, wieder damit zu vereinigen;
aber Pabst Honorius nahm sich des bedräng=
ten Königs alles Ernstes an. Er befahl dem
Erzbischofe von Cöln, den Grafen von Schwe=
rin in den Bann zu thun; und der Erzbischof
säumte nicht, den Befehl des heiligen Vaters
zu erfüllen. Aber Graf Heinrich lachte des
Bannes, so wie der Drohung des Grafen
von Orlemünde, welchem es endlich gelang
ein Heer zusammen zu bringen, das er nach
Schwerin führen wollte, um seinen gefan=
genen König mit Gewalt zu befreyen. — „Er
mag es wagen," sprach Graf Heinrich von
Schwerin; „aber so bald er die Gränzen
meines Landes betritt, soll Waldemar mit
seinem Leben für den Überfall seines Dieners
büßen." — Eben so wenig, als den Grafen
von Orlemünde, glaubte Graf Heinrich den
Bannbrief des Erzbischofs Engelbert fürch=
ten zu müssen, da er von der Treue seiner
Unterthanen so überzeugt war, als von ih=
rem Hasse gegen die Dänen, den diese schon
damahls auf sich geladen hatten, als sie un=
ter des Grafen Alberts Anführung Schwerin
verwüsteten, und der sich jetzt noch vermehrt

hatte, da die Schweriner erfahren hatten,
daß der König der Dänen die Ursache des
fürchterlichen Todes ihrer geliebten Gräfin
war. Denn Graf Heinrich, um sein Betragen gegen den König zu rechtfertigen, verhehlte die Schmach nicht, die er ihm ange-
than hatte. — Der Bann, vor dem oft Kaiser und Könige zitterten, machte also den
Grafen von Schwerin nicht unruhig, zumahl
da er versichert war, daß keiner seiner Nachbarn ihn, als einen Verbannten, von Land
und Leuten verjagen würde; denn alle hatten
sich mit dem Grafen verbunden, um von dem
Unfalle des Königs von Dänemark, der viele
unter ihnen gedrückt hatte, Vortheil zu ziehen. — Unter allen Dänen nahm der Erzbischof Andreas zu Lund, und unter allen
Auswärtigen der Erzbischof Engelbert von
Cöln, den mehresten Antheil an Waldemars
Schicksale. Schriftlich forderten beyde beynahe die halbe Welt auf, sich des seufzenden
Königs anzunehmen, und der Erzbischof von
Cöln wendete sich vorzüglich mit dieser Bitte
sehr dringend an die Erzbischöfe von Lübeck
und Verden und an den Kaiser Friedrich. Der
Kaiser erfüllte auch sein Begehren, und sandte den deutschen Ordensmeister, Herrmann
von Salza, nach Schwerin, um einen Vergleich zu vermitteln. — Waldemar, dem bekannt geworden war, daß der Graf von

Schwerin ihn zu tödten gedroht hätte, im
Falle Graf Albert seine Befreyung mit ge=
waffneter Hand zu bewirken suchen würde,
nahm jetzt die Bedingungen gern an, die ihm
vorher zu hart geschienen hatten, und die
wir euch, aufmersame Leser! wohl nicht zu
wiederhohlen brauchen. Die deutschen Reichs=
fürsten versammelten sich zu Bardewick, um
über die Rechte des Königs auf die wendi=
schen Länder zu entscheiden, und zugleich den
angefangenen Vergleich desselben mit dem
Grafen von Schwerin zu vollenden, und für
die Verbindlichkeit der Versprechungen des
Königs die Gewähr zu leisten.

Der König glaubte schon seine Befreyung
nahe, als der dänische Reichsverweser, Graf
Albert, sich den Beschlüssen der Reichsfürsten
widersetzte, und alle von dem Könige bereits
eingegangenen Bedingungen verwarf.

Ihm, dem des Reichs Wohlfahrt mehr
am Herzen lag, als die Freyheit des Königs,
schienen diese Bedingungen allzu hart, um sie
annehmen zu können. Er drang daher auf
die Auslieferung des Königs für ein Löse=
geld, das bloß in klingender Münze bestände;
und als sein Vorschlag nicht angenommen
wurde, versicherte er, daß die Dänen Macht
und Muth genug hätten, ihren König selbst
mit den Waffen in der Hand zu befreyen;
und würde sein Räuber es wagen, seine mör=

derische Hand an seiner Majestät geheiligte
Person zu legen, so sollte er dafür nebst allen
seinen männlichen Unterthanen mit dem
schmählichsten Tode büßen.

Die Unterhandlungen über die Befreyung
des Königs zerschlugen sich also, und Graf
Albert drang nach Hollstein mit einem zahlreichen Heere, das er von da aus siegend
nach Schwerin zu führen gedachte. Um von
der mächtigen Stadt Hamburg nichts zu befürchten zu haben, vielleicht auch, um, wenn
alles verloren ging, wenigstens etwas zu retten, verkaufte er die Rechte, welche ihm der
König über die Stadt gegeben hatte, für
funfzehn hundert Mark löthigen Silbers an
die Bürger derselben.

Muthvoll und mit Hoffnung des Sieges
rückte er nun mit seinem Heere weiter vor;
aber bald sah er sich in seiner Hoffnung getäuscht. Graf Adolf mit seinen Verbündeten,
dem Erzbischofe von Bremen, und den Grafen
von Schwerin und Werle, zogen ihm entgegen, und des Grafen Alberts persönliche Tapferkeit konnte ihm so wenig den Sieg verschaffen, als die Aufforderung an seine Krieger, für die Ehre ihres Vaterlandes und die
Befreyung ihres Königs alles zu wagen. Die
Dänen fochten tapfer, erlagen aber doch noch
ihren tapferern Gegnern. Graf Albert selbst
wurde gefangen genommen, nachdem sein gan-

zes Heer geschlagen worden war. Graf Hein=
rich von Schwerin, welcher ihn zum Gefan=
genen gemacht hatte, führte ihn nach Schwe=
rin, wo er den gefangenen Königen Gesellschaft
leistete, und Graf Adolf bemächtigte sich un=
terdessen vollends seines ganzen väterlichen
Erbes; nur Hamburg hatte sich ihm noch
nicht unterworfen.

Jetzt zog er mit seiner ganzen Macht vor
diese Stadt, die sich ihm nicht ergeben woll=
te, weil sie vorgab, sich durch die Summe,
welche sie dem Grafen Albert gegeben hätte,
von jeder Herrschaft los gekauft zu haben.

Graf Adolf wendete dagegen ein, daß Al=
bert kein Recht gehabt hätte, eine Stadt zu
verkaufen, die er nicht ein Mahl mit Fug sein
nennen konnte, und begann die Belagerung
Hamburgs mit Thätigkeit.

Muthig wehrten sich die tapfern Bürger
lange Zeit; denn sie fochten für ihre Freyheit:
aber ihr Muth verminderte sich dennoch nach
und nach, als die Hollsteiner bereits eine große
Anzahl ihrer Kämpfer getödtet hatten. Zwar
hatten andere ihren Tod durch den Tod vie=
ler Hollsteiner gerächt; allein die Menge der
Belagerer verminderte sich hierdurch nicht,
weil der Verlust an Getödteten immer durch
neu herzu kommende Mannschaft ersetzt wurde,
da im Gegentheile die Belagerten keinen ein=
zigen ihrer Bürger ersetzen konnten.

Der Vertheidiger Hamburgs wurden da=
her immer weniger, so wie der vorräthigen
Lebensmittel, da Graf Adolf alle Zufuhr
abschnitt. Die hamburgischen Bürger glaub=
ten nun, daß es die höchste Zeit wäre, über
ihr Schicksal gemeinschaftlich Rath zu pfle=
gen. So wie jederzeit in bedenklichen Fäl=
len, waren auch hier die Meinungen ge=
theilt. Einige hielten es für das Weislichste,
sich zu ergeben, indessen andere, denen ei=
nige hundert Mark theurer waren, als ihr
Leben, Vertheidigung bis auf den letzten
Mann anriethen, damit nicht eine so schöne
Summe Geldes, als die, welche sie dem
Grafen von Orlemünde für die Abtretung
seiner Rechte auf ihre Stadt gezahlt hatten,
nutzlos vergeudet worden wäre.

„Laßt uns nicht von einem Äußersten zum
andern übergehen, wackere Mitbürger!" be=
gann endlich Standart, der älteste Bürger=
meister; „in den jetzigen Zeitumständen bleibt
uns keine Hoffnung übrig, alle erkauften Frey=
heiten zu erhalten; aber eben so wenig fürch=
te ich, daß wir sie alle verlieren werden,
wenn wir uns dem Erben unsers vorigen
Oberherrn nicht allzu hartnäckig widersetzen;
und immer ist es besser, wenigstens etwas
zu behalten, als alles zu verlieren. Dieß
würde ohne Zweifel unser Fall seyn; denn
wie ist es möglich, daß wir, deren Zahl

immer kleiner wird, über ein Heer siegen
könnten, das sich eher vermehrt als vermindert.
Überdieß, wackre Brüder, bedenkt, daß unser
Untergang unvermeidlich ist, wenn der Graf
Adolf unsere Stadt nur noch einige Tage
umlagert. Bisher zwar konnten wir unser
Leben noch spärlich fristen; aber bald würde
der Tod uns alle aufreiben, weil unsere Vor=
rathshäuser schier leer sind. Laßt uns daher in
das Lager des Grafen von Hollstein gehen!
Er ist nicht hart, und wird uns wenigstens
die Freyheiten bestätigen, die durch seines
Vaters Vermittlung Kaiser Friedrichs des
ersten Majestät uns verlieh."

Alle Versammelten nahmen bald ihres Bür=
germeisters Meinung an, und dieser machte
sich, begleitet von den mehresten Rathsherren
und den vornehmsten Bürgern, nach dem
Lager des Grafen Adolfs auf. Sie verlang=
ten vor den Grafen gelassen zu werden, und
Graf Adolf, der durch Menschenfreundlich=
keit sich aller Herzen gewann, so wie die
Stärke seines Armes über alle seine Feinde
siegte, stand von seinem Feldsessel auf, und
ging den hamburgischen Abgeordneten bis
an den Eingang seines Zeltes entgegen.

„Wir kommen, gnädiger Herr!" begann
der Bürgermeister seine Rede, „uns euch zu
unterwerfen; doch belebt von der Hoffnung,
durch diese Unterwerfung unserer Freyheiten

nicht verlustig zu werden. Der Ruf, gnädiger
Herr, nennt euch nicht nur gerecht, sondern
auch gütig und mild; und im Vertrauen auf
eure Milde wagen wir es, mit euch zu sprechen, wie Vaterlandsliebe uns zu reden gebeut. Wir haben nicht nöthig, euch, gnädiger Herr, den Unfall, welcher uns Dänemark unterwarf, in das Gedächtniß zurück
zu rufen, da er euch sonder Zweifel noch
lebhaft vorschweben wird. Wir schwören
es euch, daß wir es oft beseufzten, unsres
verehrten Oberherrn beraubt zu seyn; aber
blieb uns nur die geringste Hoffnung übrig,
daß wir ihn und mit ihm Ruhe und Freude
würden wiederkehren sehen? Zwar verbrei-
tete sich ein Mahl das Gerücht in unserer
Stadt, daß ihr, gnädiger Herr, nach Hollstein gekommen wäret, um es von der dänischen Dienstbarkeit zu befreyen, aber dieß
Gerücht verlor sich bald wieder, und wir hielten es für leer, weil wir sogar keine Unternehmungen sahen, die es zu bestätigen geschienen hätten, und weil wir uns schmeichelten, daß ihr, gnädiger Herr, wenn ihr euch
wirklich in Hollstein befunden hättet, dieser
treuen Stadt, welcher euer Herr Vater so
oft seine Gnade versicherte und bewies, einige Kunde von eurer Gegenwart gegeben
haben würdet.„

„Wir wissen zwar, daß die Stimme des

Rechts und der Gerechtigkeit im Geräusche der
Waffen selten hörbar ist; aber es ist uns
auch nicht unbekannt, daß sie dennoch bis=
weilen gehöret wird; und daher erfüllt uns
die zuversichtliche Hoffnung, daß Milde und
Gnade euer Ohr jener Stimme und dem Fle=
hen der Hamburger öffnen wird, so wie wir
uns schmeicheln, daß ihr, gnädiger Herr,
es uns nicht zur Untreue rechnen werdet, daß
wir, als uns keine Hoffnung mehr übrig
war, eurem Herrn Vater, einst unserm ver=
ehrten Herrn, wieder gehorchen zu können,
uns durch eine große Summe Geldes, die
der Fleiß unserer Bürger so mühsam erwarb,
als ihr Patriotismus sie jetzt willig opferte,
von aller Herrschaft los kauften. Wir erken=
nen die eurige wieder an, leben aber der
frohen Hoffnung, daß ihr, gnädiger Herr,
unsere so wohl von kaiserlicher Majestät erhal=
tenen, als später hin durch unserer Bürger
Fleiß und Patriotismus erworbenen Frey=
heiten nicht beeinträchtigen werdet."

Graf Adolf entließ die hamburgischen Ab=
geordneten, worauf er die Vornehmsten sei=
nes Heeres zu sich entbiethen ließ, um mit
ihnen über den Antrag der Hamburger Rath
zu halten. Einige derselben, welche nach
dem Reichthume der Bürger gelüstete, den
sie durch eine Plünderung zur Beute zu er=
halten hofften, riethen dem Grafen, sich auf

keinen Vergleich mit den Hamburgern ein=
zulaſſen, da es mit ihnen bereits ſo weit ge=
kommen wäre, daß ſie ſich ihm auf jede Be=
dingung ergeben müßten, wenn ſie nicht des
Hungertodes ſterben wollten; aber der milde
Graf Adolf pflichtete ihrer Meinung nicht
bey, ſondern trat mit den Hamburgern in
Unterhandlungen, und ob er ihnen gleich
ihre Bitte nicht in ihrem ganzen Umfange ge=
währte, ſo beſtätigte er ihnen doch wenig=
ſtens alle Freyheiten und Rechte, welche ſie
von dem Kaiſer Friedrich dem Erſten erhal=
ten hatten; vorzüglich die Befugniß; aus
ihren Bürgern ſich Männer wählen zu dür=
fen, die unter dem Vorſitze des gräflichen
Gerichtsvogts über ſie richteten; ſo wie das
Recht dieſer Rathsmänner, zwey Theile der
Strafgelder für ſich zu behalten, und nur den
dritten dem Gerichtsvogte zu geben. Die
Hamburger, hiermit vollkommen zufrieden,
überlieferten dem Grafen die Schlüſſel ihrer
Stadt, huldigten ihm, und Adolf ſah ſich
nun im Beſitze von ganz Hollſtein.

Adolf hatte geſchworen, ſeiner verlobten
Heilwig die Hand nicht eher zu geben, bis
ganz Hollſtein ihn Herr nennen würde. Jetzt,
da dieſer frohe Zeitpunct eingetreten war,
ſäumte er nicht länger, ſich der Gräfinn Heil=
wig zu vermählen, und die Luſtbarkeiten, wo=
mit er dieſes frohe Ereigniß feyerte, ſchloſ=

sen sich unmittelbar an die Feste, welche die Hamburger angegeben hatten, um die Huldigung des Grafen feyerlicher zu begehen.

Um eben die Zeit, da Adolf sich der Wiedererlangung Hollsteins und der Verbindung mit der liebenswürdigen Heilwig freuete, jauchzte König Waldemar laut über seine wieder erlangte Freyheit, nachdem er den Verlust derselben zwey Jahr, sechs Monden und funfzehn Tage beseufzt hatte, ob er sie gleich durch noch härtere Bedingungen, als die ihm vorher gemachten, hatte erkaufen müssen. Außer den fünf und vierzig tausend Mark löthigen Silbers mußte er dem Grafen von Schwerin selbst alle Reichskleinodien der Königinn, dreyhundert Zimmer köstliches Pelzwerk und tausend Ellen flandrischen Scharlach, zur Kleidung für hundert Ritter und Rosse, zum Lösegeld geben.

Außer dem trat er alle jenseit der Eyder liegenden Länder dem deutschen Reiche ab, versprach, keinen Versuch zu machen, dem Grafen Adolf sein erobertes väterliches Erbe wieder abzunehmen, verwilligte den lübeckischen und hamburgischen Bürgern freye Handlung durch sein ganzes Reich, und schwor, an dem Grafen von Schwerin und seinen Bundesgenossen sich weder selbst zu rächen, noch durch seine Freunde und Bundesverwandte sich rächen zu lassen. Außer seinem Sohne

Waldemar gab er auch seine übrigen Söhne zu Geißeln, und kehrte dann in sein Reich zurück; aber den Grafen Albert von Orlemünde ließ der Graf von Schwerin noch zwey Jahre lang im Gefängnisse schmachten, um ihn für seine Drohungen zu bestrafen.

So bald Waldemar zu Dänemark angekommen war, belegte er alle Bewohner dieses Landes mit einer großen Schatzung, um die ungeheure Summe aufzubringen, welche zur Auslösung der Geißeln und des gegebenen Pfandes erforderlich war. Weil die Beyträge der weltlichen Bewohner des Königreichs noch nicht zureichten, forderte er auch die geistlichen dazu auf, verlangte besonders von dem reichen Stifte in Aarhuus eine ansehnliche Spende, und berief sich deßhalb auf seine Verwandtschaft mit dem Schutzheiligen desselben, dem heiligen Nicolaus, so höchlich sich auch der Bischof Peter, ob dieses eiteln Vorwandes, ärgerte, weil er meinte, diese ehrenvolle Verwandtschaft sollte im Gegentheile den König zu Spenden auffordern.

„Wenn mein Vetter Nicolaus meiner Hülfe bedarf," wendete Waldemar ein, soll sie ihm nicht entstehen; aber dagegen hoffe ich auch, daß er mir die seinige, da ich ihrer jetzt so hoch benöthigt bin, nicht verweigern wird. Ich bitte euch, Herr Bischof, seht nur ein Mahl das Conterfät meines lieben heili-

gen Vetters an, ob es euch nicht Erlaubniß
zuwinkt. Wir fehlen nur noch tausend Mark,
und diese kann mein heiliger Vetter ohne sei=
nen Nachtheil entbehren."

So viele Einwendungen auch Bischof Pe=
ter machte, so sah er sich doch endlich genö=
thigt, dem Könige die tausend Mark, wel=
che er begehrte, aus dem Schatze des Stifts
zu reichen, und König Waldemar eilte nun,
seine Söhne und die Kleinodien seiner Ge=
mahlinn wieder einzulösen.

XXI.

Einige Worte über die Handelsartikel der Päpste.

Bey dem heiligen Vater zu Rom, sollt ihr
wissen, war sonst für klingende Münze, au=
ßer der Vergebung der Sünden, auch Ent=
bindung von geleisteten Eiden zu erhalten.
Wir zweifeln nicht, daß Pius der Sechs=
ste so gute Preise machen würde, als Hono=
rius der Dritte; aber bey ihm wird nicht
mehr nach diesen aus der Mode gekommenen
Artikeln gefragt. Auch König Waldemar,
den sein zu Erhaltung seiner Freyheit ge=
leisteter Eid reuete, so bald er sich wieder in
Dänemark sah, wendete sich mit ziemlichen
Bitten, durch eine beygefügte nahmhafte
Summe goldener Schilde eindringender ge=

macht, an den Papst Honorius den Dritten, und erhielt, was er wünschte.

Kaum hatte des heiligen Peters Löseschlüssel ihn seines Eides entlediget, als er ein zahlreiches Heer aufbrachte, mit welchem er sich, verbunden mit dem Herzoge von Lüneburg, Otto dem Kinde, an dem Grafen von Schwerin zu rächen, und die ihm entrissenen Länder wieder zu erobern gedachte.

Um sich den Rücken frey zu machen, fiel er zuerst im Lande der Ditmarser ein, und bediente sich zur Bezwingung dieses Volks der Hülfe der Nordfriesen, welche mit den Ditmarsern in immer dauernder Fehde lebten. Die Ditmarser wehrten sich zwar tapfer, mußten aber endlich doch der Übermacht ihrer Feinde nachgeben. Siegreich verließ Waldemar ihr Land, und drang nun in Hollstein ein, wo seine Waffen Anfangs nicht minder siegreich waren.

In kurzer Zeit bemächtigte er sich der Festen Itzehoe und Rendsburg, worauf er sogleich die Belagerung Segebergs begann. Hier war er weniger glücklich. Die Belagerten selbst thaten öftere Ausfälle, und noch mehr als diese, schadeten dem dänischen Heere die wiederhohlten Angriffe des Grafen von Hollstein und seiner Bundesverwandten. Waldemar sah sich demnach genöthigt, die

Belagerung aufzuheben, und Adolf zog nun
vor Itzehoe, um diese Festung wieder einzunehmen. Dieß gelang ihm so wenig, als dem
Könige von Dänemark die Eroberung Segebergs und, um durch Verstärkung seines Heeres auszurichten, was er jetzt noch nicht vermochte, rief er den Herzog Albert von Sachsen zu Hülfe, der auch eilends zu kommen
versprach.

Indessen Graf Adolf und die Grafen von
Schwerin und Werle des Herzogs Alberts
Zukunft harrten, erhielt König Waldemar
traurige Bothschaft aus Lübeck.

Die Bürger dieser reichen Handelsstadt
hatten schon längst darüber geseufzt, daß König Waldemar ihnen die Reichsunmittelbar-
keit, die ihnen von Kaiser Friedrich dem Ersten verliehen worden war, wieder geraubt
hatte. Jetzt, da Waldemars Macht merklich
geschwächt worden war, hofften sie sich wieder in den Besitz ihrer verlornen Freyheit zu
setzen. Sie sandten daher ihren Bürgermeister, Alexander Soltwedel, an Kaiser Friedrich den Zweyten ab, und ließen die kaiserliche
Majestät demüthig bitten, der bedrängten
Stadt die Freyheiten wieder zu verschaffen,
die ihr von deren hochseligem Großvater zu
Theil geworden wären.

Alexander Soltwedel wußte kaiserlicher
Majestät zugleich an das Herz zu legen, daß

dem gesammten heiligen römischen Reiche an
der Freyheit der Stadt Lübeck viel gelegen
seyn müsse, da sie den ganzen deutschen Handel auf der Ostsee beförderte, und zur Schutz-
wehr wider die am Ufer wohnenden Feinde
Deutschlands diente. Zugleich erinnerte er
den Kaiser an die Treue, mit welcher Lübeck
immer dem deutschen Reiche zugethan gewesen wäre; besonders an die schätzbaren Rechte
und Freyheiten, mit denen Friedrich der Erste
einst diese Treue belohnt hätte, und schloß
dann mit der Bitte, diese Freyheiten zu erneuern und zu bestätigen.

Kaiser Friedrich gab den Bitten des Bürgermeisters Gehör, und versicherte ihn, daß
er selbst der reichsgetreuen Stadt zu Hülfe
eilen würde, wenn er nicht, um seinen Wi-
dersacher, den Papst Honorius, sich weniger
abgeneigt zu machen, seinen ihm gelobten
Zug nach dem heiligen Lande anzutreten ge-
dächte. Indessen versprach er doch, zu thun,
was er vermöchte, und die Lübecker nicht
nur dem Grafen Adolf von Hollstein und seinen Bundesverwandten zu empfehlen, sondern ihnen selbst ein Häuflein tapferer Krieger zur Unterstützung und Verfechtung ihrer
gerechten Sache zu senden. „Bemüht euch"
endete Friedrich, „die dänische Besatzung euch
vom Halse zu schaffen. Thut ihr das, so nehmt
unser kaiserliches Wort, daß unsere Hülfs-

völker, Herzog Albert von Sachsen und der
Graf von Holstein mit seinen Genossen, eher
bey euch seyn sollen, als die Dänen."

Freudig kehrten nun die Lübecker zurück,
mit dem festen Vorsatze, sich durch List der
dänischen Besatzung zu entledigen. Sie, die
vorher bey des Königs Befreyung Feste an=
gestellt hatten, um ihre Freude darüber zu
bezeigen, feyerten jetzt auch die Auslösung sei=
ner Söhne, und versicherten oft, daß sie ih=
rem großen Beherrscher ein glücklicheres Schick=
sal wünschten, als das seinige bisher gewe=
sen war. Hierdurch erwarben sie sich das Zu=
trauen der Dänen in so hohem Grade, daß
sie in das Schloß, welches diese, um die
Stadt im Zaume zu halten, besetzt hielten,
frey aus= und eingehen durften. Um das gu=
te Zutrauen, welches die Dänen gegen sie äu=
ßerten, noch fester zu gründen, verbargen sie
ihre Absicht noch eine Zeit lang, und bewie=
sen sich in allem als treue Unterthanen des
Königs von Dänemark.

Laute Freude tönte in der Stadt, als das
Gerücht vom Einfalle des Königs in Hollstein
daselbst erscholl, und, als auch die Nachricht
von der Eroberung der Festen Rendsburg
und Itzehoe dahin kam, beschloß der Rath,
seine Freude durch öffentliche Lustbarkeit zu

beweisen. Auf dem flachen Felde vor Lübeck wurde ein Lustspiel angestellt, bey welchem nicht nur die vornehmsten Bürger, sondern auch der größte Theil der dänischen Besatzung, nebst ihrem Befehlshaber, Zuschauer waren. Alle waren fröhlich, doch als das Lustspiel auf dem Felde sich seinem Ende nahete, begann in der Stadt ein Trauerspiel. Eine Anzahl streitbarer Bürger hatte sich vor dem Schlosse versammelt, und ein Theil derselben ging hinein, ohne daß die wenigen zurückgebliebenen Dänen etwas befürchteten, da sie schon gewohnt waren, die Bürger mitten unter sich zu sehen.

Freyheit! Freyheit! riefen jetzt die in das Schloß gedrungenen Bürger, zogen die Waffen hervor, die sie bis dahin unter ihren Kleidern verborgen gehalten hatten, und Freyheit! erscholl bald die einmüthige Stimme der vor dem Schlosse versammelten Menge. Die Zurückgebliebenen folgten nun den Vorangegangenen, und in wenig Augenblicken hatte Streben nach Freyheit alle Dänen erwürgt. Ehe noch der Aufruhr in der Stadt zu den Ohren der Dänen gedrungen war, die sich außer derselben belustigten, öffneten die siegenden Lübecker die Thore, gaben ihren, dem Lustspiele zusehenden Mitbürgern durch den

Adolf IV.   U

wiederhohlten Ruf: Freyheit! die Losung zum
Angriffe, und jetzt zogen auch diese verborgene Waffen hervor. Von allen Dänen entrannen nur wenige, die nach Hollstein eilten,
dem Könige die traurige Bothschaft zu bringen.

Die Lübecker sendeten dagegen einen Eilbothen an den Kaiser Friederich ab, der sich
des glücklichen Erfolgs freuete, der die Unternehmung der Lübecker bekrönt hatte. Er
bestätigte nicht nur die ihnen von seinem Großvater ertheilten Freyheiten, sondern vermehrte
sie mit noch größern; und sendete den tapfern
Bürgern, drey hundert auserlesene Krieger
zu Hülfe.

König Waldemar war unschlüssig, ob er
vor Lübeck ziehen, oder sein Kriegsglück gegen den Grafen von Hollstein weiter versuchen sollte, und seine Unentschlossenheit endigte sich nicht eher, bis er erfuhr, daß Kaiser Friedrich die Stadt zu einer freyen Reichs-
stadt erklärt hätte. Alle Befehlshaber seines
Heeres stellten ihm vor: daß jetzt am ersten
wider Lübeck etwas auszurichten seyn würde,
da die Bürger im ersten Taumel ihrer Freude wahrscheinlich nicht daran gedacht hätten,
sich auf einen Angriff von ihrem rechtmäßigen
Herrn gefaßt zu machen. Waldemar gab den
Vorstellungen der Vornehmsten seines Heers

Gehör, und eilte nach Lübeck, um sich diese
Stadt zu erhalten; allein er konnte nichts wider sie unternehmen, da er den Herzog von
Sachsen und den Grafen von Holstein nebst
seinen übrigen Bundesgenossen schon zu seinem Empfange bereit fand.

Es war schon spät im Jahre, da König
Waldemar mit seinem Heere vor Lübeck anlangte. Ohne etwas zu wagen, blieb er eine
Zeit lang im Felde stehen, dann zog er sich
zurück, mit dem Vorsatze: im folgenden Jahre
mit einer noch stärkern Macht auszurichten, was
ihm bisher nicht gelungen war. Nur in Hollstein ließ er so viele seiner Krieger zurück, als
ihm zur Behauptung der eroberten Festen nöthig schien.

Jetzt glauben wir einer Begebenheit erwäh-
nen zu müssen, die sich gleich nach Waldemars
Einfalle in Holstein zu Adolfs Vortheile er-
eignete.

So bald die Ditmarser von dem König Waldemar bezwungen worden waren, hatten sie
Abgeordnete an den Grafen Adolf gesandt,
und im Geheimen sich für ihm erklärt.

„Des König Absicht” versicherten die Abgeordneten, ist nicht allein uns, sondern auch
euch zinsbar zu machen. „Uns ist bekannt genug, gnädiger Herr, daß ihr und alle die eu-

rigen des festen Entschlusses seyd: eure Frey=
heit bis auf den letzten Blutstropfen zu ver=
theidigen. Auch wir, wie euch nicht unbe=
wußt seyn wird, ergaben uns nicht als Fei=
ge, sondern wehrten uns nach unsern besten
Kräften. Wir mußten zwar der Menge der
Feinde unterliegen, aber mit euch verbunden
hoffen wir, zu vermögen, was uns allein
unmöglich war. Hört demnach, gnädiger Herr,
was wir eures und unsres Landes Wohlfarth
für diensam erachtet haben. Wir wollen gegen
den König von Dänemark Treue heucheln,
damit er uns auffodert, sein wider euch ge=
führtes Heer zu verstärken. Sobald dann zwi=
schen euch und dem Könige eine Schlacht vor=
fällt, wollen wir, indeß ihr ihn von vorn an=
greift, ihm in den Rücken fallen. Um euch zu
bezeichnen, wenn wir dieß thun wollen, wer=
den wir unsere Schilde umkehren. Siegen wir,
und das hoffen wir mit Zuversicht, so begeh=
ren wir zum Lohne dafür, daß wir euch den
Sieg erkämpfen halfen, von euch für frey
und unabhängig erklärt zu werden."

Dieß versprach Adolf den Ditmarsern, die
mit der fröhlichen Nachricht: daß ihnen ihr
Plan gelungen wäre, wieder in ihr Vaterland
zurückkehrten, wo sie des Aufrufs des Königs
von Dänemark: seinem Heere zu folgen, mit

Ungeduld harrten. Allein das ganze Jahr ver=
floß, und es erfolgte kein solcher Aufruf, weil
Waldemar den Ditmarsern nicht traute.

XXII.
Die heilige Mariana Magdalena fängt die Son-
nenstrahlen auf.

Die kriegführenden Parteyen wendeten den
Winter an, um ihre Heere zu verstärken; und
Waldemar beschloß sogar, sich im künftigen
Feldzuge der Ditmarser zu bedienen, da sie
während des Winters nichts wider ihn un=
ternommen hatten, obgleich Waldemar in
ihrem Lande nur wenige seines Volks zu=
rück ließ.

Beyde Heere rückten bald wieder in das
Feld. Waldemars Heer war ungleich zahl=
reicher, als das, welches er im vorigen Jahre
nach Hollstein geführt hatte; aber auch Adolfs
Heer hatte sich ungemein vergrößert. Er selbst
glaubte, alle seine Macht aufbiethen zu müs=
sen; seine Bundesgenossen hatten das Nähm=
liche gethan, und die Zahl derselben war noch
überdieß, gegen den Anfang des vorigen Jah=
res gerechnet, vermehrt worden; denn eine
zahlreiche Menge Lübecker unter der Anführung
ihres Bürgermeisters Soltwedel, nebst den
ihnen zu Hülfe geschickten kaiserlichen Hülfs=
völkern, hatten sich mit ihm verbunden.

Obgleich der Herzog Albert von Sachsen und mehrere Grafen sich bey dem Heere befanden, so war doch Graf Adolf allgemein zum obersten Feldherrn erwählt worden. Die Beweise, die er im Feldzuge des vorigen Jahres von seiner Tapferkeit und Kriegserfahrenheit abgelegt hatte, erwarben ihm theils diese ehrenvolle Stelle, theils glaubte man auch, von ihm den größten Heldenmuth mit Rechte erwarten zu dürfen, da beynahe keinem der übrigen so viel an dem Siege liegen konnte als ihm, denn so wie dieser ihm den Besitz seines mühsam wieder eroberten väterlichen Erbes sicherte; so mußte er im entgegen gesetzten Falle befürchten, daß eine unglückliche Schlacht ihn desselben leicht wieder verlustig machen könnte.

Heilwig ahmte ihr Vorbild, Ida, auch darin nach, daß sie ihren Gemahl auf seinen Heereszügen begleitete. Im Laufe des verflossenen Jahres war sie nicht von seiner Seite gewichen, und auch jetzt würde sie ihn begleitet haben, wenn nicht Graf Adolf sie beschworen hätte, auf dem Schlosse zu Plön zurück zu bleiben. Ein Jahr vorher hatte schon Adolf durch Heilwig den Wunsch erfüllt gesehen, dessen Erfüllung durch Ida er vergebens gehofft hatte. Heilwig beschenkte ihren Gemahl

mit einer Tochter; und jetzt sah sie einer zweyten Niederkunft entgegen. Dieß war die Ursache zu Adolfs Bitte, in Plön zurück zu bleiben, damit sie sich und ihr Kind keiner Gefahr aussetzte; eine Bitte, die der zärtlichen
Gattinn schwer zu erfüllen wurde.

So viel von der liebenswürdigen Heilwig,
deren wir im Kriegsgetümmel beynahe ganz
vergessen hätten.

Zwey Monden standen schon die Heere im
Felde; aber noch war nichts Entscheidendes
vorgefallen, ob sie sich gleich durch kleinere
Gefechte zu Schlachten vorbereitet hatten. Endlich wurden beyde des Zauderns müde, und
rüsteten sich auf einer weiten Ebene nahe bey
dem Dorfe Bornhövede zu einem entscheidenden Kampfe. Beyde Heere standen entgegen,
und hatten zwischen ihren Lagern zur Schlacht
Raum genug gelassen. Zwey Tage ruheten sie,
um alle ihre Kräfte zu sammeln; nur die Vor-
posten griffen sich zuweilen an; aber am dritten
Tage, mit Anbruch der Morgenröthe, begann
der Kampf. — Es war das Fest der heiligen
Maria Magdalena im Jahre 1227, an welchem Graf Adolf den Streit wagte, der über
Hollsteins Freyheit entscheiden sollte. — Folgt
uns daher, theure Leser! auf das Schlachtfeld,
um diesen Streit mit anzusehen. — Auf dem

rechten Flügel des dänischen Heeres standen die lüneburgischen Hülfsvölker, von ihrem Herzoge, Otto dem Kinde, angeführt. Den linken Flügel befehligte Waldemars Sohn, Abel, und an der Spitze des Mittelpunctes befand sich der König von Dänemark selbst. Die Ditmarser hatte er in das Hintertreffen gestellt, damit sie nicht, wie er fürchtete, zu dem Feinde übergehen möchten. Ihm entgegen stand Graf Adolf, der Kaiser Friedrichs tapfere Streiter zunächst hinter sich hatte. Den rechten Flügel des verbundenen Heers führte Graf Heinrich von Schwerin und Alexander Soltwedel an, den linken Herzog Albert von Sachsen, und der Erzbischof Gerhard von Bremen, nebst Burwin, dem Fürsten der Wenden, machten mit ihren Völkern das Hintertreffen aus. —

Jetzt ertönte die Schlachttrompete; das Feldgeschrey erscholl; zahllose Pfeile sausten durch die Luft, die sie verfinsterte, und hohen Muthes voll begannen die Krieger beyder Heere sich einander zu nähern. — — „Erinnert euch, daß ihr für eure Freyheit fechtet!" rief Graf Adolf den Seinigen zu, und stürzte sich wüthend den Feinden entgegen, um den Muth seiner Krieger durch sein Beyspiel noch mehr zu entflammen. — „Es gilt eure Freyheit!" ermunterte Alexander Soltwedel die lü-

beckischen Bürger; und: „Für ihre Freyheit und
Rache!" war das Feldgeschrey des Grafen von
Schwerin. — „Seyd eingedenk," forderte der
Anführer der kaiserllichen Hülfvölker die
Seinigen zur Tapferkeit auf, „des hohen Zutrauens das die kaiserliche Majestät in euch setze,
da sie euch Wenige den getreuen reichsfreyen
Lübeckern zur Hülfe wider den mächtigen Waldemar sandte. An unseres Häufchens Spitze
prangt der kaiserliche Adler; ringet, ihm Ehre zu
machen!" — „Ihr fechtet zum Schutze der Bedrängten und für eure eigene Ehre," rief Herzog
Albert seinen Kriegern zu, und mehr noch, als
durch diese Ermunterungen wurden alle Streiter durch das Beyspiel ihrer Anführen mit Hel-
denmuthe belebt. Ihre Tapferkeit und Uner-
schrockenheit machten auch den Feigsten beherzt.
Mit Verachtung der Gefahren drangen alle auf
die Dänen los, und schmetterten mit Riesenkraft, was ihnen widerstand, vor sich nieder. —
Die Dänen fochten mit gleichem Muthe, aber
unter ihnen nahm nicht jeder einzelne so nahen
Antheil an dem Erfolge des Treffens, als unter ihren Gegnern. Die Hollsteiner und alle
mit ihnen Verbundenen kämpften für ihre Freyheit; die Dänen nur zur Vergrößerung der
Macht ihres Königs. Freyheit erhöhet die Tapferkeit mehr, als Treue gegen einen Despo-

ten; eine Erfahrung, welche die Hollsteiner und Dänen bestätigten. Diese vermochten jene nicht abzuhalten, viel weniger sie zurück zu drängen. Wie ein reißender Strom, aus dem Ufer gepreßt, breiteten die Hollsteiner sich unaufhaltsam immer weiter aus. — Was die Dänen nicht vermocht hatten, bewirkte endlich die Sonne. Der Mittag war herangekommen, und die Sonne warf ihre Strahlen so heiß, als sie sie gewöhnlich wirft, wenn sie in dem Hundssterne steht, senkrecht auf die Hollsteiner. Durch sie geblendet, und schmachtend vor Hitze, begannen sie zu weichen; und als Graf Adolf sie zur Ausdauer aufmuntern wollte, sah er sein Heer bereits in Unordnung. Er blickte nach den Ditmarsern, die ihm kurz vor Anfange des Treffens ihr schon einst gegebenes Versprechen durch einen geheim abgesandten Bothen hatten erneuern lassen, aber noch machten die Ditmarser keine Miene zum Angriffe, und Graf Adolf mußte demnach durch Zureden zu bewirken suchen, was er durch die Nachricht von der unvermutheten Hülfe der Ditmarser freylich leichter erreicht haben würde.

Mit Windesschnelle eilte er von einem Ende des Heeres zum andern, den sinkenden Muth der Seinigen zu stärken. Er erinnerte sie an ihre ihm gelobte Treue, und bemühte

sich, ihren Ehrgeiz aufzuregen. — „Heißt dieß
Treue beweisen, und für die Freyheit fech=
ten, wenn man nach schon halb errungenem
Siege durch kurzes Ungemach sich zurück
schrecken läßt, ihn ganz zu erhalten?" rief
Adolf den Fliehenden zu, „Eulen, nicht Men=
schen fliehen der Sonne Glanz, und tapfern
Kriegern ziemt es nicht, gleich weichlichen
Weibern der Hitze zu erliegen. Eilt denn her=
bey, ihr, die ihr würdig seyd, Männer und
Verfechter der Freyheit zu heißen! Bedenkt,
daß ihr durch eure Flucht euch Sclavenfesseln
auflaßen würdet, und kehrt mit mir zurück
in den Kampf, damit ihr nicht Schmach über
eure Anführer, die hohes Zutrauen zu eurem
Muthe belebte, und Elend über euch selbst und
über eure Weiber und Kinder bringt! In wes=
sen Busen Muth und Vaterlandsliebe glühen,
der eile mir nach, um den Sieg zu vollenden,
der uns schon zu winken begann! Kommt! und
rettet eure Ehre denn unsere Feinde werden glauben, ihr wäret nur aus List gewichen, wenn ihr den Kampf wieder mit neuem
Muthe anfangt!" — Adolf stürzte sich nun
in der Schlacht größtes Getümmel, und die
übrigen Anführer des Heeres, die gleich ihm
die Ihrigen zum Muthe aufgefordert hatten,
thaten wie er. Alle hatten ihren Zweck er-

reicht. Muth, Ehrgefühl und Vaterlandsliebe
feuerten alle Flüchtigen zur Rückkehr an, und
sie erneuerten den Kampf so tapfer, als ob
sie frische Kräfte erhalten hätten.— Kaum
hatten sie den zweyten Angriff gethan, als
die Sonne mit Wolken verhüllt wurde, so
daß ihre Strahlen den Hollsteinern nicht mehr
beschwerlich waren ; und alles Volk schrie
Wunder, da die Wolken nicht größer waren,
als daß sie nur den Hollsteinern die Sonne verbargen, und der zurück fallende Sonnenglanz
jetzt die Dänen blendete. Bald erklärte sich
der Sieg zum zweyten Mahle für die Hollsteiner, und er entschied völlig für sie, da jetzt
auch die Ditmarser, ihrem Versprechen zu
Folge, den Dänen in den Rücken fielen. Furcht,
daß das Joch, welches die Dänen ihnen aufgebürdet hatten, ohne Zweifel noch drückender werden würde, wenn sie etwas wider diese unternähmen, und Graf Adolf dennoch die
Schlacht verlöre, machte, daß sie mit ihrem
Angriffe zögerten, bis die wiederkehrende
Tapferkeit der Hollsteiner einen glücklichen
Erfolg verkündigte. Jetzt floß das Blut in
Strömen, und von den von allen Seiten angegriffenen Dänen entrannen nur wenige dem
Tode oder der Gefangenschaft. Vier tausend
wurden ein Raub des Todes ; eine ungleich

größere Zahl mußte sich den Siegern zu Ge=
fangenen ergeben, unter denen sich auch Her=
zog Otto von Lüneburg befand, der dem Gra=
fen von Schwerin in die Hände fiel. König
Waldemar selbst verlor ein Auge. Er sank
sinnlos zu Boden, und Gefangenschaft zum
zweyten Mahle würde sein glücklichstes Loos
gewesen seyn, wenn nicht ein Reiter herbey
geflogen wäre, der ihn vor sich auf sein Pferd
nahm, und ihm durch eine schnelle Flucht
nach Kiel Leben und Freyheit erhielt. — Als
sich nach geendigter Schlacht alle des erhal=
tenen Sieges freuten, und die bey dem Hee=
re anwesenden Geistlichen ihn der Verhüllung
der Sonne durch Wolken, die sie zu einem
Wunder erhoben, zuschrieben, fing der Erz=
bischof Gerhard von Bremen an: „Ja, es
war ein Wunder; aber ein noch größeres
scheint ihr nicht bemerkt zu haben. Wir haben
der heiligen Maria Magdalena den Sieg zu
verdanken. Sie war es, die vor der Sonne
schwebte, mit ihrem hell glänzenden Gewande
ihre Strahlen auffing, und damit die Dänen
blendete, um ihren König, diesen Veräch=
ter der Heiligen, zu züchtigen.“ — „Ihr irrt,
hochwürdiger Herr!“ wendete ein lübeckischer
Geistlicher ein; „das hat die Heilige uns zu
Gunsten gethan; denn ehe noch die Schlacht

begann, gelobten unsere frommen Bürger,
wenn unser vereinigtes Heer siegen würde,
das dänische Schloß zu schleifen, aus den
Trümmern desselben ein prächtiges Kloster zu
erbauen, und es der Heiligen des heutigen
Tages zu weihen."

Einige Ditmarser waren unzufrieden, daß
die geistlichen Herren der heiligen Maria Magdalena zuschrieben, was sie durch ihren Angriff der Dänen in den Rücken bewirkt zu haben glaubten; und wir selbst, bey aller Achtung, die wir für die Heilige haben, müssen
aufrichtig gestehen, daß der Abfall der Ditmarser uns mehr zur Niederlage der Dänen bey-
getragen zu haben scheint, als Marien Mag-
dalenens Mitwirkung.

Das ganze vereinigte Heer jauchzte laut
über den erhaltenen Sieg, und alle kehrten
nun bald wonnetrunken zu ihren Weibern und
Kindern zurück. Ganz Hollstein und Lübeck
freute sich der errungenen Freyheit, und als
Graf Adolf seine Heilwig in die Arme schloß,
rief diese laut aus: „O wie wird die patriotische Ida sich freuen, wenn die heilige Maria Magdalena ihr einen Blick in den Spie-
gel zu thun erlaubt, worin sich ihr zeigt,
was auf dieser Welt vorgehet."

Wenig Wochen nach Adolfs Rückkehr nach

Plön wurde seine Freude über den erhaltenen
Sieg auch durch Vaterfreuden vermehrt, mit
welchen ihn die Geburt eines Erben erfüllte. —
Bis zu Anfange des Frühlings konnte Adolf
in den Armen seiner Gattinn verweilen; dann
rief ein neuer Einfall des unversöhnlichen Waldemars in sein Land ihn aus den Armen
seiner Gattinn wieder in das Feld. Waldemar, war in diesem Feldzuge nicht glücklicher,
als in dem vorigen, ob er gleich keine so gänz-
liche Niederlage erlitt, als bey Bornhövede.

Waldemar ließ sich durch diesen unglücklichen Erfolg nicht zurück schrecken, das fol-
gende Jahr noch einen Versuch zu wagen,
die seinem Reiche entrissenen Länder wieder zu
erobern. Es gelang so wenig, als die frühern,
und Waldemar, der sein Reich von Menschen
so sehr als von barem Gelde entblößt hatte,
hielt für das Weislichste, mit seinen unbe-
zwinglichen Gegnern Frieden zu machen. Er
trat Hollstein und Wagrien dem Grafen Adolf
ab, und vereinigte sich sogar mit ihm zu einem
Freundschaftsbunde.

Ungestörtes Glück genoß nun Graf Adolf
acht Jahre lang in den Armen seiner Heilwig, und die Vermehrung seiner Kinder durch
zwey Söhne, die Heilweig ihm im Laufe dieser Zeit gebahr, vermehrte auch dasselbe. Un-

ter allem, was ihm während dieses friedli=
chen und glücklichen Theiles seines Lebens
begegnete, ist ein Besuch, den er bey seinem
Vater machte, das einzige, wovon wir glau=
ben, euch, theure Leser, Nachricht geben zu
müssen.

XXIII.
Freude und Leid.

Es war kurz nach der Geburt seines zwey=
ten Sohnes, als in dem Grafen Adolf der
Wunsch entstand, seinen Vater noch ein Mahl
zu sehen. Aus diesem Wunsche ward bald fe=
ster Vorsatz; und diesen eilte er seiner Heil=
wig bekannt zu machen.— „Ja, mein theu=
rer Gemahl," erwiederte Heilwig; „führt ihn
aus, diesen löblichen Vorsatz; aber ich bitte
euch, weilt noch einige Wochen damit."—
„Und warum das?" fragte Adolf. „Damit,"
antwortete Heilwig, „auch euer treues Weib
an eurer Freude Theil nehmen kann. Erlaubt
mir, den würdigen Greis zu sehen, den ich,
ohne ihn zu kennen, schon so lange verehrte.
Auch glaube ich, daß es den Grafen von
Schauenburg selbst freuen wird, wenn er au=
ßer seinem Sohne auch seine Enkel an die
Brust drücken kann."— „Ja, liebe Heilwig,"
antwortete Adolf, „es würde sein Entzücken

vergrößern, wenn er sie auf seinem Schooße wiegen, und bald sie, bald ihre zärtliche
Mutter an sein Vaterherz drücken könnte:
aber dann müßte ich die Ausführung meines
Vorsatzes noch auf lange Zeit hinaus setzen;
und bey einem Greise von vier und siebzig
Jahren, der so viel duldete, als mein theurer Vater, ist jeder Verzug gefährlich.''— ,,Es
bedarf keines langen Verzugs,'' wendete Heilwig ein; ,,denn von seiner Mutter sorgfältig
gepflegt, wird mein lieber Säugling, Gerhard, in einigen Wochen die Reise ohne Gefahr machen können.''—Adolf gab endlich den
Bitten seiner Gattinn nach, und trat mit ihr
und seinen drey Kindern nach sieben Wochen
die Reise nach Schauenburg an. Seine Absicht war, durch unvermuthete Überraschung
die Freude seines Vaters zu vergrößern; aber
Heilwig beredete ihn zu dem Gegentheile,
weil sie glaubte, daß allzu lebhafte Freude
vielleicht schädlichen Eindruck auf den schwachen Greis machen könnte; und diese Ein-
wendung hatte zu viel Gewicht, als daß
Adolf ihr nicht hätte gemäß handeln sollen.
Er sandte demnach einen seiner Reisigen ver-
aus, um seine Ankunft seinem Vater zu verkündigen, geboth ihm aber zu verbergen,
daß seine Gattinn und Kinder ihn begleiteten.

X

Ohne einen Schattenriß der Freude zu machen, welche der Graf von Schauenburg bey dieser unvermutheten Bothschaft empfand, sagen wir bloß, daß er einige seiner Knappen herbey rief, um, auf sie gestützt, seinem Sohne entgegen zu gehen. So bald der Graf von Hollstein seines Vaters gewahrte, ermunterte er durch die Sporen sein Roß zu schnellerem Laufe, schwang sich herab, so bald er seinem Vater nahe war, und flog in seine Arme. —— Mein Vater! — Mein Sohn! dieß waren alle Worte, die der Freude erster Hochgenuß den Umarmten auszusprechen erlaubte.

Anfangs waren des Grafen von Schauenburgs Blicke zu ganz auf seinen Sohn gehäftet, um weiter vor nach seinem Gefolge zu sehen. Auch hätte es ihm wenig gefrommt, da ein düster werdendes Auge ferne Gegenstände nicht zu unterscheiden vermochte. Nun, da der Zug näher kam, und der Graf von Schauenburg die Sänfte erblickte, fragte er hastig seinen Sohn:„Verbirgt diese vielleicht deine Gemahlinn? —— Ehe noch der Graf von Hollstein antworten konnte, sprang Heilwig, die, so bald sie des Grafen von Schauenburgs Worte hörte, zu halten befohlen hatte, freudig heraus. Ihren Säugling hatte sie auf dem Arme, und ihre ältern Kinder folgten ihr, geführet von ihrer Amme, nach. Sie stürzte sich zu den Füßen des Grafen von Schauenburg, und rief laut: „Heilwig fleht für sich und ihre Kinder um den Segen ihres verehrten Vaters."

Die kleine Metta riß sich los von der Hand ihrer Amme; ihr Bruder Johann folgte ihrem Beyspiele. Metta kniete zur Rechten ihrer Mutter, Johann zur Linken.

„O geliebte Kinder," rief der Graf von Schauenburg aus, indem er Heilwig aufhob, und sie in seine Arme schloß; „fürchtet ihr nicht, daß nahmenlose Freude mich tödten würde? Willkommen, willkommen in den Armen eures Vaters! Gottes bester, reichster Segen ströme auf euch herab!"— Er wollte jetzt auch die Kleinen, die bisher seine Knie umklammert hatten, zu sich empor heben; aber Freude hatte ihn zu sehr angegriffen, um dieß zu vermögen. Kraftlos taumelte er einige Schritte zurück, und mußte sich nachdrücklicher auf seine Knappen stützen. Reicht mir die Kleinen, sprach er zu einem von ihnen, und Adolf nahm beyde in seine Arme, um sie seinem Vater zum Kusse zu reichen. „Segen über euch, ihr Lieben!" sprach der Graf von Schauenburg mit schwacher Stimme, und fuhr dann, die Augen gen Himmel gerichtet, fort: „Dank dir, gütiger Vater, aber schier über-

schüttest du mich mit mehr Freude, als ich
schwacher Greis zu tragen vermag! Folgt mir
nun liebe Kinder, daß ich auf meinem Arm=
sessel, von euch umringt, Vorgefühl der Se=
ligkeit empfinden kann. Langsam erstieg der
Graf von Schauenburg die Stiege seiner Burg,
und seine Kinder folgten ihm nach. Aller Freu=
de wurde nach und nach ruhiger, obgleich
nicht geschwächt; aber bald machte sie, durch
Conrads Zurückkunft von der Jagd von neuem
aufgeregt, wieder jede Nerve zucken. Der
Abend nahete sich schon, als Adolf mit den
Seinigen in Schauenburg anlangte, und aller
hatte sich Freude so sehr bemächtigt, daß sie
erst des andern Morgens fähig wurden, zu=
sammen hangend zu sprechen. „O daß ihr doch
ein Jahr eher nach Schauenburg gekommen
wäret," war nach dem Morgengruße des wür=
digen Greises erster Wunsch, „damit auch
meine Adelheid und mein ältester Sohn, der
Bischof zu Olmütz, die Freude hätten em=
pfinden können, die der Freudengeber im
Himmel meinem Alter aufsparte. Doch," fuhr
er fort, und eine Thräne quoll aus seinem
Auge, „meine mir zur Seligkeit voran
gegangene Gattinn wird auf uns herab bli=
cken, und sich dann dem Throne des Weltbe=
herrschers nahen, um seiner Segnungen Fülle

für ihre Kinder zu erflehen, und meinem Sohne Bruno wird sein gütiger Schutzgeist zu-
flüstern, was jetzt in Schauenburg vorgeht."—
Schnell schwand die Zeit dahin; man fragte
sich gegenseitig, man erzählte sich, und des
Fragens und Erzählens war so viel, daß
man nach einigen Tagen noch immer nicht
damit geendet hatte.

„Oft, geliebter Sohn," versicherte einst
der Graf von Schauenburg den Grafen von
Hollstein, „oft rannen heiße Thränen meine
Wangen herab, wenn ich an deine Leiden
dachte; und zu dem Kummer, der an meinem
Herzen fraß, gesellte sich Unwille über die
Frau von Deest, da sie die Ursacherinn aller
dieser Leiden wurde : als aber späterhin
deine Leiden sich endeten, und in Freuden
verkehrt wurden, weil deinen und Ida's Wün=
schen endlich Erfüllung wurde, da machte ich
mir Vorwürfe über jenen Unwillen, bath in
meinem Herzen die muthige und patriotische
Frau um Vergebung dessen und segnete sie;
denn sie war es, die dein Glück gründete. —

„Und mehr noch," setzte Adolf hinzu, „als
mein theurer Vater wußte. Durch meine un=
vergeßliche Ida wurde mein Glück auf ewig
befestigt; denn ihr danke ich meine Heilwig,
deren Besitz mir werther ist, als Hollstein und

Wagrien!" — „Fühlt mein geliebter Sohn
nun auch", fragte der Graf von Schauenburg
lächelnd, daß der Besitz ausgedehnter Länder nur scheinbares Glück ist?"—„Ich fühle
es, Vater, und vielleicht könnt' ich jetzt ohne
Hollstein glücklich seyn," erwiederte Adolf;
„aber eben so wenig will ich euch verbergen,
daß ich damahls erst ganz glücklich wurde,
als ich es mir, von glücklichen Nebenum-
ständen begünstigt, errungen hatte, woher in
mir die Vermuthung entsteht, daß, wenn mir
dieß nicht gelungen wäre, unbefriedigtes Streben mich noch immer in dem Genusse des
größten und wahresten Glückes stören würde." — „Nein," entgegnete der Graf von
Schauenburg, „mich störte Hollsteins Verlust nicht in dem Genusse des meinigen; nur
der Gedanke an das, was mein Adolf litt,
war es, welches ihn oft bitter unterbrach."—
„Laßt uns dieß unserm Gedächtnisse nicht zurück rufen," foderte Adolf seinen Vater auf,
„als nur, um unsere Freuden durch diese Erinnerung zu erhöhen. Erquickender ist Ruhe
nach langem blutigen Kampfe, und der Becher
der Freuden schmeckt lieblicher, wenn man vorher der Wehmuth Kelch oft leeren mußte."

Das Glück ist festen sonder Wechsel; eine
Erfahrung, die unsere Leser wahrscheinlich

oft gemacht haben werden, und die auch Adolf
und die Seinigen machten. Vier Wochen lang
hatte Schauenburg von lauter Freude wieder=
gehallt; denn der Graf fand Vergrößerung
der seinigen darin, alle seine getreuen Unter=
thanen, wo möglich, so fröhlich zu machen, als
er war, und es wurde ihm leicht, ihre Her=
zen mit dem seinigen in Einklang zu setzen;
denn gute Kinder freuen sich, wenn ihr Vater
sich freuet, und den Graf von Schauenburg
liebten alle seine Unterthanen, gleich Kindern.
Jetzt wurde die allgemeine Freude in allge=
meine Trauer verwandelt.

Schönes Morgenroth verkündigte der gan=
zen Natur einen frohen Tag, dem Grafen
Adolf aber ein Unglücksbothe einen traurigen.—
„Eilt, Herr Graf,” schreckte ein Knappe ihn
aus dem Schlafe auf, „wenn ihr euren Herrn
Vater vor der Urständ noch ein Mahl sehen
wollt.” — Graf Adolf weckte die Seinigen auf,
und eilte mit ihnen zu dem Lager seines Va=
ters. Thränen stürzten aus Aller Augen, und
die Klagen der Burgbewohner, und als die trau=
rige Post bald weiter erscholl, auch aller Be=
wohner Schauenburgs, erfüllten die Luft.—
„Weint nicht, ihr Lieben,” tröstete der Graf
von Schauenburg die um ihn Stehenden; „ich
habe lange genug gelebt, und sterbe gern, da

ich euch alle glücklich weiß. Lebt wohl! euer
Glück vermindere ich nicht; denn Vermehrung desselben zu wünschen hieße unersättlich
seyn.

Lange Zeit hatte der Scheidende bedurft,
um diese Worte unterbrochen heraus zu stammeln. Als er geendigt hatte, versuchte er seine Hand empor zu heben, um die Seinigen
zu segnen; aber es mangelte ihm an Kräften,
und immer mehr nahmen diese ab, bis er
nach einer Stunde einschlummerte.

Die Freude über das Glück seines Sohnes hatte wirklich die Kräfte des würdigen
Greises zu sehr angegriffen. Gleich am ersten
Tage nach seiner Ankunft fühlte er ungewöhn-
liche Schwäche. Er that sich Gewalt an, um
seine Kinder nicht furchtsam zu machen. Hierdurch erschöpfte er seine wenigen Kräfte immer mehr, bis sie endlich ganz aufgezehrt
waren, und des Grafen Leben sich endete,
wie ein Docht verlöscht, wenn alles Öhl aufgezehrt ist.

Adolf geleitete seinen Vater noch zur Ruhe;
dann umarmte er seinen Bruder Conrad,
wünschte ihm, von seinen Unterthanen so
geliebt zu werden, als sein Vater es war,
und machte sich auf gen Hellicin.

XXIV.

Graf Adolf begießt sich mit Milch.

Nach seines Sohnes Waldemars Tode ließ
der König von Dänemark seinen zweyten Sohn,
Erich, zum Könige krönen, den dritten, Abel,
ernannte er zum Herzoge von Schleßwig.
Unter den Brüdern Erich und Abel herrschte
nicht viel mehr brüderliche Eintracht, als
weiland unter den Brüdern Kain und Abel.
Sie unterschieden sich bloß dadurch, daß der
dänische Abel so dachte, wie der morgenlän-
dische Kain. Wie die letztern durch ein Opfer
noch mehr gegen einander erbittert wurden,
wurden es die erstern durch ihres Vaters
Theilung unter sie. Abel beneidete seinen Bruder Erich, daß sein Antheil weit größer war,
als der seinige; und Erich beneidete Abeln
wieder um den Besitz des Herzogthums Schleßwig. Beyde ließen zwar ihre gegenseitige Verbitterung nicht öffentlich merken, waren aber
fest entschossen, die Verstellung abzulegen,
so bald ihr Vater das Zeitliche gesegnet haben würde.

Abel, minder mächtig als Erich, glaubte
durch Verbindung mit andern Fürsten ersetzen zu müssen, was ihm selbst an Macht ge-
brach. Er warb demnach um die Hand Mathil=

dens, der Tochter des Grafen von Hollstein, die
unsere Leser im vorigen Kapitel als die kleine
Metta haben kennen lernen, und Graf Adolf
verweigerte sie ihm nicht. Herzog Abel verbarg seinen Bruderhaß vor dem Grafen Adolf
so wohl, als vor jedem Andern, und im Übrigen war der Herzog ein Mann, den der
Graf von Hollstein seiner Achtung so würdig
als der Hand seiner Tochter, fand. Er selbst
hatte den Herzog Abel als einen tapfern Mann
erprobt; denn unter dem dänischen Heere hielt
sich der Theil immer am besten, welchen Herzog Abel anführte; und unter den Eigenschaf-
ten, welche der Graf von Hollstein von seinem Eidam verlangte, war Tapferkeit die
vorzüglichste, weil er ihm bald die Beschützung
seines Landes aufzutragen gedachte.

Als in der Schlacht bey Bornhövede die
Hollsteiner wichen, hatte Adolf, ehe er ihren
Muth durch seinen Zuspruch zu ermuntern
suchte, von Gott den Sieg erfleht, und, der
Denkungsart seines Zeitalters gemäß, nicht
nur gelobt, Kirchen und Klöster zu bedenken,
und durch einen Kreuzzug auch sein Scherflein
zur Sammlung der Heiden in den Schooß
der heiligen Kirche beyzutragen, sondern auch
sich selbst ihr zu vermählen, so bald die Ruhe
in seinem Lande so weit hergestellt seyn wür=

de, daß es seiner persönlichen Obsorge nicht
mehr bedürfe.

Graf Adolf von Hollstein hatte nicht, gleich
dem Grafen von Schwerin, eines Beichtigers
nöthig, der ihn an sein Gelübde erinnern
mußte. Er selbst war dessen eingedenk. Ein
Jahr nachher, als er dem Herzoge Abel seiner Tochter Hand gegeben hatte, rüstete er
sich zu einem Kreuzzuge nach Liefland und
focht nicht ohne Erfolg für die Sache der
Kirche, daher ihn bey seiner Zurückkunft in
sein Land die Geistlichen mit Segnungen und
lautem Heilrufen empfingen.

Dieß war aller Vortheil, den Adolf von dem
liefländischen Heereszuge hatte; größer aber
war der Nachtheil, der ihm aus demselben
erwuchs. Nicht lange war er wieder nach
Hollstein zurück gekommen, als Heilwig erkrankte. Ihr zarter Körper hatte den Beschwerden erlegen, denen sie sich auf einer Seereise
und während der Dauer des Feldzugs in einem rauhen Lande ausgesetzt hatte. Schon
auf ihrer Heimreise fühlte sie sich einer Krankheit
nahe, und Mangel an schleuniger Hülfe beförderte ihren Tod, den ihr Gemahl und ihre Kinder sieben Wochen nach ihrer Zurückkunft beweinten. — Da jetzt nach dem Tode
seiner Heilwig den Grafen Adolf nichts mehr

an die Welt fesselte — denn seine Söhne hoffte
er auf's beste versorgt zu haben, da er ihnen
den Herzog Abel zum Vormunde gab — stand
auch der Erfüllung seines Gelübdes nichts
mehr im Wege. Er versammelte daher die
Stände seines Landes, und machte ihnen kund,
daß nun die Zeit herein gebrochen wäre, wo
er sein Gott geleistetes Gelübde erfüllen müßte, und alle Bitten der Stände, sich ihnen
noch nicht zu entziehen, machten keinen Eindruck auf ihn. Er legte seine Regierung nieder, ernannte den Herzog von Schleßwig
zum Landesverweser und Vormund seiner
Kinder, und begab sich zu Hamburg in dem
Marien-Magdalenen-Kloster, das er, zur dank-
baren Erinnerung an den Sieg bey Bornhövede, daselbst gestiftet hatte, in den Franziscaner Orden. — Während seines Probejahres
unterwarf er sich allen Beschwerden, die die
strenge Regel seines Ordens erforderte. Er
bettelte Almosen zusammen, von welchen er
das Marienkloster zu Kiel erbauete, und als
er so vie erhalten hatte, daß er den Bau beginnen konnte, sammelte er nun auch milde
Beyträge an Lebensmitteln für die Arbeiter.
Um dem Eifer, mit welchem er dieß that,
unsern Lesern zu beweisen, und um zugleich
ein Beyspiel aufzustellen, wie weit die from-

ure Schwärmerey der damahligen Zeiten ging,
wollen wir ihn auf so einem frommen Gange begleiten. Mit einer Kanne in der Hand, welche
die Milde einiger Bürger zum Labsale der
Arbeitsleute am Marienkloster mit Milch ge-
füllt hatte, wurde er einst zu Kiel auf einer
dieser Wanderungen seiner Söhne gewahr.
Eine unwillkürliche Scham wandelte ihn an;
er verbarg die Kanne unter der Mönchskappe; aber bald erwachte sein frommer Eifer
und er beschloß, sich selbst für seine unzeiti-
ge Scham zu bestrafen. Er zog die Kanne
wieder hervor, schüttete ihren ganzen Inhalt
über sich weg, und rief laut aus: „Schämst
du dich, um Christi willen eine Kanne Milch
zu tragen; so beweise nun dein ganzer Leib,
was du dich, zu tragen schämtest!" — Stolz,
eine Scham besiegt zu haben, wandelte er
nun seinen Söhnen vorüber.

Der Aufenthalt im Kloster genügte dem frommen Grafen noch nicht. Der Kirche mehr frommen zu können, wünschte er sich auch geistli-
che Würden zu erhalten; ein Wunsch, der ihm,
als einem Manne, der Waffen getragen und
Blut vergossen hatte, ohne päpstliche Dispen-
sation nicht erfüllt werden konnte. Er machte
sich daher den Vorsatz, diese selbst von dem
heiligen Vater zu erstehen, und ihm gemäß
machte er sich zu Fuße nach Rom auf.

Die Päpste, die es jederzeit gern sahen, wenn Fürsten auf den Einfall geriethen, ihre Krone mit der Mönchskappe zu vertauschen, weil das Ansehen des geistlichen Standes hierdurch allerdings gewann, ermangelten nie, diese geistlich gesinnten Fürsten von dem Blute zu säubern, womit sie sich befleckt hatten. Auch Papst Innocenz der Vierte war sogleich willig, den Wunsch des Grafen von Holstein zu gewähren. Er ließ ihn durch einige Cardinäle entsündigen, und weihete ihn dann mit eigener heiliger Hand zum Subdiakonus.

So innig vergnügt, als der **Jüngling** Adolf einst war, da Ida ihm ihre Liebe zuerst gestand, oder als später hin der **Mann** und **Held** Adolf, nach dem entscheidenden Treffen bey Bornhövede, war jetzt der fromme schwärmerische **Mönch** Adolf. — Er trat nun seinen Heimzug wieder an, und auf dem Wege wurde seine Verehrung gegen den Stifter seines Ordens um ein Großes erhöht. Ganz Italien war noch voll von dem Ruhme des vor sechzehn Jahren unter die Heiligen gerückten heiligen Franz von Assis, und überall, wo Adolf hinkam, wußte man ihm von Wundern und Zeichen zu erzählen, die der Heilige gewirkt hatte. — Glücklich langte Adolf wieder in Holstein an, eilte nach Bornhövede, wo er in der kleinen Kapelle der Franziscaner

daſelbſt, welche er auf den Platz bauete, wo er
einſt ſein Gelübde that, ſeine erſte Meſſe las.
Dann begab er ſich in das von ihm geſtiftete Ma=
rienkloſter nach Kiel, fuhr fort, ſich den ſtreng-
ſten Bußübungen zu unterwerfen, und bereuete zwar ſeine Sünden, nie aber die
Erfüllung ſeines Gelübdes.

E n d e.